八公分的
时光

黄孝纪 著

LIFE IN THE
BAGONGFEN VILLAGE

SPM
南方出版传媒
广东人民出版社
·广州·

图书在版编目（CIP）数据

八公分的时光 / 黄孝纪著 . — 广州：广东人民出版社，
2019.9
ISBN 978-7-218-13302-7

Ⅰ . ①八… Ⅱ . ①黄… Ⅲ . ①散文集－中国－当代Ⅳ .
① I267

中国版本图书馆 CIP 数据核字 (2018) 第 285458 号

BAGONGFEN DE SHIGUANG
八公分的时光
黄孝纪　著

出 版 人：肖风华

策 划 方：时光机图书工作室
责任编辑：钱飞遥　刘　奎
责任技编：周　杰　吴彦斌
出版发行：广东人民出版社
地　　址：广州市新港西路 204 号 2 号楼（邮政编码：510300）
电　　话：（020）85716809（总编室）
传　　真：（020）85716872
网　　址：http://www.gdpph.com
印　　刷：广东鹏腾宇文化创新有限公司
开　　本：890 毫米 × 1240 毫米　1/32
印　　张：10.625　　　字　　数：200 千
版　　次：2019 年 9 月第 1 版　2019 年 9 月第 1 次印刷
定　　价：49.80 元

如发现印装质量问题，影响阅读，请与出版社（020-85716849）
联系调换。售书热线：（020）85716826

目　录

故乡有我们共同的记忆

八公分。

这是湘南山区一个偏远村庄的名字，是我的出生之地，是我童年和少年时代的家乡，我如今的故乡。这个容易引发联想的村名，曾被人取笑为些小尺寸的弹丸之地。确实，在地图上，我的故乡就是一个可以忽略不计的点。

关于这个奇怪村名的来源，我从小就无数次听过这样的传说：数百年前，开村始祖在临终时，已育有七个儿子，其妻尚有孕在身，他留下遗言，若日后生下的是儿子，则家产八公平分；若生下的是女儿，则七子嫁妹。后来，生下的遗腹子为男儿，也便有了八公分的村名，并沿袭至今。这个传说是如此之广，以至于周边十里开外的外村人氏，也常添油加醋当作趣谈笑料。不过，追踪族谱溯源，却并无这样的记载。权且当作一段民间野史遗闻吧。

同湘南山区许许多多普通乡村一样，在我的童年和少年时期，家乡曾是一方十分美丽的山水，稻田广阔，森林茂密，流泉密布，江流宽阔又深沉，村旁很多古老的大树：古樟、古枫、古柏、古槐、古椆，还是有名的油茶产区。那时的山上有很多野生动物，獐、麂、豺、野猪、刺猬、穿山甲、松鼠、野猫、野兔，甚至在上世纪五六十年代村里还有猎人在村旁的山上打死过老虎。至于老鹰、喜鹊、乌鸦、野鸡、野鸭、白鹭、燕子等飞禽，就更常见，麻雀铺天盖地则更多。说实话，现在想来，那真是一个世外桃源般的所在。

村庄自然生态环境的急剧变化，是在分田到户的前后。分田到户，一方面激发了人们生产种田的积极性，同时也激发了人们暗藏心底的自私本性，昔日江岸那些公益性的高大茂密的树木，因为遮挡了各自稻田的采光，被纷纷砍得精光；那些生长了数百年的古树，也被各生产队作为财产，全被砍伐变卖。村人忙于漫无边际地扩张地皮建设房屋，山岭，旱土，稻田，纷纷被毁于地基。为提高粮食产量，各种农药化肥施于田间。山林无人看管，乱砍乱伐严重，时常引发大火，连片烧毁，也无人愿意施救。水库、渠道等水利设施，也年久失修，形同废弃。前后最明显的对比是，茂密的森林没有了，古树没有了，山泉没有了，江流浅了，鸟兽鱼虫越来越少了，很多甚至绝迹了。

这些令人痛心的剧烈变化，就发生在我们这一代人，我眼睁睁地看着，无能为力。我常想，假如能够换回昔日的自然生态环境，重回那个已经远去的可爱家园，我宁愿放弃眼前在城市的生活。可是，这又怎么可能？徒有心底无尽的伤悲。

这惨痛的事实，这衰落的故园，也激发了我潜藏心底多年的写作愿望。我常想，在这样一个无需太多虚构的时代，用散文，用非虚构的方式，以故乡作为切入点，作为中国南方乡村的一个典型样本，写出一系列的散文作品，还原一个时代的变迁史和伤痛史，给人以反思，以警醒，于历史，于文学，于社会，都是一件有益的事情。

自从十八岁通过高考，跳出了农门，辗转于异乡的城市求学与谋生，与故乡在空间的距离上越来越远。尤其是在父母去世之后，每年回故乡的次数也越来越少。但即便如此，在我的心里，故乡总是最让我牵挂的所在，是我乡愁的萦绕之处。

同其他几部"八公分记忆"系列散文集一样，我的这部故乡草木的写作，也得益于我的亲人和故乡年长者的支持。尽管那些草木曾经于我是那么的熟悉，但年岁久远，很多与日常生活相关的细节，我渐已忘却。每次在写作之前，我常电话向他们详细问询，无论白天晚上，通话动辄半小时以上。偶尔回到故乡，也多有请教。这里我尤其要感谢我的大姐荷花，我的二姐贱花，我的三姐春花，我的族兄平光，他们差不多成了我写作的顾问，每次都不厌其烦接受我的问询。感谢他们，让我笔下的故乡草木，愈发形象丰满，也让我们关于故乡那些日渐远去的的共同生活记忆，点点滴滴，汇聚成流。

我的故乡农人，惯于无条件执行指示和命令，不思对错，也少远见。当年美好的田园，如今一派荒废，这大概是他们所不曾预料到的。当下的乡村，旧民居正摧枯拉朽地拆毁，或许在当事者看来，破房旧宅没什么用，又那样的多，就像当年的草木鱼虫一样。我仿佛又看到了某种意味深长的暗示。

写完这部书，我真想大哭一场。

回不去了，再也回不去了！我的童年，我的少年，我的青年，我那虚幻如梦的曾经真实的故乡！

2019 年 9 月 18 日
写于义乌

第一辑

江岸

柳

　　江岸有了柳树，一曲江水便生动了起来。村边有了柳树，一个村庄就柔和了几分。三十多年前我的家乡八公分村，就是这样一个生动又柔和的地方。

　　现在想来，那是一条多么美丽的江流啊。它从上游的远山里流来，流过许多大大小小的村落，流到上羊乌村，流到下羊乌村，再流过我们村庄，而后流向朽木溪村、臼林村、西冲村……一路曲曲折折，或在田野中间，或偎依山脚，汇聚了条条溪水，向下游奔去。

　　沿着两边的江岸，是不尽的高树，柳树、杨树、柏树、梧桐、香樟……还有一丛一丛的灌木，诸如木芙蓉、水杨柳……还有品种不同、高矮不一的成丛的野竹，还有那些成丛又密集的乌泡、野蔷薇……茂盛的地皮草和鱼草将岸边永远包裹成绿色，在打雷下雨之后的春晨，青亮亮的地皮草上，点染着一片片墨绿的雷公菌。江流每经过大的村庄，往往都筑了拦江石坝，细长的水圳从石坝处将清洌的江水引向两岸的稻田。石坝与石坝之间，通常会有江洲，或大，或小，或长，或短，大的江洲，有如手掌般平坦，上面植有果树。在流经我们村庄的江段，就有这样一个大江洲，叫桃树坪，种了很多桃树和李树，春天里开花的时候，绚烂如彩云，很是热闹。江上有青石桥，或是平桥，或是拱桥，岁月已久，被脚步踩踏得光光亮亮。桥边布满藤蔓，*丝丝缕缕*，垂向江面。有一种藤，叫薜荔，村人叫乒乓藤，能结一个个拳头大的青青的圆果，叫乒乓，也叫凉粉果，盛夏里摘来，刮了里面乳突状的果肉，泡了井水，能做成凉粉。

我们的村前，就是这样一条充满了绿色生机的江流。一年中大多的日子，江水盈岸，漫江碧透，时有鱼儿跳水，水蛇过江，白鹭飞过。那些长嘴的翠鸟，冷不防从高柳间射进水面，啄一条白亮亮摇摆的鱼儿，又极速窜回柳条间，不见了，只有水面尚留下一圈圈细微的波纹，在扩散着，未曾平息。

江水是如此之好，江柳也是如此之深，白日里就常有村里的妇女和姑娘们，在柳下的青石板上洗衣服被褥。她们侧身蹲在江边，旁边放着木桶，一件件衣物从桶子里拿出来，按进江水里，摊开在清亮的石板上，撒上茶枯粉，哗啦哗啦刷一刷，搓一搓，再用木杵嘣里啪啦敲打一番，在江水中漂摆干净，拧出一串白晃晃的水柱，落在江面上。那些伸向江面的柳条，*丝丝缕缕*，在江风里飘拂，绿绦似的，不时扫过这些洗衣女的身段和脸面。也有燕子和麻雀不时掠过，叽叽喳喳叫几声，掺和进她们的闲谈笑语之中。

村前的池塘边也多有柳树。这些柳树高大，树干比我们的腰身还粗，树皮乌黑，开裂，树干上有大蜂子和大虫子钻出的圆洞，能塞进手指头。这些虫洞很多，有的是旧的，有的还很新，在地上常能看到掉下来的细微木屑，仿佛新鲜的锯末。

在夏天，村里的顽童常爬上大柳树，折下长长的枝条，编织成一个圆圈，戴着头上，装扮成黑白电影里的侦察兵，神气活现。相互间分成两派，在村庄的青石板巷子里扔石头，打仗。有一次，我爬上月塘边的那棵老柳树，被一只大蜂蛰了食指，痛得滚了下来，手指肿胀得像根红萝卜，好几天才消。

朝门口的那一排大柳树是村人夏日间乘凉的好地方。这里既临大池塘边，又有一条碧水常流的水圳绕过，也是进村石板路的必经之处，更是一处旧时的广场。日常里，村人常聚集在这里站一站，在石墩石条上坐一坐，谈天说地。从外面来的行商，比如卖鱼苗的、卖果子的、收破铜烂铁的、收鸡毛鸭毛的、补鞋补锅的、磨剪刀的、甚至算命的、看相的，都一定会在这里停歇，摆开场面。高柳巨荫，无分内外人等，一一将他们包容，抚慰，消除疲惫，送来清凉。那无数垂下的柳条，在风里轻扬，一忽儿飘向这边，一忽儿飘向那边，柔和，曼妙。看不见的鸣蝉，在高高的树梢嘶嘶地长吟。

一年中最生动的日子，自然要属初春了。当光裸如枯死的柳条上冒出黄黍般的柳花，江岸上，池塘边，朝门口，小溪旁，瓦檐边，一树一树的柳条又鲜活了。看着的人，心情也一下豁然开朗，浑身焕发着精神和力量。

杨

　　"江畔高杨争闹上，砍枝插遍村头西。"

　　这是我多年前写的一首七绝里的后两句，前两句一时已经想不起来。诗中描述的是初春时节，我旧时家乡的儿童和少年，纷纷拿了柴刀，争抢着爬上江畔高大的杨树，砍下一根根大大小小芽粒饱胀的枝条，扛回村里，插向自家的屋旁。

　　在我的童年和少年时代，村人植树意识浓厚。每到春天，就有很多人扛了镰刮，到山上挖来野生的小柏树和小桂花树，种在自家的房前屋后。至于那些极易成活的苦楝树、柳树、杨树、木芙蓉，只要挖了幼苗或砍来枝条，随意栽插，几场春风春雨，就哗啦啦长得绿意盎然，生机勃勃。溪边，圳旁，塘岸，空坪，到处是它们靓丽的姿影了。

　　家乡的杨树，是那种钻天杨。树干笔挺，密集的枝条也是竖直向上，并不恣意横着生长。在江畔，粗大的杨树高耸云天，在比邻的乔木中，它与太阳和雨水挨得更近。在早晨和傍晚的斜阳里，它那浓黑的倒影总是跨过江流，印在江上，印在对岸的稻田。杨树叶片如心，如掌，如村人手中摇动的蒲扇，每一阵风过，都发出热烈的掌声，沙沙啦啦，经久不息。

我们村前江流的对岸，有一个地名叫杨家湾，那里曾有很多高大的杨树。在我年幼的时候，只剩几栋残破的青砖瓦房，差不多已没有了人迹。据说这个小村子是杨姓，只是世世代代住下来，人丁越来越少，最后竟然没人住了。杨家湾位于山脚的高坎之下，坎上野竹子丛生，小时候的春天里，我们常到这里扯笋子，踩着那些残碎的砖块瓦砾，不免有些心惊。以后，这里被我们村的人陆续开垦成土，种了菜，砖瓦的残渣拢成堆，逐渐淹没在荒草荆棘之中。只有那些高大无主的杨树，让人不免偶尔联想起这个彻底消逝的村庄。杨家人不见了，杨家湾这个地名却沿袭了下来。在夏夜，时或有歇凉的村人，隔着田野和江流，看到杨家湾那地方，高杨树影朦胧之处，有发着明亮蓝光的磷火突然显现，须臾而逝，大呼"鬼火、鬼火"，令人毛骨悚然，头皮发麻。

我上初中的时候，家里在村庄南面建了新瓦房。这里视野开阔，门前流淌一条潺潺的小溪，放眼便是田野、江流、石桥、附近的村庄和远山。拦江石坝的落水声，终日哗哗不停，在夜里，在醒来的黎明，尤为真切。

搬入新家的第一年春天，我就迫不及待从村前的江畔，砍了一大捆杨树的枝条，下端剁成白亮亮的斜口，密密地插在了门前的溪岸和屋旁禾场边的塘岸上。那些枝条有的已经很高很粗，有锄头把那么大，原以为难活，没想到时令一到，每一个芽粒全都绽放出嫩绿的叶片，在春风里招展如旗。

杨树生长很快，况且这里阳光水分充足，几年工夫，全都长得比饭碗还粗，齐刷刷直往上蹿，超过了屋檐。树干下端，我每年都要用镰刀将那些细小的枝条割掉，光光亮亮。有时在相隔着的几棵树干上套上棕绳，横一两根竹篙，用来晾晒衣物。树与树的间隙，我们家每年都要栽上几株苦瓜、丝瓜和西红柿。苦瓜丝瓜攀援着杨树的枝干，扶摇而上，漫无边际伸展着它们的藤蔓。开花的时候，苦瓜花细碎，丝瓜花肥硕，在枝枝叶叶之间，金黄明丽，灿若繁星。只是摘瓜的时候，麻烦就来了。尤其是丝瓜，高蹈地悬在半空，便是站在高凳上，也是伸手不及。只能取来竹竿，或在竹竿顶端绑一把镰刀，将它们敲下或割下，吧嗒，掉地上，断了。

这两排杨树，一横一直，将我们家瓦房东面和北面围护起来，夏夜里尤为凉爽。放暑假的日子，我从学校回来，每到傍晚，就常用桶子或脸盆，舀了溪水将檐廊和禾场泼撒一番降温。檐廊和禾场很快就干了，我将长凳、躺椅、睡椅一股脑搬出来。我们这里是村庄南面的风口上，夜里不时有村人来闲坐歇凉，谈天说地，夜深方归。月光圆好的夜晚，我们一家也常在禾场上摆上桌子吃饭。蛙鸣虫唱，溪水叮咚，树影婆娑，凉风习习，田畴广阔，雾气朦胧，真可谓世间良辰。

待到深秋天凉，高高的杨树由绿渐黄，枝头的叶片不时打着旋儿飘落下来，落在江水里、溪岸边、田野、路径，甚至屋瓦之上，村庄的原野又变换了容颜，离乡的游子也平添了几许浅愁。

梧桐

　　那么碧绿油亮的巨大叶片，在村庄的地域里，恐怕只有芭蕉叶、棕树叶、荷叶和芋头叶能出其之右了。

　　那是一个从没听说过有什么"假货""外来植物"的年代，况且我的家乡八公分村地处湘南偏僻一隅，村人过的是"日出而作，日落而息"的简朴生活，除了吃盐点灯，穿衣读书，其余的都是乡土物产，自给自足。山川原野，草木藤蔓，也都是土生土长。自然，那江畔的梧桐树，也是地地道道的本乡梧桐，中国梧桐。不像如今的家乡，只有"法国梧桐"这个冒牌货，却不见了真正的梧桐。

　　梧桐又叫青桐，我是以后才知道的。不过它那笔直青青的树干和枝条，巨掌般层层叠叠的青叶和清香味，我从小就十分熟悉。

　　村前的江畔曾有很多梧桐树，它们与村人的生活休戚相关。村里有老人去世了，丧家就会砍来一大捆拇指粗的梧桐枝，截成尺许长，斜着糊上一圈圈剪成细丝的白纸，做成号丧棍。而梧桐的树皮，也常有人剥下来，浸泡在水田里，沤烂表皮，用那长长的纤维搓成绳索。端午节摘了梧桐叶蒸馒头，素常的日子以梧桐叶蒸米粑，更是村人沿袭久远的风俗。

这些梧桐树，家家户户每年端午都要来攀折一番，平常又要经受刀砍斧剁，很少有长得枝干粗壮硕大的，它们永远没有旁边的柏树杨树柳树那么高。不过，这些梧桐树的根系却十分发达，树蔸也长得很阔大，都丛生出一杆杆大大小小的旁枝干，齐刷刷笔直向上。每一根树干树枝，又都密密长满裂掌状的硕叶。

记忆中，印象最深的是端午节吃梧桐叶蒸的馒头。

那时我们的村庄，种植小麦。在江流上游的拦江石坝处，有一座老旧的磨坊，一栋四合院式的青瓦砖房，中央是一块晾晒挂面的三合土空坪。磨坊旁边有一个乌黑的水轱辘，滚圆，巨大，在水流的冲刷下，缓缓地旋转不停，发出哗哗的水声。小麦收割之后，这里变得忙碌起来，村人常拿麦子来，到这里换成不甚白亮的面条，一扎一扎，像一截截粗短的木头。

端午节这天，家家户户磨小麦粉蒸馒头。不放红糖的馒头如拳，包了红糖的馒头如月。蒸前，每户人家都会从江畔摘来硕大的梧桐叶，清洗后铺垫进大水锅里的蒸笼。蒸笼有的是竹篾做的，如浅沿的团箕；有的是高粱秆做的，圆圆的一大块，金黄色，光光亮亮。做好的馒头密集摆放在梧桐叶上，

盖上木锅盖，猛火蒸熟。

出锅的馒头，热气蒸腾，蓬蓬松松，黄中偏黑，弥漫着梧桐叶的清香。蒸过之后的梧桐叶，已是熟透的菜色，蔫蔫的，十分柔软，全然失去了原来的光亮和碧绿。蒸下一锅时，往往换上新鲜的叶片。用梧桐叶蒸出的馒头，存放几天都不会变馊。蒸过的梧桐叶，多用来覆盖捡拾在团筛里的馒头，其上再搭三两片新鲜的叶子，既遮挡蚊蝇，又干净清爽。

很多年来，我们村庄的端午节，就是吃着这样的梧桐叶馒头。在整整的一年里，这也差不多是唯一吃馒头的机会。其他的日子，村人蒸米粑，有时也摘了梧桐树叶来垫蒸笼。摘了老叶的梧桐树枝，隔不了多久，层层叠叠的新叶又长得碧绿光亮，如扇，如盖。

梧桐开花在端午之后。开花时节，梧桐树的枝头盛开一串串繁花，状如小喇叭，花瓣白亮，脉络粉红，十分漂亮，是江畔靓丽的风景。以后花谢结果，一粒粒，滚圆如珠，青碧如玉。

上中学后，读到许多诗句，方知自古以来，梧桐就为人们所喜爱。《诗经》里写道："凤凰鸣矣，于彼高岗。梧桐生矣，于彼朝阳。"它是多么的高洁，竟能引得凤凰来栖！梧桐也常是诗人词家寄意抒怀的对象，李煜慨叹："无言独上西楼，月如钩。寂寞梧桐深院锁清秋。"李清照更是愁得化不开："梧桐更兼细雨，到黄昏，点点滴滴。"每每读到这些优美的诗句，我的眼前总是能够浮现起昔日江畔那些熟悉的梧桐树。

家乡的梧桐树，应该消失有三十多年了吧？真有点怀想江雨梧桐的旧时光了。

桃

村庄里桃树最多的地方，自然要属桃树坪了。

江流蜿蜒着向下游流去，流经榨油坊的旁边时，一道宽阔的拦江石坝将其阻止。江水漫过三四尺宽的坝顶，形成一面宽大的瀑布，砸向光裸的江石，翻滚着白沫，水声哗哗，能传很远。这些江石铁青，绵延起伏如山，显然，它们是被江水常年累月地冲刷，剥去了表层深厚的黄色土壤。跌下石坝的江流一分为二，将中央一块平整又宽阔的江洲包围起来，然后在差不多半里多路远的地方重新汇合，折一道弯，在江树掩映中继续流去。

这个平阔的江洲，就是桃树坪，那时满植着高大的桃树和李树。春天里开花的时候，这里是一大片绯红洁白、色彩艳丽、远观如粉红的轻云。

这里也有一个令人闻之色变的地名。桃树坪的西侧，有一处江道狭窄如喉，两岸都是光滑陡峭的怪石，激流奔涌，让人看着腿脚发颤。这地方叫水浸鬼巷，传说其深不可测，里面有披毛散发的水浸鬼，见人下水，就会神不知鬼不觉从水下拖脚，致人淹死，十分凶险。

过了水浸鬼巷，便是一个深潭，潭面很宽，清水森森，叫泛氹。潭的一面是桃树坪陡峭高峻的岸边。这里少有人敢来游泳，却偶尔有想不通的村妇，在此投水而死，更添加了恐怖气息。或许正是如此，在水浸鬼巷和泛氹的岸边，曾长了几颗很高大的梧桐树，它们并不像村庄正前面的江岸上的那些梧桐树那样，经常被村人砍枝扒叶。

尽管如此，桃树坪对于年幼的我们来说，还是充满了不可阻挡的诱惑，尤其是枝头挂满桃子和李子的时候。村里的儿童和少年，时常成群结队，涉水过了石坝，从水流平缓的这一面爬上桃树坪，窜进林子里，攀树摘桃摘李。多数时候，这些果子还是青色的，桃子毛茸茸，李子酸溜溜。洗一洗，咬一咬，吐了，丢了，糟蹋得多。倒是粗大乌黑七拐八弯的桃树枝干上的桃油，还好吃一些。这些桃油，有的偏硬，有的稀软，有的金黄如琥珀，有的白亮似水晶，一团团，一片片，牵牵连连，黏附在树皮上，在裂口处。我们多是挑金黄偏硬的桃油吃，嚼在嘴里，凉凉的，韧韧的，无滋无味，却也爱吃。

桃树坪里的桃子，总是极少有能熟透红透的。那时是生产队，也曾有人看守。奈何这么一个大村庄，也就这一块果树坪，孩子少年那么多，还那么调皮捣蛋，嘴馋腿快，青年也不落人后，又怎么禁得住这么多双时时刻刻虎视眈眈的眼睛、出其不意的手脚？

洪水泛滥之时，桃树坪里也是一片汪洋，桃树李树的枝干浸泡在漫漫黄汤里，只露出上面一丛丛凌乱摇晃的惨绿。数日后，洪水消退，桃树坪里一片狼藉，树木歪的歪，断的断，树干枝丫常挂满了洪水带来的冲积物——茅草、破布、枯枝、薄膜，诸如此类。低矮的树叶都涂满了黄泥。不过有一样却是我们十分喜欢的，偌大的桃树坪里，形成很多大大小小深浅不一的水凼，一些鱼虾泥鳅来不及逃跑，纷纷成了我们的盆里物、碗里菜。这样的时刻，桃树坪里又成了一个人影攒动的热闹欢场。

这片桃李树林是什么时候全被砍伐了，我已没有确切的记忆。自那以后，桃树坪就成了一块荒凉的空坪。

有许多年，偶尔回村，看到这块荒坪，就会不由得想起过去那片茂盛的林子。其实，一个村庄，应该有这么一片让孩子和少年偷桃摘果的地方。那样的乐趣和美好记忆会伴随他的一生。

什么时候，这片流水环绕的江洲，还会重现粉红轻云的景象么？

柏

有人家处必有柏树。

儿时的脚步，凡所经过的村村落落，放眼都能看到一团团高大苍翠的浓绿，它们或蜿蜒于江岸，或矗立于青草茂盛的江洲，或阴翳着老石井，或探身于池塘边，或依傍着榨油坊，或候于村边，或站在路旁……甚至那些徒剩断砖残瓦的荒僻之处，也依然突兀着三两棵时光久远的老柏，昭示着这里曾经的烟火与兴旺。

在我的故乡，村前高大的柏树就曾很多，差不多都是临水而居。它们的身影，一直留在我的岁月深处。

蛇形的江岸，自然是柏树最多的地方。在我的童年里，它们都已是那样粗大而挺拔，枝繁叶茂，郁郁苍苍，站在近旁，须尽力仰视才见其巅，也不知植于何年何月，植于何人之手？甚或它们原本就是野生野长，就如同那些梧桐、那些垂柳、那些竹丛、那些野草野花，只是凭了造化，随缘遍布于江流两岸，见惯水涨水落，月亏月圆。

夏日里我们最常去的江畔，便是村庄正前方的大湾里。这地方因江流在此折一曲大弯而得名，也是村人游泳洗澡之处。大湾里的岸边，有几块壁立的江石从水里伸出来，色泽铁青，表面密布沟槽，高耸于水面，其顶覆盖着泥土与草皮。村童和少年，常在此处脱掉衣裤，一个箭步，飞身跳下，扑通一声巨响，在江面上砸开一片白浪，沉入水底，好一阵，才从远处的江面钻出头来，一面游动，一面张大嘴巴喘气，笑逐颜开。这里水深，便是跳跃，也很难触及江底，水里也没有凹凸不平的暗石，江面又宽，是游泳最好的场所，整个夏天，人气最为旺盛。闭住一口气，潜入江底，抠一小块细腻的黄色江泥出来，曾是我们经常比试技艺高低的水中游戏。

这里的柏树也多，与大湾里相隔不远处是一口水井，村人称之为老井。这井颇为特别，青石井台和井口低于江堤和田埂，一条从村里直通而来的青石板路到了此处，要下十余级斜长台阶。井台差不多一两丈见方，围着中央一眼清亮如眸的泉水。老井紧临江流，两者之间砌了一道数尺厚的青石条墙，比成人还高，既是隔墙，也是江堤。石墙底下留有泄水口，咕咕的泉水从井口的石槽流出来，穿墙而过，融入江流。亦因此，遇到涨水的日子，江水便倒灌进来，成了一口水潭。尤其是春夏间涨大洪水，泥沙俱下，黄汤漫漫，待洪水消退之后，井台之上，全是厚厚的泥沙淤积，不见了井口。村人需清理数日，一眼甘洌的清泉才又恢复如初。

这里风景优美，井台边是几株高大的柏树，浓荫覆盖，夏日里来此挑水，十分凉爽。一条小溪从田野间奔来，也在井台石墙的外面与江流交汇，清流活水，潺潺不息。清泉与溪水的吸引，这一处的江段，鱼虾泥鳅特别多，常看见它们成群结队游来游去，不时在水面拍出响亮的水花。

自然，这地方成了垂钓的佳处。那个时候，一年四季，都有山外永红圩的煤矿工人，走了八九里长路，来这里钓鱼。他们三五人结伴而来，沿着江岸散开，总有人会抢占这个地方，有时甚至几个人一同在这里摆开架势，各自掌管几根长长的钓竿，一坐终日，傍晚才回。我们常来围观，看着一条条活蹦乱跳的鱼儿挥出江面，摔在草岸上，很是羡慕。以后，村里也有人赶圩时买来丝线和钓钩，砍了江边长篙野竹，做了钓竿。钓竿日渐增多，连我们这些孩子少年都有了，大大小小，长长短短，闲时成群结队，端着破碗里挖来的蚯蚓，往江边一坐，挥竿甩钩，也是像模像样。

村前的大月塘边也有一处水井，一共三眼，头井挑水，二井洗菜，三井洗衣，纵向一字排开。井与井之间，有一拳宽的石槽相连，槽壁槽底满生着丝状的绿苔，井水依次流过，活活泼泼，漾着微波。井台井口也全是青石砌成，井台边是池塘和水沟。这里离村子近，离江岸远，地势也高，常年无洪水淹没之患。因此，村人挑水多是到这里。

头井的旁边有一棵大柏树，在距离地面两三尺处分叉成两根枝干,粗枝大叶,高耸云天。这柏树据说是挖井时栽下的,想来也是岁月久远。它被尊称为"柏树爷爷",村里祖祖辈辈很多人,都在年幼时寄于它的名下。一年中,总有一些家长,趁着天色未亮,带着贡品来到这里,一番烧香焚纸,虔诚作揖,将一张写了孩子姓名和"相生相旺""易养易成""长命富贵"之类祝词的菱形红纸贴于树干,认柏树为亲人。四时八节,柏树下的香火尤为旺兴,它已成为众人心底神圣的象征和寄托。

这口井的泉水,据称引自江流上游的一个江洲。那江洲前面有一道宽阔的拦江石坝,叫冷水坝。洲前有两处大泉涌,泉口数丈方圆,翻滚如沸,清波森森,深不可测,远观也令人惊骇。此处的江水奇冷,故有坝名。洲上是一片森森古柏,有的树干成人也难以双手合抱,这洲因此又叫柏树坪。我一直对这里深怀畏惧,从未曾靠近过,更不敢游水登上洲去。

这些柏树,或过于高大,或太过神秘,或处于险境,让人总有一种隔阂的感觉。真正令我们最感到亲近的,是朝门口水圳边那一排柏树。它们的主干才腿脚那么粗,且多分枝,我们很轻易就能爬上去,甚至站上高高的枝丫间,随着枝叶摇晃。尽管柏树的碎叶十分扎人,但我们却乐此不疲。有时一群人各爬一棵,嘻嘻哈哈,看谁爬得快,爬得高,能摘到更多圆而粗糙的籽粒。每每这时,下面过往的大人看到了,都会厉声苛责,我们便吓得赶紧下来。过后,又像一群顽猴,在浓密苍绿的树枝树叶间窜上窜下。

木芙蓉

村里的木芙蓉，据说是从仁生庄上蔓延开来的。

庄上，是湘南乡村一个惯常词，意即少数几户人家居住的地方，有时甚至是一家，孤零零地独处于大的村落之外。在我的家乡八公分村，周边曾有三个庄上，村人为便于口头分辨，在庄上之前，加上男性户主的名字。于是，这三个庄上，便成了仁友庄上、之友庄上、仁生庄上。在我的童年里，前两个庄上只剩断砖残瓦和三两棵孤独的高大苍柏，已没有了人迹。独仁生庄上是一处鸡鸣犬吠的烟火人家。

仁生庄上位于村北青石拱桥的对岸山脚，早先曾是一个小寺庙，这山亦因此被村人称作庵子岭。小寺庙的旁边，有一处绝异的风景，一面陡直如墙的高大宽阔的悬崖峭壁凌空而下，突兀在路边。这面铁青中散布着白色经络和绿色小灌木的巨石，叫雷打石，传说是遭了雷劈的。崖下常被村人贴了菱形小红纸，将小孩寄名于此，寓意身坚体健，茁壮成长。

这小寺庙最后一任和尚法名天惠，耒阳人。解放后被勒令还俗，居住在我们村的黄氏宗祠里。他娶了妻子，生有一双儿女。我还小的时候，常到宗祠玩耍。那时天惠和尚已是一个驼背的老头，他的儿女比我要大几岁，已是清秀的少年和姑娘。他们一家后来迁回了原籍，而那个小寺庙也成了仁生庄上。

仁生是我们本村人，与我家还是同一个房族，按辈分我称呼他哥，年龄却比我父亲小不了太多。那时他是公社的兽医，身材高而单瘦，阉猪割鸡是他的拿手活，经常肩膀上挂一个红十字的医用小皮箱，游走于周边村庄。

他一家人住在这里，环境实在是十分清幽。房前屋后，树林密布、柏树、桂花树、乌桕、苦楝、毛竹、枣树、芭蕉，还有各种各样不知名的花草，一丛丛青叶如掌、花朵硕大的木芙蓉，众多的鸡鸭，几条狗，显然是一个有生活情趣的人。庄上前临水圳和稻田，隔一条江流，与我们本村远远相望。

有人说，不知仁生是从哪来搞来了木芙蓉，先是在他的庄上水圳边栽了一大片，秋天里开花的时候，又红又白，很是招人羡慕。后来仁生栽木芙蓉的秘密被村人发现了，原来他是在春天里，砍了光裸的枝条，斜剁成一截一截扦插。谁都没料到，这么漂亮的木芙蓉，竟然是如此容易成活，长得又快。仅仅几年工夫，江流两岸，村旁屋后，水圳边，溪水旁，都长出了一丛一丛的木芙蓉。到了开花的季节，繁花盛开，红的红，白的白，蔚为大观，真可谓芙蓉国里。

早年里，有村人常会割了木芙蓉的枝条，剥了树皮，一扎一扎，踩进稻田的泥水中，沤烂表皮，隔几天拿出来，清洗干净，就得到了苎麻状的纤维。晒干后，可搓成绳索。我家一条挑水的扁担，曾用的就是这种绳子。

木芙蓉的花朵，在村人的眼中，不但是一道亮丽的风景，也是一种不错的食材。妇女们常一篮子摘了来，去除花托，经过一番简单冲洗，放进盆子里，撒上盐腌制。之后，和上磨细的炒米粉，一团一团夹入菜碗，放锅里蒸熟。这道菜吃起来柔软，清香，为村人所喜爱。

假如有人伤了眼睛，淤血，红肿，木芙蓉的花朵又成了一味良药。不但采来芙蓉花做菜吃，还常捣碎了，用来外敷。

年少的时候，我家新瓦房前的溪岸上，我曾插栽了几棵木芙蓉。它们一丛丛散开的碧绿的枝条，密集如掌的叶片，洁白与绯红相间的繁花，金黄花蕊中起起伏伏的蜂儿，一齐倒映在潺潺溪水之中，是如此的生动又美好！

而在广阔稻田之间迤逦穿过的江流两岸，无尽的木芙蓉更是开成了一江热闹的盛景。通往江对岸小村的石桥上，一张芙蓉花般的面影有时会轻盈出现在桥上，提着竹篮子，来我们这边的江岸和水圳边扯猪草。我远远站在家门口，一眼就能认出，心跳倏然急促起来。

这张木芙蓉花般的面影，曾照耀过少年的梦境。

水杨柳

江岸的小灌木丛，印象中最深的当属水杨柳。

这是一种喜阴亲水的丛生常绿植物，昔日的村庄周边十分寻常，尤其是江流、溪水、水圳、池塘的岸边，江洲的周围，突兀水面的江石缝隙，一丛一丛的，大大小小，将枝条伸向水面，绿意盎然，并在清澈的水里倒映出可爱的模样。

水杨柳有着强大的根系，它的根须展开面很宽，深深扎入泥土和石缝，是天然的固堤高手。即便是江上洪水泛滥，大雨倾盆，滚滚黄汤冲得水杨柳的枝条东倒西歪，冲得它裸露在外的长根须一上一下，一沉一浮，动荡不安，水杨柳还是有惊无险地扎根原处，极少看到有被连根拔起冲走的。过后，雨停洪退，阳光照耀，一丛丛愈发青翠而活泼了。

水杨柳的枝条柔软，呈酱红的颜色，一丛往往有数十枝，无拘无束地向上生长，往周边散开。每一根细小的枝条，从下端到梢头，都密集长着互生的小叶片，仄而长，像小牙齿，像微缩的柳叶。叶子青碧，泛着光泽。夏天里开花的时候，水杨柳更是漂亮。它的花朵像村里演古装戏时那头冠上摇曳生姿的绒球，拇指头大，圆圆溜溜，绒须洁白又整齐茂密，包围着里面一颗紫红的珠子。远远看来，一丛丛水杨柳的枝头开满了这样美丽异常的繁花，状如星辰。我们常一把把摘了来，拿在手中观赏、玩耍。

小时候父亲曾跟我讲到一个故事，是关于五个蠢女婿给岳父祝寿，每人都要在酒席场中见机贺一句好话。其中一个蠢女婿和他的巧媳妇在路途中遇到洪水，他看见江边的水杨柳被洪水不停地推上推下，沉沉浮浮，呆了，便问媳妇这该怎么说。巧媳妇告诉他，这叫"水打杨柳根，推上又推下。"蠢女婿记住了，一路念个不停。进门时，看到很多人在拉拉扯扯相互客套让座，大声嚷嚷："水打杨柳树，推上又推下！"众皆愕然。几十年来，故事中的另几句好话全然忘记了，独这句记忆犹新。或者，正是这景象在我童年里经常看到之故吧。

其实，在江上洪水盈岸的时候，被洪水半淹的水杨柳丛也是鱼虾泥鳅藏身之所。村人深谙此道，每每此时，江岸上不少腰扎鱼篓的人，卷着裤腿，赤着脚，头戴斗篷，身披蓑衣，双手握着长篙捞网，将网兜伸向水杨柳丛的浊水里，一刮，一提，定能有所收获，有时竟能捞上一条几斤重的大鲤鱼，令人惊喜不已。

平时的日子，我们到水田里捉泥鳅黄鳝，到江溪里捉鱼，经常折一根水杨柳的枝条将它们串起来提着。水杨柳的枝条通直，握手一捋，除了尾梢，枝干上的叶片尽去，光光亮亮，从鳃里穿进，口里穿出，正好。

在村南青石大桥和拦江石坝之间，有两个平行的小江洲和一片坑坑洼洼的天然江石，生长着十分茂盛的水杨柳丛。夏日里水流渐浅，我们一群伙伴常光着身子泡在水里，围绕着江洲岸边，掏水杨柳丛根部下面的泥洞和石洞，捉出一只只背壳铁青张牙舞爪的大螃蟹来。偶尔，有人触摸到柔软一团的蛇身，吓得一声惊叫："蛇！"一群人顿时如惊弓之鸟，转身哗哗扑入江水之中，面面相觑，心跳怦然。

在村里，水杨柳也是一味良药。跌打损伤，皮肤红肿，常有人剥了水杨柳的树皮捣烂了外敷，或者挖来水杨柳的根熬汤喝。

就像其他许多昔日里习以为常的植物一样，水杨柳如今在故乡也难以见到了。想来，不能不说是一个遗憾。

刺泡

江岸的小野果很多。

比方说，小时候曾摘过野枸杞子吃。那些小小的灌木丛，枝条柔软如弧，努力探身水边。它们的柔枝长着密集的小叶子，状如米粒的枸杞子颗颗血红，挂满枝条，在绿叶的映衬下十分鲜艳。我们常连枝条一块折来，拿在手中既赏心悦目，又可随时取食，甜！还有一种不知名的小野果，也是丛生小灌木，那枝头的果子形状奇特，或长成一个日字状小圆柱，或长成一个田字，扁扁的，不及小指尖宽大。这野果尚绿时就已能吃，成熟后金黄色，更甜，嚼起来脆脆的。

岸边最多的野果当属刺泡。在故乡，泡又叫泡节，种类繁多，其植株形状也迥然不同，大多能吃，个别的也不能吃，甚至不敢吃，比如蛇泡。蛇泡据说有毒，顾名思义就觉得恐惧。蛇泡的植株是匍匐在地的小草，无刺，细长的叶茎顶着三枚叶片，犹如裂开的鹅掌，碧绿如玉。它们牵牵连连，成片丛生在一起，没长蛇泡时，也是显得那样可爱。只是当一支支细微的长茎直直地顶着一颗颗指头大的蛇泡，犹如火焰般的红珠，明晃晃，就十分瘆眼，我们扯猪草时看到了，避之唯恐不及。相反，那些能吃的刺泡都令人亲近，尽管全都长满了针刺，常把我们的手脚脸面划出血痕来。

覆盆子是江畔最早开花的刺泡。料峭春寒里，它那棕褐色的还近乎光裸的枝丫间就绽开了繁花，一朵朵小指头尖那么大的白色小喇叭，像无数的星星。这时候，它的卵形叶片也才刚长出来，嫩嫩的，翠翠的，在春风里仿佛飘扬的小旗。覆盆子的植株大约算得上是灌木，一根手指粗的主干笔直长上去，一层层分出枝丫，高的能盖过人头。它的木质过于疏松，类似苎麻秆，这点显然与别的灌木乔木不同。覆盆子的主干和枝丫，全都长满了三角形的钩刺，枝干越大刺越大，靠近它得十分小心。

农历三四月间，是覆盆子的刺泡成熟的时节，满树满枝全是红艳艳的，粒粒饱满如珠，悬挂在叶间。相比江岸，村庄的周边山岭上，覆盆子更多，很多地方，都是一大片一大片地生长，这时候红得如同铺开的彩云，真是令人眼花缭乱，堪称壮观。我们常常是从家来拿了搪瓷口杯、搪瓷碗，奋不顾身钻进刺丛里采摘。尤其是那些差不多有拇指头大粒的，哪怕衣服裤子挂破、手脚脸面划出血口子，我们也要拼命设法弄下来。往往，我们是边摘边吃，猴相尽现。吃得满嘴满手都是红红的汁水，甜，实在是太甜了！

江岸上的地泡也多。地泡是草本植物，不过我们小时候叫地泡树，高一两尺，丛生，枝干上密布着绒毛状小刺，叶片如裂开的手掌，看起来比较粗糙。地泡花洁白明亮，朝着天空盛开，如同一枚枚硬币，比覆盆子的花大多了。花大，结的果也大，就叫地泡。地泡也是由一支长满小刺的短茎笔直顶着，这与蛇泡颇为相似。地泡比覆盆子的刺泡成熟得晚，很多时候，还是黄色，未曾变红，就被人摘了。因为地泡实在太大，太诱人，大的比一截拇指还粗。地泡红透之后，摘下来，里面是空的，也不像覆盆子刺泡那样多汁，吃起来也没那么甜。

江岸边常常能看到一蓬一蓬的乌泡刺，又叫过江龙。乌泡刺是藤本植物，叶子大如掌，表面和背面有细微绒毛，枝条密布尖刺。在江流与溪水交汇的地方，乌泡刺长得更加茂盛，沿着岸壁攀爬，重重叠叠。有的溪涧上面，两岸的乌泡刺甚至枝叶交错，将一流清水覆盖得严严实实。

乌泡是成串生长，一串少则数粒，多则数十粒。初时，有刀尖状的花托包裹，像紧闭的花苞。渐渐地，花托打开，露出一圈细微的花蕊，中央一颗玉珠般的浅绿泡儿，并没有覆盆子和地泡那样的花朵。泡儿渐大渐红，最后乌黑，成了真正的乌泡。这样黑珍珠般的一大串，在绿叶的映衬下，圆润光洁，最为可人！

摘乌泡吃的时候，正值盛夏。我们到江边的稻田割早稻，或者从路旁经过，看到刺蓬上面那一串串亮晶晶的乌泡，就会蹑手蹑脚设法摘了来。乌泡味甜多汁，娇嫩易破，拿在手中，手掌手指都会染成紫黑。吃进嘴里，嘴唇嘴角都成了紫黑色，牙齿是黑的，吐出的口水也是黑的。倘使双手在脸上一抹，顿时成了戏台上包公的黑花脸。

凉粉果

那一个个碧青碧青的凉粉果，拳头大小，就悬挂在青石拱桥两侧丝丝缕缕的藤蔓间，悬挂在庵子岭那些陡峭的绝壁之上，曾让我的童年更添了乐趣。

在八公分村，一个人往往有好几个名字，一个正名是用来上族谱的，其他的有小名，有寄名，有外号，七七八八。通常小名和外号在村人口间流传了开来，叫者顺口，听者顺耳，渐成习惯，正名和寄名倒是被人忘记了。去年偶尔回村，遇见一位八九十岁的老婶婶，四十多年前我们曾住同一个老厅屋，她紧紧地握住我的手，一双老眼堆满笑纹，认真地望着我说："啊呢！是鼎罐回来了！"听着这样亲切地称呼我的小名，我的心头顿时一热，溢满了浓浓的乡情。

故乡的植物也是如此，对于我童年时代的村里人来说，很大一部分植物是不知其学名的，不过村人自有一套名称来称呼它们，或确指，或笼统。就比方说薜荔，村里可能无人能知这是何物？要是说凉粉果，或者说乒乓，准会一笑："就它呀！拱桥上，庵子岭，好多！"

石拱桥那时距离村庄还有点远，之间隔着椆树坪、桐子坪、榨油坊和一大片水田。不过距离庵子岭就很近了，过了桥，走几十百把步，就到了山脚下的路边。童年和少年时，我经常与同伴去庵子岭上捡柴，砍荆棘，割茅草。

以现在的眼光看来，那时石拱桥所处地方的风景堪称美好。可在当时，这样的乡村风貌却十分寻常。石拱桥位于一段S形江流的拐弯处，桥的上游是深潭，下游是浅滩。朝向村里的这边桥头岸边，长着几棵高大的椆树，树的主干一个成人难以合抱，高高的树枝上，还生长了几丛绿叶茂盛的寄生藤，其中一棵的主干上端已经枯死。桥对岸是几棵大樟树，最大的一棵古樟我们要几个人才能牵手抱住，它的粗大虬枝高耸云天，跨过江面，将石桥和江流掩盖了起来。在附近犁田的大水牛，牧放而至的牛群，常扑通扑通冲下潭中，在水里畅畅快快地卧着，只露出湿漉漉的牛头和犄角，眼睛明亮，不时嚼动嘴巴，喷几个响鼻，摇几下大耳朵。

石拱桥的年岁久远，那些青石台阶和石栏，都已呈现乌黑的色泽，有的石条断成了两截，只有桥中间经常被人踩踏的石条石板，特别光亮。桥两侧石栏，密密麻麻长满了藤蔓。有的藤蔓叶子细小如指甲，藤条像黑色的长线，我们叫泥鳅藤，在田间捉泥鳅小鱼时，以之穿鳃。最多的藤蔓是薜荔，绿叶如掌，厚实，光亮。它的藤条粗大若指，牵牵连连，层层叠叠，绿丝绦般地向着下面的江水延伸。两侧的圆弧形桥洞上，就如同挂了帘幕，在江风的吹拂下，摇荡飘拂。

盛夏时节，石拱桥的藤蔓上结满了果子，像拳头，像馒头，像小香瓜，碧青，圆润，十分可爱，我们叫乒乓。又因村里也有人摘了来，剖出籽粒，浸泡在冰冷的井水里揉搓果胶，能做出晶莹剔透的凉粉，我们也叫凉粉果。

不过，于我们而言，只是将一个个乒乓当作玩物。我们匍匐在桥面，头伸出石栏，双手不停提着藤蔓上拉，摘下来。有的乒乓离手太远，悬在半空，只能望而兴叹。摘来的乒乓，用石头砸开，里面还常常是空洞洞里，包着紫色的花蕊，如同无花果。我们用手指抠一些出来，并不好吃，便丢了，真是糟蹋天物。

庵子岭的绝壁上也多薜荔，我们上山捡柴，看到那些石峰上挂满了的果子，也总会忍不住攀爬上去，摘了，扔下来，嘻嘻哈哈，扔了一地。

江竹

在湘南山区，一条江流的岸边要是没有竹子，总不免让人觉得缺少了什么，是不能尽显其秀丽之姿的。我的故乡八公分，村前的这一段蜿蜒的江流，昔日里曾翠竹披岸，清秀曼妙。

岸边的竹子多是丛生的小竹，密密集集，一枝枝，一叶叶，努力向着清澈的江面探身。不过只有为数不多的枝丫，伸得老长，像一丛蓬松的凤尾，出类拔萃，绿意盈盈地在江风里轻摇，在粼粼清波里倒映出婀娜的姿影。

这些小竹子，小枝尖叶，模样看起来差不多是一样的。可实际上它们的品种有别，等到清明前后，经过了几番风雨，那些笋子长出来，一看，便很了然。它们钻出地面的先后不一，形状和口味也略有不同，村里人都给它们取了相应的名字，明明白白。

最早长出来的那一批笋子，就叫早笋。早笋尖的两枚小壳叶向外张开，成一个"丫"字。早笋的味道不是太好，有点微苦，偏涩。它是春笋的前奏，好的更在后头。

尖尾巴笋紧随其后。顾名思义，这种笋子的尾巴是尖尖的，像一枝削尖的铅笔，笋壳色泽浅，偏亮。这笋如不采摘，能一个劲头往上冲，笔直直，高过竹枝竹叶。尖尾巴笋剥去壳叶，笋肉碧绿如玉，在笋节处，有嫩嫩的小丫，看起来很漂亮。尖尾巴笋味道鲜美，炒蛋，黄黄绿绿；炒肥肉片，青青白白；炒泥鳅田螺，炒小鱼小虾，都是美味佳肴，色香俱全，能让人胃口大开。

红花笋是最好辨认的，同样的一片泥土，它一钻出来，身子就是黄中泛白，与众不同。甚至笋壳上还黏附着红壤的泥痕，莫非它拱出地面受到了泥土的刻意阻止，奋不顾身经过了好一番激烈摩擦才终见天日？红花笋去壳后，笋质如白玉，做菜味道也好。

阿呆秧笋比前面的几种都要粗壮，笋壳微红，关键是它的每一片笋壳尖的叶片儿十分特别，横着向两侧张开，而且叶片儿的中间部位向下凹一个小窝，怪模怪样。阿呆秧笋剥壳后，往往还有指头粗，筷子那么长。这笋子水焯后，撕裂成两爿，晒干了，白白亮亮的，以后做菜，口味更佳。

江岸边最迟长出来的是麻拐笋。因其笋壳叶像青蛙（俗称麻拐）皮，绿底子上布满黑斑点，固有此名。在江边所有这些能吃的笋子中，它的个头长得最大，才露出地面一两寸，就比拇指还粗了。麻拐笋味苦，最不好吃。因此在江边，它有时能长得又高又大，像一截棍子。

江边长笋子的这段日子，来扯笋子的人就多，大人扯，少年扯，孩子也来扯。你方唱罢我登场，一遍遍在江边的竹丛里翻来覆去寻找，每个人的手中，总会握着一大把。有时握不住了，就折一根竹枝条，在笋的根部绕几圈，扎紧。

不过，这个季节，蛇已经苏醒了，出洞了，扯笋时需得防范。江岸竹丛边最常见的是四足蛇，我们叫狗婆蛇，昂着头爬行，拖一根长尾巴。它喜欢出来晒太阳，听到人的脚步和响动，哗啦哗啦吓得赶紧往竹丛里钻。也有一种乌蛇，黑乎乎的，又长又大，在竹子间消无声息地一滑而过，猛然见了，吓得我们魂飞魄散，连舌头也吓大了，话说得只哆嗦。最毒是那竹叶青，村人叫青竹蛇，身体瘦小细长，全身碧绿，缠绕在竹枝上，很难分辨得清。

江岸的笋子长成了亭亭玉立的嫩篁，枝条散开，叶片翠嫩，样子十分可爱。这时，那些野蔷薇也开出一丛丛繁花，白的，粉的，红的，色彩缤纷。村里的男孩女孩们，常折几枝竹篁子，扯去梢头的竹叶竹茎，而后摘了一朵朵野蔷薇花，插入竹梢。这样，一枝枝绿叶尖尖的竹枝上，就盛开一朵朵鲜花了。在暖融融的春风里，孩子们手握花枝，笑着，追着，闹着，童年的欢乐是如此简单！

江岸上也有另一种高竹，村人叫桃氏竹，学名大约是桃竹。这竹子一丛少则数十根，多则上百根，指头大小，像箭杆一样，笔直直能长几米高。每个人都知道，这竹子的笋，一长出来就很老了，不能吃。村里常会有人提了柴刀，来江边砍一把桃氏竹，编织烘笼里的竹垫子，编织其他的日常竹器。

村前的清江静静地流淌，流过一丛丛的江竹，流过我的童年。

江上草

《古诗十九首》里有"青青河畔草"的描述，王安石也曾发出"春风又绿江南岸"的慨叹。每当吟诵这些美好的诗句，我的脑海顿时就会呈现一条充满生机与活力的江河，那里草色青青，流水清澈，那么空濛，那么静谧，那么熟悉！那不就是我故乡的江流吗？

故乡的江岸，常年青草密布，即便深秋江畔的高杨和垂柳黄叶飘零，那些一如大地皮肤一般的草们仍然活活泼泼，绿意无限，正所谓"秋尽江南草未凋"。这些江草，种类繁多，红秆子草、猪耳朵草、牛鞭草、狗尾巴草、针茅草、蛇泡草……琳琅满目。不过，最多最密集的野草，要算地皮草了。

地皮草也叫马鞭筋，又叫路边草。它那针线状的细微长茎匍匐在地，每一个茎节处对生了两片针尖般的长叶，不停地向前生长，又不停地扎下根来。它们成丛成片地繁衍蔓延，将江岸的泥土紧紧地包裹起来，像铺上了绿绒绒的毛毯。

地皮草茂密鲜嫩，绿意盎然，在下雨之后，或者生了露水，草尖上顶着无数颗水珠，晶莹剔透，闪着光亮，尤为可爱。这可爱的青草，更是耕牛的美味佳肴。每天里，江流的两岸，在江树的掩映之下，总有牛儿低头吃草的身影。这些耕牛，或是耕田劳累之后，农夫解下了鼻绳，任其在江边啃嚼；或是大大小小的三五头一群，被放牛人驱赶了来。它们散开在江岸坡，愉快地啃着，不停地弹出舌头，卷进青草，霍霍有声，脖子下的铃铛也摇晃得叮叮当当响。江水漾着清波，倒映着它们神情专注缓缓前行的庞大身影。

江岸也是我们小时候经常扯猪草的地方，红秆子草、猪耳朵草、毛老虎、烂布筋，这些草或长得高，或叶片阔，容易手扯，独地皮草难对付。地皮草向上长得没一握高，又牵牵连连扎根泥土，拔起来很费力，手指痛，有时就用镰刀割。倘使眼前突然有一丛特别深、特别青绿的地皮草，不用说，草下准是一堆牛粪的干枯残渣，黑乎乎的，大孔小洞，散成一片。那该是屎壳郎曾奋斗过的地方。

春天的江岸自然是最迷人的时候了。草色青翠，杨树、柳树发了新叶，桃树、李树开了花朵，笋子冒出来了，燕子也呢喃飞翔了。有时连夜震天动地的雷雨，天明时停息了，太阳出来了。而那些清亮亮的地皮草上，竟然生出一片片墨绿色的雷公菌，皱皱的，软软的，被我们拾了来，洗去黏附的草叶，做成一碗好菜。

春雨绵绵的时节，江水满了，淹上了地皮草。江岸的水田也满了，水不住地从田埂口坝流出，沿着江岸的沟槽汇入江流。有的地段，田水直接从江岸顶溢出来，漫过满坡的地皮草，潺潺流下。这时候的泥鳅和鲫鱼最开心了，它们成群结队，不住地溯流而上。江岸的沟槽满是泥鳅和鱼虾，甚至地皮草的斜坡上，也到处都是哗啦哗啦审水的泥鳅和江鲫。这样的日子，我们自然也十分开心，捉泥鳅捉鱼，忙得手忙脚乱，尖叫阵阵。

江岸上还有一种草，叫鱼草。这种草生长在江岸的下端，临着水滨。它们也是成丛成片地生长，茎叶粗壮，齐刷刷能长一尺多高。这草用手拔断很费力，得用刀割。夏日的早晨，那些放鱼塘的村人，常挑了一担竹筛，来江岸割上满满一担鱼草。

丝草也是鱼儿喜欢吃的青草，像一条条深绿色的长丝绦，长满在水质清澈的水圳和江底，在水流里不住地轻摇慢晃，姿态曼妙。站在岸边，我们都能看到鱼虾在茂密的丝草里游动。在盛夏，就常有村人赤膊在江水里搂丝草，既可直接喂鱼，也能一撮一撮插栽在浅水鱼塘里。

感谢这些江上草，它们在堤岸、在水滨、在江底，深深扎根这条江流，稳固着堤岸与河床，绵延生长，生生不息。青草绿水，相依相伴，相辅相成，共同哺育着大地上的生灵，成就了世代繁衍的烟火乡村。

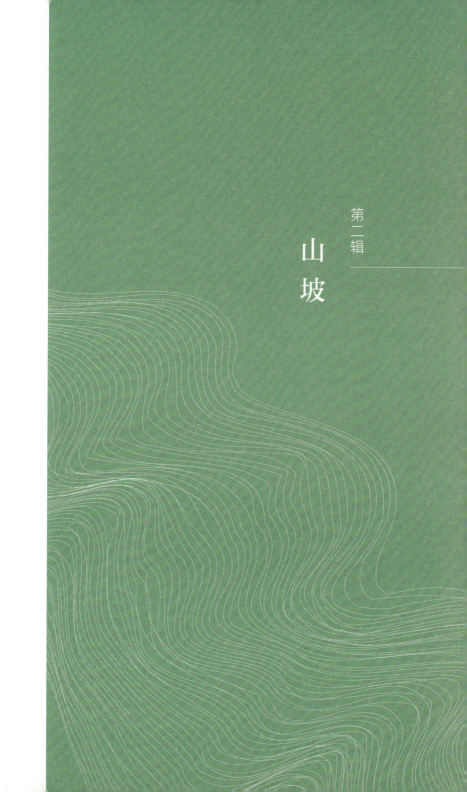

第二辑

山坡

油茶

　　前几日立冬，一个寒冷的季节不知不觉间已然来临。想来，故乡的油茶花正是盛开的时候。那洁白的花瓣，金黄的花蕊，花蕊中央裹着的一泡露珠状的花蜜，还有那嗡嗡不停的野蜜蜂，曾是那么熟悉。倘使时光倒流三十年，甚至四十年，故乡那山山岭岭啊，可真是繁花似雪，漫天飘香啊！

　　同周边许许多多的村庄一样，那时我的家乡八公分，也是处在湘南油茶的主产区，绵延起伏的山岭，满山满坡多是郁郁苍苍的油茶树。

　　在生产队的时候，油茶树是村庄最重要的经济林。每年冬天晒干的油茶籽在村北的榨油坊里打了茶油后，生产队就会安排脚力，用乌黑的油篓子挑了，走十里山路，送到公社粮站交售国家任务。余下的，再按工分和人口分给各家。这样，金黄透亮的茶油，和洁白成冻的猪油，就成了家家户户一年四季的食用油。过年过节，炸兰花羹、套环、花片、丸子、油糍粑这类米制食品，更是离不开茶油，黄澄澄的，酥脆，喷香。煎泥鳅鱼虾，炒鸡鸭田蛙，茶油一放，锅底哗哗啦啦便开了花，既避腥，又香味浓郁。平时村人碰碰磕磕，跌打损伤，在受伤处涂上茶油，清淤活血，消毒止痛，不几天就好了。

那时的油茶山，保护得可真是好。树木稠密，高大。很多山上泉流成溪，四季不息。油茶树是一种多分枝的常绿植物，向四周散开，树冠宽阔。大的油茶树，近地面处的主干比成人大腿还粗，人站在树下，就像进了一个遮天蔽日的绿色大凉棚。摘油茶子的时候，这样一棵树，往往就能摘上满满一担谷箩筐。高处的油茶子，人需站上枝丫间，或者拿一根带倒钩的长竹竿才能钩下来。油茶树枝干表面多皮屑灰尘，摘油茶时，眼里常会落进茶树灰，揉得眼睛涩痛。有时甚至需另一人撑开眼皮，嘴巴对着眼珠子猛力吹气，吹得眼珠子发凉发痛，泪水盈盈，才能吹出来。茶树灰也是村人的止血药，在山上伤了血口子，常在树干处刮一些灰尘敷上。

油茶树叶子如卵，拇指长，二指宽，边缘有小锯齿，厚实硬脆，一折就断，表面纹理清晰，绿得深沉发亮。这样的叶片长得重重叠叠，密密实实。老死的叶片掉落在树下，积成乌黑厚厚的一层。这些落叶，是村人煮猪潲的燃料，村里的妇女、少年和姑娘们，一年四季，常用长竹箆挑了谷箩筐来山上搂叶，一担担挑回家。

油茶树的枯枝，则是村里孩子和少年们年复一年成群结队上山捡柴的永恒主题。密林深树之间，有的茶树枝已死去很久，枝干乌黑光裸，一叶皆无，全然干透了，一掰就断。有的还刚死不久，树叶仍在，或泛黄，或焦红。偶尔，也能看到整棵树死了的，这会顿时引起我们异常的兴奋，高呼大叫，蜂拥而上，各自尽力扳折，却不能一人吃独食。在山上，我们腋下的柴火夹不住了，就先找一处稍平坦的空地做根据地，叫图堂（土话读音），各自放一处。而后，围绕其周边散开，继续捡柴。捆缚柴火，通常用缠绕在油茶树上的黄鳝藤，乌黑，有小指粗，柔韧性极好。待我们络绎走下山时，每人的腋下或肩膀上，或抱，或扛，都有一大捆整整齐齐的干柴，像一截比水桶还粗的圆木柱。

对于童年里的我们来说，春天的油茶树林，那是一个令人开心的地方。很多树叶间都结了茶耳，一丛丛，一串串，形同茶树叶，厚厚的肉质，或粉红，或白亮。白的甜脆，红的苦涩。有的茶耳甚至大如手掌，雪白雪白的，更令人欣喜。也有茶泡，像一个个空心圆球，估计是耳茶的变异，小的乒乓球那么大，大的有拳头这样粗，在绿叶间，白白嫩嫩的。摘了来，既能吃，又可赏玩，还能长久炫耀一番，馋人眼目。茶树菌也是这时节生长出来的一道美味。这种菌子，只长在油茶山上，外表泥黄色，高挑粗壮的杆子，宽宽圆圆的平顶子，个子高大，肉质洁白而肥厚，味道尤为鲜甜，为村人所喜爱。

那时的村庄，打陀螺是男孩子风行的游戏，每个人都会有好几个陀螺。有时，我们上学，也在书包里带着。放学回家，每天傍晚的禾场上，到处是挥着棕鞭小木棍打陀螺的人，你追我赶，喧哗热烈。我们的陀螺大多是用油茶树干做的，新鲜的油茶树木质坚硬，容易刀剁，而且底锥钉钉子不易开裂。油茶树做的陀螺，大小不一。新的白亮，旧的乌黑。也有高大威猛的，上端足有饭碗口那么大，打起来，棕鞭啪啪响，在陀螺群中横冲直闯，咕噜噜旋转不停，像一个盖世的草莽英雄。

油茶林关乎村庄的收入，关乎村人的吃用。那时的村人对油茶林也很善待，上山捡柴，并不恶意伤害活的油茶树。村里也有严厉的乡规民约，并有专人看守巡山。平常的日子，生产队经常组织劳动力挖垦村庄周边的一些茶山，去除野树杂草。茶油树也长得愈发枝繁叶茂，果实累累。

摘油茶一般在霜降前后，这时，果实成熟，油分最足，也是一年中最艰辛的农活，劳动强度要大过盛夏的"双抢"（抢收早稻、抢插晚稻）。在生产队的时候，每年一到摘油茶，就会干塘捉大鱼。各家分了鱼，剁块烘干。摘油茶的那些天，家家户户男女老少，天未大亮就吃了饭，挑着箩筐竹篓、锅碗瓢盆、米饭红薯，匆匆忙忙往山上赶。一整天都在山上摘茶子，不时往山下远处的晒坪挑运茶子。中午就地在山上挖一口简易灶，架上鼎罐煮饭，菜就是腌红剁辣椒炒干鱼。每当中午时分，碧绿的山间但见一处处炊烟袅袅，升腾到半空。到晚上回家时，天色已然黑透。这样日复一日，要连续十来天，人人累得腰腿酸痛，手脚开裂，精疲力尽，全都像散了架。

要是遇上下雨，天寒地冻，浑身透湿，饥寒交迫，山路泥滑，就更艰难了。

不过，虽然劳累，村人心里却很高兴。因为累，也意味着丰收，意味着年底榨茶油时，家家户户能分到更多的茶油，生活自然也会更好一些。

采摘油茶子之后，山间的油茶花应时而开，像无数的雪花，开得漫山遍野。这样的景象，总会让很多老农不由地喜上眉梢："明年又是个丰收的好年成！"

枞

在湘南山区，村庄多是背山而建。这村后的一处山，通常叫纳山。是蓄积容纳枞树、樟树、枫树、苦槠、檵树、黄栀子等各种各样原生态乔木、灌木、藤条、荆棘、蕨类、茅草等多样性植物自然生长的地方，是不容私人胡乱砍伐的禁山，是保一方平安的风水山、风景山。这里树木稠密，高大，一年四季郁郁苍苍，明显与周边的油茶岭、杉树岭或南竹岭不同。在路途中，远远地看到一座秀木深树的纳山，不用说，这村庄定然是一个祥和美好的地方。

我的故乡八公分坐西朝东，村后就有这样一座典型的纳山。村北也曾有一片性质相同、坡度平缓的山，因枞树更高大，更密集，村人也就顺口叫枞山。

枞树其实就是松树的一种，就如同我的书名叫孝纪，小名叫鼎罐。村人叫我鼎罐，大家都耳熟又耳顺。枞树也是如此，在村里，大约没几个人叫松树的。甚至很多一字不识的人，你要问他什么是松树，他会茫然摇头，尽管天天都看见它，亲近它，熟悉得就像自己的手脚。

村里的这两处禁山，只是禁止乱砍伐，并不禁止到山上捡干柴，搂枞毛。事实上，在我的童年里，到纳山和枞山搂枞毛，爬树扳干柴，摘乌米饭、地石榴这类野果，捡各种各样的野蘑菇，那是十分寻常的事情。

枞树枝条的绿叶，一撮撮，根根细长如针，长得密密集集，铺天盖地。这些长针叶，新的不断生长，老的不断死亡，随风飘落在树下的灌木丛上，在空地上，一根根，一缕缕，一片片，一层层，色泽橘红，光洁明亮。它们是极易燃烧的好柴火，清早起来在灶屋里生炉火，村人常抓一把枞毛来引火，划一根火柴一点，呼呼就燃起来了；厅屋的大土灶煮潲更是好燃料，用长柄火叉一团团推进去，火舌熊熊，烟尘少，有着特殊的枞树香味。搂枞毛用的是长竹箟，箟头呈扇面散开，箟齿弯曲，像一只张开的大手。我们弓背俯首，双手握着竹箟长竿，在地面上不停地搂着枞毛，进退自如，霍霍有声。集聚成堆的枞毛，双手捧进箩筐。要不了多久，就能挑一担回家。

扳干枞树枝，就没有搂枞毛这么轻松了。这些枞树十分高大，我们双手难以合抱，表面开裂粗糙，徒手赤脚爬树，肚子贴着树皮摩擦而上。站在上面的树枝上，离地面两三丈。有的树枝已然干死，乌黑，没了枞毛，这就是我们须小心又用力扳折的干柴。枞树枝的硬度和柔韧性都很好，粗大又长，扳断一根干树枝不容易。这样的时刻，我们也很想从家来带一把柴刀来，但不敢。

春天里，枞树的枝头开出漂亮的花，我们叫枞树花。一撮撮，正如向上伸着的修长手指，长长短短，附着密集光滑的绒毛，远看白白嫩嫩，好像一齐举着手，要向苍天讨要什么好东西。漫山的枞树都这样开着，样子确实壮观。这些枞树花掉落后，枝头会结成一个个表面布满鳞片的球状果，土话叫枞箕波。到了寒冷的冬天，枞箕波纷纷从树枝上掉下了，乌黑干枯，鳞片裂开，不见了里面的子粒。我们常提了竹篮筐，到山上捡枞箕波，这也是烧火做饭煮菜的好柴火。

每隔几年，村里会统一砍伐一轮枞树枝，以便让枞树往高处长。大人砍树枝，有爬树用柴刀、勾刀剁的，也有的人把刀子绑扎在长木杆、竹竿上，站在树下仰着头挥砍。枞树枝不断从半空掉落下来，发出哗啦哗啦的巨大响声，枞树林变得光亮空阔起来。这些枞树枝，拖出山后，各家各户按工分和人口过秤分。那几天，很多村人挑了分得的几百斤枞树枝条，绿森森的，走几里山路，送到窑上村，卖给烧坛坛罐罐粗瓷窑的人。

也有养了很多鸡鸭的人家，将生的枞树枝连枝带叶堆成一堆，挑来黄泥掩埋。几天后掀开，里面生了无数白蛆一样的枞毛虫，是鸡鸭爱吃的美味佳肴。

有的年成，在秋天里，突然间整个纳山和枞山的枞树，全部生了黄色毛虫，比小指略微小而短，密密麻麻，遮天蔽日。每一根树枝都黏附着无数条，不断地啃食针叶，令人毛骨悚然。据说这虫害是被风刮了，从外村传染来的。短短几天时间，原本绿森森的密林，竟然一同枯死发黄，如遭浩劫。村人看着也是干着急，更不敢靠近，只能听天由命。好在经过严寒的冬天和几场大雪，到了第二天春天，光裸裸的枞树又生长出新的绿叶。渐渐地，满山的枞树又恢复了生机勃勃郁郁苍苍的模样。

枞山的深处，也是掩埋夭折幼童的地方，村人叫"埋豆子鬼"。我童年时的一些玩伴就被一床破草席包裹，长眠在那些树下。有的人甚至与我们一同在村里宗祠边的小学读书了，或死于游泳溺水，或死于疾病，比如贱华眯眼，比如青德黄皮癞子。我们进山捡枞树枝，总不敢靠近那些地方。要是哪个捣蛋的家伙，突然一声大喊："豆子鬼来了！"我们顿时吓得抱头鼠窜，魂飞魄散。

大棵的枞树，有时也被村人砍伐。村前的木桥被洪水冲毁了，用来打桥墩、架桥板；那些通体乌黑生着青苔的渡槽朽烂了，锯了长长的一段枞树干，纵向凿了宽凹槽，重新架在溪涧水圳之上，接通水流。

枞树的枝节处多油脂，伐树时砍下来，一块块油脂大如手掌，晒干了，金黄透亮，香味浓郁，村人叫枞角。枞角是照泥鳅的好燃料，南风吹拂的春夏之夜，常有村人提着长杆灯笼，铁笼里燃着红亮亮的枞角，另一手握着泥鳅叉子，缓缓行走在漆黑的田间。远远看去，如豆，如星。

枫

　　倘使村庄的两棵高耸云天的古枫还在，那红透的枫叶，定然是灿如彩霞了，已将整个村庄染得通红又明艳。

　　枫树是湘南山区十分常见的植物，就我的家乡八公分而言，周边的油茶山上也不乏其踪，或高或矮，或大或小，都是土生土长。不过，作为油茶山上的无用的杂树，它们并不被村人待见。上山砍茅柴荆棘的人，遇见了，径直剁了枝叶或树干。但枫树的生长力也十分强大，只要不连根挖去树兜，隔些日子，又能偷偷地发出些新枝来。风里雨里，晴里霜里，它们寂寞又卑微地顽强生长着。

　　枫树最多的地方，当属村北的枞山和村后的纳山。因了这是村庄的禁山，是关乎一村命运的风水山、风景山，这里的枫树也就少了刀砍斧剁的厄运，能自由自在地承受阳光雨露的恩泽，长得高大蓬勃，生机盎然。

枫树五角星形状的如掌阔叶，在深秋和冬天里红得鲜艳。只是在童年里，我们缺乏对大自然美的感知，并不觉得有什么特别之处。亦或许这自然景象的变换，在这方封闭的乡村，年复一年上演，实在太为寻常，不足为奇。便是成人，也从未听谁夸赞过。也许这正是所谓"久处芝兰之室不闻其香"吧。

不过，在村人的眼里，暮春谷雨之时的枫树叶，倒是很好的东西。这时候，枫树的枝头刚长出三四片小叶，嫩得像一张透明的薄纸，浅浅的翠绿色，淡淡的清香气。村妇们提了竹篮子，上了纳山和枞山，一篮篮摘了来。摘回家的嫩枫树叶，井水清洗一番，滗干，倒入刷干净的柴火大锅里翻炒，顿时，香气也愈发浓郁了。炒蔫的枫树叶，簸箕装着，经过一番猛力揉搓，绿绿的汁水挤压了出来，洇绿了簸箕底，叶片也呈蜷曲之态。随后，端到太阳底下晒干，就变成了乌黑的枫树叶茶。装入干瓮，或装进茶篓，一年四季用来泡茶喝。

枫树叶茶很香，新茶叶泡的茶汤金黄透亮。枫树叶茶收藏得越久，越老，味道越醇厚，茶汤的颜色也越深沉，橘红，甚至红得发黑。村人多用铜壶泡茶，铜壶有大有小，小的铜壶又叫煨壶。常有爱喝老枫树叶茶的人，抓一大把枫树叶放进壶里，煨在柴火上，滚烫滚烫的，慢慢地喝，一碗连一碗，一壶接一壶，简直就是喝热气腾腾香气扑鼻的黑汁。据说这样喝茶，也能喝醉人。

老枫树叶茶在村里还是一味治腹胀腹泻的良药，老幼咸宜，比什么中药西药都管用。尤其是生了虫屎的老枫树叶更好，泡了浓茶喝，效果立竿见影。很多人家，为了能让枫树叶茶尽快生虫子，往往在茶叶瓮里撒一把糯米。生了虫屎的老枫树茶，模样不甚雅观，叶上虫洞无数，牵牵连连，细微的虫屎一粒粒，一堆堆，黑黑糊糊，数量无穷。奇怪的是，这个时候的老枫树叶茶，只见了虫屎，不见了虫子。不过，这样的茶叶在村人的眼中并不恶心，相反，当成了可爱可亲的宝贝。

村里曾有两棵古老的枫树，一棵在宗祠的后面，一棵在榨油坊的旁边。宗祠后的这棵离村庄近，站在树下，须两三个成人才能牵手合抱；榨油坊的那棵离村庄稍远，也略小。

那时候，村里的古树很多，古枫、古樟、古稠、古槐、古柏……最大的就是宗祠边的这棵古枫，堪称树王。它树干树枝乌黑，树皮粗糙开裂，笔直苍劲，高耸云天，巨大的虬枝向周围散开，覆盖着广阔的地域。树顶上，有一根大枝干枯死了，结着一个看起来比谷箩筐还大的喜鹊窝。一群数不清有多少只的长尾巴喜鹊，就常年栖息在这里。每天早晨，我们睡在床上，都能听到它们嘈杂的叫声。那是它们像一条黑色河流一样的，开始飞出窝去，轻盈扇动的翅膀上，有着明亮的白斑点。到了傍晚，它们又像一条黑色河流那样飞回来，嘈杂的叫声又将村庄的上空填满。

这样的古枫，我们只能抬头仰望。春天里，它原本光裸的树枝上长满了翠嫩的叶芽；夏日里浓阴覆盖，阳光透过密匝匝的苍绿树叶，只在地面落下稀疏的光斑；秋天里，它的叶子由绿而黄，而红，乃至绯红如血，如燃如火，如彩如霞，青砖黑瓦的村庄也被浸染得红光满面，异常明丽。红红的枫叶不断从高枝上飘飞，铺满大地，铺满附近青砖黑瓦的屋顶；冬日里，红叶落尽，那光裸的枝头不时掉落鸡蛋大的枫球下来，干枯发黑，带一根长柄，就像宗祠戏台上演古装戏时那帽子上的绒球，密刺扎手。在夜里刮了呼呼大风的清早，地上的枫球落得到处都是，我们常提了小竹篮来捡拾，用来煮饭烧火。

就如同村里所有那些古树的命运，这两棵古枫，也在生产队解体时，先后砍伐了。于今想来，不胜唏嘘。

山苍子

人生里，有些事情仿佛冥冥中注定，是你的，纵然中间分隔多年，最后还是你的。就像我手里拿着的这本写着我名字的林权证，那片从我父母手中继承过来的山岭。在我童年的时候，那里曾有满坡的山苍子树，高树密叶，蔚然成林。

父亲在世时曾多次说起，这片山岭是他和母亲年轻时开荒得来的。那时湖南刚解放不久，作为穷苦人出身的父母也分到了田土，但没有山岭。一天，父亲在临近的下羊乌村拉大锯的时候，恰好当时的大队支书来闲坐聊天，便向支书说起自家没有山岭。支书说，你村对面杨家湾那一带都是荒山，你自己去开垦一片，就是你的了。支书金口玉言，父亲如获至宝。那之后，父母二人就整天在山上刀砍斧剁，垦山撩荒，遇有野生的油茶树，就小心保留下来，从此有了这片从山脚到山顶呈三角形的高陡山岭，两凹两凸。汗水浇灌，日积月累，山上的油茶树也渐渐多了起来。

以后，高级农业生产合作社在全国推行，田土山岭全部归集体所有，父母开垦出来的这片山岭自然归了我们家所在的生产队。有一年，各生产队购买山苍子树苗，培育新的经济林。因这片山岭与村庄仅隔着田野和江流，很近，就成了我们生产队唯一栽种的地方。

那时我的大姐十多岁了，已是生产队的劳动力。她同我的父母一样，也参加了生产队种植山苍子的劳动。先是满山坡都挖了树坑，随后从山下的干田挖肥沃的田泥挑上山，山坡下面的树坑，挑一担田泥一分工，上面的一分五厘。

山苍子树生长很快，三四年工夫就能开花结果，有所收获了。我有记忆的时候，这片山苍子树林已经很高大，远远高过了油茶树。料峭春寒之时，满山的山苍子树开着金色的小碎花，每一根光裸的树枝上都开出无数朵，一串串，密密匝匝。从村前看去，就是一片花的海洋。

摘山苍子时，正值盛夏。每一根密叶覆盖的枝条上，都密密麻麻长着豌豆般的籽粒，青翠光亮，像无数的翡翠珠子。这些籽粒都长着一茎细微的短柄，或单独长在树枝上，或三两粒成一丛，摘时需要十足的耐心。山苍子树修长高挑，枝丫密集散开，摘完一棵树的籽粒，要费很长时间。而它的木质脆，很多高枝被人扳下来时，常常哗啦哗啦就折断了。有的人为贪图摘得快，也会折了小枝条，拔去叶片，握着顺手一捋，就能把满枝的籽粒捋下来。如此，经过采摘之后的山岭，到处是山苍子树的断枝残叶，如同遭受了一场浩劫。更何况生产队摘过之后，村人都会蜂拥而至，捡拾剩余的籽粒卖钱。爬树的，折枝的，玩耍的，浩劫再度上演，甚至更惨。亦因此，那几天，这片山苍子树林会出产很多好柴火。

山苍子无论那细长柔软的叶片，还是滚圆光亮的籽粒，都有很大的气味。摘过籽粒的手，被汁水染成绿色，气味浓郁，难以洗净。

那时村里收购山苍子的是杏才爷和孝端几个人，我们捡拾的，也是卖给他们，几角钱一斤。他们会熬樟油，也会熬山苍子油。每年山苍子采摘的日子，他们就开始在榨油坊的旁边砌大砖灶熬油了。说是熬油，其实是用木甑蒸，利用蒸馏的原理，跟出红薯酒如出一辙。不同的是，砖灶大得出奇，铁锅大得出奇，木甑也大得出奇。甑口足足有一米的直径，里面的甑箅是竹子编制的，大如簸箕，垫在甑底的四根木枋上，一甑能装二百五十斤山苍子。

小时候我曾多次看过他们的大灶，蒸一甑，须昼夜二十四小时不停大火。为此，那木甑也有两个特殊的装置：甑底有一根从水圳引来的进水管，一管筷子细的溪水源源不断注入大铁锅；密封的甑盖上端，引出一根拇指粗的曲折白铁管，延伸着，长长地浸泡水圳里，在最端头才脱离溪水，伸进装油的容器。滚烫的油蒸汽，就是通过这条长管冷却后，成了金黄透亮的山苍子油。据说，一百斤山苍子，才出油三四斤。山苍子油奇香，是重要的香料油，那时候就已价值不菲，国家收购价格就已达到三四十元一斤。

熬油之后的山苍子残渣，乌黑，散发着浓浓的气味，通常在大灶的附近堆成小山。这些残渣也是农家的宝贝，既肥田，又有很好的杀虫效果。

生产队解体之前，周边村庄的山苍子林已渐渐少了。以后分山到户，这片父母当初开垦出来的山岭，竟然奇迹般被母亲抓阄时抓着了，重新又回到了他们的手中。那些山苍子树，不断有人偷砍了做柴。我的父亲就索性陆续全砍了，着意培育油茶林。

如今，故乡很早就没有成片的山苍子树林了。只是每年早春时节，在山间，在路旁，偶尔能看到零星的修长花枝，傲然突兀于碧绿树丛，黄花繁密，鲜艳明亮，让人顿时就能想起它的名字，那么亲切！

冻桐子花

季节就是那么的奇怪。

油桐树开花之前，再晴朗的春天，都并不意味着天气就从此真正稳当当地暖和过来了。当我也同小伙伴一样急不可耐要脱去厚厚的粗布棉衣时，母亲年复一年说过无数次的那句话又来了："桐子花都还没有开，还有冻的日子呢。哪天冻得狗拱灶。"

果然，天气说变脸就变脸了。寒潮来袭，天昏地暗，绵绵阴雨，村人又清鼻涕刷刷再度围着灶屋里的柴火烤手指，大狗小狗也时不时卧在灶前烘鼻子，蹭暖和。不过，在这倒春寒的日子里，人们期盼已久的好消息也终于到来：桐子树开花啦！

"冻桐子花"已经成了村人判别天气经验中的一道分水岭，桐子花开，漫长的寒冷季节终于结束了，大地回暖，晴

日渐多。周边的油茶山，村前的江岸，村北那片平坦开阔的桐树坪，一树一树的繁花开得洁白亮丽，远观如雪。油桐的花期很长，花朵也大，在桐树坪里玩耍细看，那雪白的花瓣挨着金黄花蕊的地方，还有丝丝缕缕的粉红，愈发漂亮。待到繁花落尽，地上铺了厚厚的一层，宛若又下了一场大雪。好在那时还是懵懂童稚，此情此景并不深以为意。若是到了多愁善感的青涩少年，怕是要黯然伤怀一番了。

此时，油桐的树叶也已生长出来，长长的叶柄，宽宽的叶片，仿佛一把把绿色的小蒲扇，重新占据了原本光裸的树枝，密密匝匝，如亭如盖。

油桐的树皮略为泛白，质地厚而光亮，很容易与里面白色的木质相分离。许多时候，我们上山捡柴，或者在桐子坪玩耍，折一根嫩枝，用刀子环绕切一圈，小心一拔，就能抽出一截手指长的圆圆的树皮筒子，一端捏扁了，能当口哨吹，声音尖锐又响亮。若是从大树干上剥下半圈长长的树皮，像一片长瓦，就是捉鱼虾的引水槽子了。常有男孩子一手提着小竹篮，一手拿着桐树皮，对着挖开的水田口子，将水流引进篮子里，小鱼小虾也就成了篮中之物，在劫难逃。

盛夏到来之时，树叶间的桐子长得像小拳头，一个个高高悬挂着，青翠而油亮，很是馋人眼目。我常想，要是桐子也像桃子李子能吃该多好！那样的话，三下两下爬上去，站在枝丫伸手一摘，就可饕餮一顿了。可惜得很，这些看着令人垂涎的果子，竟不能吃。不过，它那深绿光滑的大叶，倒是常被村妇们摘了来，包麦子粑，包米粑。蒸熟的粑子，剥去桐叶，已染透了黄绿的色泽，有着独特的清香。

每年的寒露，是摘桐子的时节。这时的桐子，已大过碗口，很多染成红色，就像熟透的苹果，圆润可爱，恨不得咬上一口。摘桐子也称打桐子，人站在树下，手举长竹竿敲打，一个个噗噗掉落下来，有的要滚上很远才停下。

桐子皮厚而结实，挑回村里，人们并不把它当做宝贝一样放在家里妥善保管。相反，全都倒入屋旁的阴沟，任其日晒雨淋，风吹霜打。起初的几天，我们常在桐子堆里玩耍打滚，把桐子当皮球扔来扔去，不亦乐乎。慢慢地，桐子皮沤烂了，腐败了，最终成了一堆乌黑的烂泥。

这时，正适合于挖桐子仁。挖桐子仁有一件专门的铁质工具，颜色乌黑，就叫桐子挖，犹如一根曲着的手指。一手握紧乌黑的烂桐子，一手拿着乌黑的桐子挖，一挖，一撬，乌黑的桐子仁就破皮而出了，一粒一粒，像鹌鹑蛋。以后经过晾晒，即可打榨桐油了。

打桐油跟打茶油如出一辙。在榨油坊里，桐子仁同样要经过烘烤、碾粉、蒸粉、踩饼、上榨、打油这全套流程。只是桐油的气味大，需待村里打完茶油之后，方可打桐油。

金黄浓稠的桐油，是那时村人日常生活中不可或缺之物。点灯、漆棺材、漆水桶、漆打禾机，样样都离不开它。桐油拌石灰漆木器的底子，结实、耐用，又不透水，长久不坏。

村里有句俗话："吃了桐油呕生漆。"桐油那难闻的气味，令人十分反胃，亦因此，也偶尔被村人用来催吐，救人性命。那个时代，在艰难生活的重压下，每年总有几个人想不开了，揭开农药瓶子，咕嘟咕嘟喝一顿。待发现，已是奄奄一息，气若游丝。亲人在呼天抢地之时，有经验的村人就会赶紧找来桐油，撬开那人的牙关，用筷子头裹布黏一些桐油，塞进喉咙搅动。随即，一阵阵的呕吐翻江倒海，甚至连黄色的胆汁都要呕出来。

现在的故乡，恐怕连一棵油桐树也找不到了，人们早没有了"冻桐子花"的期盼。那如瑞雪般铺满大地的落花盛景，只能成为遥远记忆。真不知道，这个世界为何变得如此决绝？

杉树

对于故乡山岭上杉树的消亡，想来我也应该为之忏悔。

旧时的油茶山，除了油茶树之外，最多的就是杉树了。这些杉树是人工栽种的，还是野生的？我那时还小，思考不到这个层面，或许兼而有之。反正是村庄周边的山岭，都夹杂着郁郁葱葱的杉树。这些杉树或成丛，或独立，高高地突兀于油茶树林之间，从树干到枝丫，浑身披挂密集的肋条状针叶，叶尖锋利如刀，让人不敢贸然靠近。

那时山间的植被保护得很好，林木茂密。站在村前放眼环顾，到处都是深深的绿色。亦因此，山上的流泉也多。地涌泉眼，泉流成溪，曲曲折折，跌跌宕宕，在山林间穿梭，向着山沟的深涧聚集，最终流出山脚，越过田野，汇入村前蜿蜒而过的碧水江流。记忆中印象最深的要算村后枞树山旁边的那一带山岭，土质呈白色，多砂石，疏松多了，明显与周边绝大多数坚硬致密的红壤山岭不同，村人叫白泥岭。又因这一带油茶岭上杉树尤其多，也叫杉山岭上。杉山岭上泉流密布，春夏之交，哗哗有声，宽宽的溪涧底冲刷出干净的大小石头。我们常到这山上扯笋，摘茶耳茶泡，摘绯红的杜鹃花。有时在半山腰的泉流里，还能捉到上溯的泥鳅和鱼儿。

有很多年，村庄周边山岭上的杉树是禁止砍伐的。上山捡柴，砍茅草荆棘，都不得顺带砍下杉树的枝条，抓住了可是要罚款罚谷的。尽管杉树的枝条晒干后，针叶枯红，实在是煮潲出酒时在大砖灶里烧火的顶好干柴。不过即便如此，村庄的许多地方，还是经常能看到砍来的新鲜杉树枝条。比如说，春夏间培育红薯秧苗的时候，禾场上那一条条由猪栏淤堆砌而成的育秧床，最上面就会覆盖厚厚的杉树枝，既煨热，又防老鼠偷啃红薯；鱼塘的进出水口子，也总是免不了插上几层，防止鱼逃；深秋之后，红薯挑进山脚下的横窖收藏了，窖口关上木板栅栏后，总还得搭上尖刺锋利的杉树枝，免得老鼠和蛇钻进去……

大约到了生产队临近解体的那些年，村庄周边十里外的两个圩场——黄泥圩、东城圩，渐渐活跃起来。农村建新瓦房做家具的人家日渐增多，对杉木的需求量随之增加。圩场上有了专门的杉树行，每到逢圩的日子，树行两侧的房屋、围墙、空地，到处都是剥了皮的白亮杉木，有的是粗大的树筒子，有的是大大小小的整棵树，或斜搭在墙上，或堆放在地上，看树的、谈价的、成交的、闲逛的，人头攒动，好不热闹。

　　这迅速在我们村庄和周边的临近村庄催生了一个新职业——背杉树。那时村人在做农活之余，无事可干，就是所谓的农闲。秋收之后到来年春插之前的几个月，是长长农闲时节，往年里青壮年有力无处使，整天待在家中睡懒觉，扯闲天，烤火，串门，偷鸡摸狗。现在好了，背杉树倒卖，赚辛苦力气钱。

　　我们村庄地处湘南山区永兴、桂阳、郴县三县交界的地方，从我们村庄往郴县方向走二三十里山路，就进入了深山林区。每天早上，天蒙蒙亮，村里的青壮年男女就成群结队，空着手步行去林区。到了下午，甚至晚上，各自才精疲力尽，背一棵白亮亮的长杉树络绎回村。之后，在赶圩的日子，又重新背了这树，一大早走十里山路，赶往圩场的树行贩卖，赚取几角或数元金额不等的差价。整个漫长的农闲，村人就这样周而复始，干着这汗水湿透的力气活。

　　黄泥圩树行边上有红辣辣好吃的汤粉和米豆腐摊子，是我二姐告诉我的。那时我们家中，父母年事已高，大姐早已出嫁，我和三姐尚未成年，背杉树卖钱只得靠我二姐。黄泥圩也是村人挑炭的地方，那里有永红煤矿，有锅炉，有汽车，有火车，是我小时候十分向往的地方。每天早上从黄泥圩那边传来的火车的鸣叫，隐约在村庄的上空回荡。我们有时上山捡柴，也会站在高高的山巅，向着那边遥望，在晴好的日子，能看到天边起伏如线的山脊和灰蓝的盆地，有眼尖的甚至惊叫着看到了蚯蚓状的黑火车，还冒着一线黑烟。二姐许诺以后要带我去赶黄泥圩，吃一碗红辣辣香喷喷的米豆腐，我由是天天默默地盼望着。

村里青年男子偷砍杉树的现象也悄然兴起。他们偷杉树总是在夜深人静的时候，提了刀斧或小钢锯，像幽灵一般，潜入山中。在人们的深梦里，一棵棵砍去尾巴和枝丫、甚至剥了树皮的大杉树幽灵般进了村巷，引得狗儿狂吠。有一年冬天的深夜，我们一家正熟睡，突然被一声闷响和父亲随之发出的惨叫惊醒。母亲连忙开了灯，一照，是隔墙顶上一块大土砖掉落了下来，正砸在父亲侧睡着的头上，血流如涌。而落砖之处，一根湿漉漉的杉树尾巴从隔壁伸了过来。我坐在床上吓得大哭，以为父亲马上就要死了。附近几户人家的大人也闻声赶了过来，大家手忙脚乱，赶紧找来干杉木烧成乌黑的火子，锤成灰粉，给父亲敷上止血。原来，当天夜里，是邻居的大儿子刚从山上偷了一棵杉树回来，进屋时，不小心把墙砖撞了下来。而那晚恰好大姐带着仅小我四岁的大外甥来了，原本他们睡那床的，是父母为了照顾外甥把尿方便，才临时换了位置。事后母亲每次说起，无不后怕。

村庄偷砍杉树的风气愈演愈烈，你偷，我偷，大家都偷，差不多到了家家都有盗贼的地步，大人孩子概莫能免。我那时还在上小学四年级，也经常与伙伴们在黄昏时分提刀上山，借着黄昏夜色的掩护，砍一棵能背得动的杉树回家。只要是进村，大家都见怪不怪了，谁也不会说谁，谁也奈何不了谁，村规民约已然失效。

我偷来的几棵杉树，以后剥了皮，在二姐的带领下，我终于在一个赶圩的日子，背到了黄泥圩树行里来卖。这些树看来看去的人都嫌小，最后拢共才以一元钱成交。二姐不负承诺，带我到摊子上吃了红辣辣香喷喷的米豆腐。

我们不仅偷砍村旁白泥岭上的杉树，也偷邻村长洲头村后的杉树。长洲头是一个小村，在我们这些大村孩子看来，并不太怕他们。记得有一天傍晚，我们几个伙伴在他们村后的半山腰放肆大砍杉树，突然山脚下跑来一大群人，带了刀棍、鸟铳和狗，大喊捉强盗，分成两路，从山脚和山上包抄追赶。我们吓得赶紧四散而逃，在山岭上狂奔，向着我们村庄的方向返回。待我惊魂未定跑下山，过了江上的木桥，回到家，长洲头的村人也已经在我们村庄巷子里吵翻了天。第二天的课堂上，我们几个人一齐被老师狠狠地点名批评了一顿。

也有周边强势的村庄，抓住我们村庄偷杉树的人，一顿暴打，还会派几十上百人气势汹汹赶来抄家：有猪杀猪，有谷挑谷，家具一律搬走，门窗打坏，坛坛罐罐一律打碎，屋瓦掀翻，楼板撬走，屋梁锯断，手段无所不用其极。为此，就有几个年轻的村人，从此离村漂泊，成了南下广东打工的鼻祖。

生产队解体，分山到户，村庄偷砍杉树的风气虽有所收敛，但经过多年浩劫，周边山岭的成材杉树已然不多。而且户主们也都包着相同的心态，与其被别人偷，还不如自己早点砍，山上的杉树往往不到手臂粗就被统统砍掉。

这样下来，多年之后，杉树也就不可避免地成了故乡的稀有植物，乃至消亡。

苦槠

村后的纳山因其在村人的信仰里，是掌管着一村的祸福凶吉，是风水山，是禁山，因此，在很长的岁月里，这里的植被维持着原始的状态，乔木、灌木、蕨类、地衣等各种植物，层次分明，种类繁多。很多植物我们是能叫出名的，诸如枞树、樟树、枫树、杨梅、苦槠……但更多的，却是叫不出名儿，有的认识，有的不认识。植物的多样性，及其能够得到充分地生长，也造就了这处山岭的独特风貌，明显与周边广大的油茶岭不同——树冠更为高大，更为浓郁，更为致密，更为苍翠，更为斑斓。

小时候，我们对植物的喜好，不在于它外形的高大和多姿。在自然界里与万物一同生长，我们的眼睛对美的感知已经钝化。一切本来如此，一切天天见到，并不觉得有什么特别之处值得格外关注。我们的喜好是实用化的，确切地说，是跟玩耍和吃更紧密。比方说，纳山里有一种荷树，多丛生，也有长得很高大的，它的黑皮树干密布白色星点，叶子长而宽厚，绿得深沉，到了秋天又变得红艳明亮。这树是村人有点畏惧的植物，上山见它多绕行，因为碰到它的枝干或汁液，就会浑身奇痒无比。不过，我们却也喜欢，有时恶作剧，就故意抠一块树干上薄壳状的干老皮，捏碎了，偷偷放进同伴的衣裤里，或强行从其颈脖后塞进去，保准他这几日都搔抓不停，睡得不能安心。至于吃的，那就更多了，杨梅、地石榴、乌饭子、瓤笋子、苦槠子……纳山简直就是童年时代的美食仓库。

苦槠树在村庄是两种做家具最好的硬木之一，另一种是椆树。苦槠质地洁白，椆木质地绯红，它们生长缓慢，是不可多得的上好木材。它们有一个共同特点——都会结出褐色光亮的坚果，在冬季成熟而掉落，分别叫做苦槠子和椆子。苦槠子呈圆圆的心形，大的略如拇指头；椆子则酷似子弹头，小指节一般修长。在乡间，它们经过村妇的巧手，都能做出可口的美味——苦槠豆腐、椆子豆腐。

相比而言，苦槠比椆树要更为常见。那时村后的纳山有苦槠，却没有椆树。附近的几个村庄，也就我们村有三棵古椆，位于宗祠后面的一块坪地，各处一角，呈三角形，这处地名因此就叫椆树坪。它们都需要两三个成人才能围抱，高耸入云，枝繁叶茂，四季常青。三棵古椆覆盖的地域面积很广，谁也说不清它们已经生长了几百年还是上千年。椆树的叶片，比起苦槠来，要短而仄，也更薄而柔软，边缘有小锯齿。在冬季，椆树坪里总会有妇人或孩子，在枯叶间仔细寻找掉落下来的椆子，捡拾起来，装进口袋。尤其是北风呼啸的大风天，地上掉落的椆子更多，捡椆子的人也更多。这三棵树是如此之高，人们只能仰仗风力和自然熟透而掉落，别无他法。

纳山的苦槠树，比起古椆来，就显得是小儿科了。树干大多只有成人大腿粗壮，也有更小的，树皮灰白粗糙，纵向开裂，布满裂纹。不过，它的叶片真大，长长的椭圆形，大过手掌。苦槠在初夏开的花也很特别，一簇簇开在树梢，每一簇看起来有十几二十枝，长过一尺，皆呈发散状，枝枝都披满了一朵朵密集的小黄花，远远看去，硕大的树冠上面全是一层毛绒绒的花枝，淡黄淡黄的。

椆子掉落的时节，苦槠子也成熟了。只是很多时候，村人并不等到它们自然熟透而掉落在地。大家纷纷提了竹篮，有的爬树攀折，有的拿长竹竿绑一把镰刀，站在地上砍树梢。正如它的花枝，苦槠子也是密密麻麻长满在枝梢树叶间。没有成熟的苦槠子，包裹在一层鳞片状青皮外壳里，剥出来，苦槠子尚是绿色。成熟的苦槠子，破壳而出，露出褐色的圆头，色泽光亮，此时的外壳就像一只只精致的小碗。

苦槠子和椆子，可在柴火灶里煨熟了吃，也可炒着吃。更多的时候，各家都是聚集起来，等到有了一定的数量，将它们咬破，或用板凳压破，取出里面的肉仁。苦槠子仁偏白，椆子仁偏黄，它们都有着很浓的苦涩味，需用清水连续浸泡四五天，每天换一盆水。这样经过反复浸泡淘洗，苦涩味已经很淡，之后再掺和一定数量削了皮的剁红薯，外加一两把米，一同在石磨上磨成浆。接下来便是熬煮成浓稠的糊状，点上石膏水，让其冷却凝固，用刀划成大块，就成了苦槠豆腐或椆子豆腐，颜色暗紫。

在那个时代的故乡，苦槠豆腐和椆子豆腐，已是一道不可多得的美味佳肴。也有的人家，将这些豆腐切成薄片烘干，在未来的日子，作待客之需。

我怕有三四十年没吃到过椆子豆腐和苦槠豆腐了吧。如此说来，这些树木已在故乡的大地上，消失得很久很久了。

黄栀子

黄栀子总是令人感到如此亲切。

昔日的故乡，黄栀子那一丛丛的小灌木十分寻常。纳山里，枞山里，油茶山里，杉山岭上，柏树挂灯（故乡的一处山名，多野生柏树），每一处山岭，在经意或不经意间，都能看到这里一丛、那里一丛的黄栀子树。它们或高，或矮；或粗，或瘦；或独处，或连片；或丛枝多，或丛枝少；或临近溪边，或长于空地；或寄身乔木之下，或伫立山石之旁，无不长满了碧绿光亮的长卵状密叶，生机勃勃，又端庄娴雅。

我的记忆里，黄栀子的生命力极好。山上的油茶树，不时就能看到树叶发黄零落，病恹恹的，甚至整棵已枯死多时，一叶皆无；杉树的繁枝，也常有枯焦发红的；至于枞树，若是来一场大规模的虫害，数天之内，偌大一片林子，就像过了一场大火，苍翠之色悉被枯黄取代，惨不忍睹。而黄栀子树，我们在山上捡柴，似乎从未看到有自然枯死的，从春到冬，总是那样安静地绿着，除非有人故意刀砍镢挖。可是，于我们而言，无端伤害它们又是何必？它们的枝条湿漉漉的，叶子鲜活活的，全然当不了干柴。

春笋儿冒出地面的时节，时雨时晴，山上的空气潮湿又清冽，雾气弥漫。黄栀子也都悄然盛开了一树树洁白的繁花，香气清幽。黄栀子花简直就是一朵朵艺术珍品，它们长在树梢头，下端是一个倒棱锥的碧绿花托，中央伸出一根长长的浅绿花管，顶着瓣儿盛开的一朵大花，在绿叶的映衬下，愈发冰清玉洁。花瓣围绕的正中，是一根粗壮如微缩版包谷棒的花蕊，颜色浅黄，浑身沾满花粉，就像一位伫立白莲台中央的仙子。以如今的眼光看来，真是高雅圣洁，美妙绝伦！

一树的黄栀子花并非同时开放，有的已然全开，有的半开半合，有的还是嫩绿的花苞，宛如翡翠玉雕。种种花姿各展其态，令人欣喜。

那些天，村庄周边的山山岭岭，全是提着竹篮采摘黄栀子花的大人和孩子。一篮篮的花儿从山上提下来，仿佛提着一篮篮满满的白雪。采回家的黄栀子花，拔去花蕊，热水略略一焯，去除涩味，油锅里一阵翻炒，就能做成清香四溢的时鲜菜肴。有时，我的母亲会事先在石磨上推了香喷喷的炒米，锅里汤水开后，放入米粉和切碎的黄栀子花，筷子速速地搅和，成了糊状，撒上香葱，就是很好吃的米粉黄栀子花。差不多每户人家，新鲜的黄栀子花一时都吃不完，就焯水后铺撒在簸箕里，放太阳底下晒干。干黄栀子花，到了盛夏与青辣椒同炒，又别是一番滋味。

以后的几个月里，山间的黄栀子树都结了果，直立如卵，指节大小，周身均匀长着数道薄而浅的竖向棱翼，向上冲出果尖，像一嘴长须。待到深秋初冬，果子由碧绿变成金黄，成了名副其实的黄栀子，一颗颗长满枝叶间，很是诱人。

黄栀子是乡村一味常用的药材，能清热、去湿、解毒。平素的日子，母亲遇上视力模糊，或者我们嘴里长了火泡，舌苔黄厚，母亲就会找几颗黄栀子与绿豆一同放入砂罐，煮水喝。那时的圩场上，有收购黄栀子的药铺，因此上山摘黄栀子的村人也多。摘回来的黄栀子，用木甑蒸后晒干，金黄明亮，色泽十分的好，还能结出黄黄的糖分。这样加工过的黄栀子，自然也能卖上一个好的价钱。

剥开黄栀子的外皮，里面是一包致密的橙红籽粒，具有很好的染色功能。冬季蒸馏新酿的红薯烧酒的时候，母亲通常在一只瓷调羹里放一两个去壳的黄栀子籽粒团，架在酒瓮口子上。热酒自过缸底的尖瓦嘴里流出来，浇在籽粒上，泅出淡淡的琥珀色。这样的红薯酒，是村庄人家自饮和待客的玉液琼浆。

菝葜

菝葜，我的故乡八公分村，估计认识这两字的人不多，念不出来，亦不知何物。过去是如此，现在大约也好不了多少。倘使你说金刚兜，那全村老老少少，几乎没有不熟悉的。菝葜，就是金刚兜，也叫金刚藤。

想来，故乡的山坡，如今也不会缺乏这种百合科多年生藤本落叶攀附植物。若是回到我的童年和少年时代，那简直就是老伙计了。

金刚兜的藤条碧绿细长，约莫筷子粗细，像长长的小竹竿，却十分坚硬。它也长着类似竹节一样的枝节，每隔数寸尺许，藤条上便有一节，节上生长一片略圆的卵形大叶，能大过手掌，叶质厚实，浓绿油亮。与叶片一同从枝节上长出来的，还有钢丝状的卷曲触须，一旦在风中摇摇晃晃攀住了旁边的草木，迅速一卷，就牢牢抓住了，再七卷八卷，卷成一只小弹簧，

谁也甭想分开。金刚苑的藤条看似十分光滑，却稀疏地长有坚硬利刺，暗藏凶险，一碰上就会牵衣扯裤，手脚划出血痕来。因此，我们上山捡柴，割茅草，不太想去招惹它。

春天里，光裸的金刚苑藤条上长出了新叶，顶端的幼枝常会开出一簇簇细碎的伞形小花，一簇有十几朵，甚至更多，散开呈球状，绿黄色，颇为别致。这些花在夏天里结出球形的小果，有如粒粒青豆，十分可爱。只是，这野果太苦涩。我们在山上，有时忍不住顺手摘几颗吃，涩得满嘴如堵了棉絮，速速连吐一番口水。

深秋初冬的季节，金刚苑变成了另一番模样。它的大叶片都染成了血红色，那些一簇簇的野果，也粒粒红亮如珠。尤其是经了霜冻之后，这些野果子的红皮上，还结着浅浅的白霜，显然已经熟透。这时候摘了吃，里面的籽粒坚硬如铁，红红的果酱已有了甜味，却依然还涩。

作为油茶岭上无用的东西，村人挖垦油茶岭时，将金刚苑，连同金樱子、秤杆子树、蕨类、小竹子、茅草等种种野生植物一律挖掉。曾有多年，我们将垦山后遗落的金刚苑如姜的多刺块根用竹篮捡拾来，晒干了，是耐燃烧的好柴火。

有那么三两年，村庄附近的圩场和供销社，收购切片晒干的金刚苑块根，据说能做药，也有人说是用来酿酒。其实也没人去究其根底，只要能卖钱就行。那些年，村人挖金刚苑成风：一篮篮从周边的山岭上挖来，洗干净后，剁成片，簸箕里，禾场上，檐前屋后，一大片一大片地晾晒着，仿佛一个草药之乡。

山上还有一种百合科攀援藤，叫光叶菝葜，又叫土茯苓，也就是我们俗称的糯饭藤。

糯饭藤的藤蔓纤细，圆圆的，光光的，像绿色发暗的胶皮电线。在油茶岭上，它们多缘着油茶树枝攀附而上，在树冠顶上牵牵连连散开一大片。同金刚藤相似，糯饭藤也是一节一节的，节上长有叶片和触须。不过，糯饭藤的叶片仄而长，二指宽，长过手掌。它的成簇小花也是长在顶端的节上，结的小果像无数绿色泛白的小豆，光滑圆融。藤越粗，小果越大，但远不及金刚苋的。剥开糯饭藤的果皮，里面是一粒白亮亮的肉粒，正如饱满的糯米饭粒，微缩版的汤圆。嚼在嘴里，软软韧韧的，不苦不涩，无滋无味，我们却都爱吃，大粒的尤其喜欢。糯饭藤无刺，在山上捡柴，我们常拔几根来，去掉叶片，用它在柴火的中部和前端各捆缚一圈，整整齐齐，紧紧扎扎，宛如上了两道桶箍。

糯饭藤的块根比金刚苋要小，也埋藏得更深，挖出来，状如小红薯。小时候听我母亲常说起，上世纪六十年代初闹大饥荒的时候，村里很多人都上山挖，洗净后晒干，在石臼里捣烂筛粉，和上一些红薯粉或陈糠，用来蒸粑子吃。只是这样的粑子既难消化，又塞肠道，吃多了，腹胀得难受，连大便都拉不出来。不少人为此痛苦不堪，丧失了做人的起码尊严，脱了裤子，站在溪圳里，或者江水中，由家人拿了开老式猪腰形铁挂锁的长柄铁钥匙，从后面捅进屁眼里抠掏，抠得鲜血淋漓，惨叫连天。

　　写到此处，我很庆幸如今的丰衣足食。但想到如今的故乡，昔日的大片良田已然抛荒废弃，人们不再珍视农耕，又不免隐隐地忧虑起来。

金樱子

我们平素看花草树木，多是游目扫过，有个大概的印象，并不刻意驻足细察，推敲精微之处。尤其是从小生长在植物繁茂的山野村庄之人，智性本就淳朴，又少心机和别样的目的，对植物的探求和分辨难免粗略。有时甚至用熟视无睹来形容，也并不过分。

在故乡，有两种大型的藤条植物，就长得十分相像，堪称孪生姐妹。若是随意找一个村人，要他谈谈二者之间的差异，或者各折一枝，让其分别，恐怕一时半会还未必能答得上来。

这，就是野蔷薇和金樱子。

故乡那方地域，方言尤重，植物上长有的硬质锐刺，土话叫做勒（lia，去声），或者勒巴。比如杉树那鱼肋般的尖叶，叫杉勒；皂角树那令人望而生畏的又长又大又硬又黑的锥刺，叫皂角勒；覆盆子（村人叫泡节）枝干上的刺，叫泡节勒；

乌泡藤上的则是乌泡勒；金刚苋的藤条和块根都有刺，叫金刚勒，日常里村人把这种植物就叫金刚勒苋……

当然，无论房前屋后，还是路边、溪边、圳边、涧边、江边、田埂边、土坎边、山野边、山岭上，这类长刺的植物中，最常见的还是野蔷薇和金樱子。在故乡的方言系统里，野蔷薇就叫勒巴，金樱子则叫鸡打阿（读音），都是土得掉渣的名字。

这两种植物，在村庄周边的许多地方，也往往一同生长。远看去，它们的外形几乎没有区别，都是密集的枝条，交错弯曲成修长的弧线，看似柔弱，向四周散开，蓬蓬勃勃，披满绿叶。其实，它们的每一根枝条，都长满了三角形侧立着的片状钩刺，在绿叶下暗藏护身利器，让人不敢贸然靠近。否则，定然会撕破你的衣裤、手脚、脸面，毫不留情。

事实上，若做一番细致的考究，二者的差别也不难发现。野蔷薇的藤条偏绿，更细，更柔，尖刺暗红，一支羽状复叶上，多有五片指头大的小叶，也有更多片小叶的。金樱子的枝条则要粗壮一些，脆硬，偏黑，刺也更大，如锋利的黑鹰嘴，它的复叶上只有三片小叶，较野蔷薇的小叶既大且长，绿得更深。

暮春时节，它们的花朵都开得生动又漂亮。野蔷薇花色丰富，有白色，有粉红，有金黄，一簇簇，一蓬蓬，花瓣细碎，开得热热闹闹，引来蜂蝶无数，起起落落。这个时候，野竹笋已长成亭亭玉立的笋篙，嫩叶尖尖。童年里，我们经常折几枝笋篙，拔掉枝丫梢卷曲的顶叶，再从留下的针状细管里插入野蔷薇的花柄，一阵工夫，就能做成色彩斑斓的竹子花，高兴得手舞足蹈，在春风里奔来跑去。相比而言，金樱子的花则素雅多了，花朵大而纯白，花蕊金黄，一朵一朵，没那么绵密。

花开花谢，野蔷薇结出一簇簇的果实，粒粒如豆，泛着绿光。只是这样的果实于人无用，纵然成熟后灿烂如红豆，也不为人所关注。金樱子的果则大多了，犹如一只只小巧的弹花锤，果身果柄浑身都密布细微的尖刺。

金樱子在山林间尤其多，一蓬一蓬，令人生畏。它们的生命力强劲，能长得比油茶树还高。被金樱子藤叶纠缠按压住的油茶树，会影响挂果。纵使结了果，在霜降摘油茶的时候，若身陷其中，也让人左右为难，处处勾勾绊绊，在身上划出道道血痕。因此，它们差不多成了村人的天敌，欲除之而后快。

上山砍割金樱子，曾是许多年里村人日常做的一件苦活。我年少时，在星期天和寒暑假里，经常与伙伴们成群结队，以此为业，用柴枪挑上两大捆，一担担挑回家。在空地上晒干了，是煮潲的好柴火。

只是砍金樱子时，那就棘手费事了。为了防护，便是夏天，我们也是穿着旧长衣长裤和旧解放鞋。左手握木叉，右手拿镰刀，将叉子往前一推，叉住藤条，一顿猛砍猛剁。再刀叉并用，挟持着砍断的一把藤条，高举着放在一边。即便如此小心，每一回上山，我们的手脚和脸面总是被勾刺划得皮开肉绽，道道血痕如经纬交错的红线。有的时候，大刺深深扎进手指和脚板里，痛得眼泪零落，拔不出，挤不出。要回了家，让母亲狠狠捏住皮肉，用那缝衣的长针，一番左挑右挑，挑得皮肉稀烂，成了一个小洞，才能把那黑刺连同鲜血给弄出来，痛得如同受刑，又是泪水盈盈。也有更深的，实在无法承受痛苦，就找一两粒蓖麻籽，捣烂了敷上。据说蓖麻籽的药力，能将钩刺逼出来。总而言之，是任其肿胀，化脓，溃烂，而自愈。期间的不适和疼痛，可想而知。

不过，到了深秋之后，金樱子那红红的果实，又成了村人喜爱的好东西。我们在山上捡柴时，也常小心地摘下来，将其放在地面上，用鞋底或者小石块，揉搓掉那些锋利的密刺，咬开，抠掉里面毛茸茸的黄籽粒，嚼它的果壳吃，又香又甜。也有人专门提着竹篮，带一把剪刀，满山去剪红红的金樱子果。浸泡红薯烧酒，色泽红亮，甜香，常饮，能舒筋活血，强身健体。有些年，圩场上有药铺收购切片去籽后的干果皮，采摘金樱子成了村人赚油盐钱的好路子。

分田到户后，也常有人从山上挖了金樱子的根部来，栽于园土周边。经过一个春夏的生长，成了又高又密集的绿篱笆。种在里面的青叶菜蔬，诸般作物，再也无惧鸡鸭啄食，猪牛拱嘴。

野石榴

在故乡，山坡上野生的石榴有两种，一种是地石榴，另一种名叫野石榴。

村庄周边的山岭，土壤的色彩经纬分明，颇有趣味。以村前的江流为界，对岸的山岭是连绵起伏的红色土壤，长满了油茶树林。村子这一边的山岭，则是白色土壤，白中泛黄，多砂石。这样的土质疏松，蓄水性更好。亦因此，植被更为茂密，植物的多样性更好，风景如画的后龙纳山，村北的枞山，南北双向延展如波浪的油茶山、杉树山、柏树山，都在这一边。这些山岭，土地潮湿，溪流密布，山窝里集泉而成的山塘，常年碧波荡漾，倒映着山光云影。

地石榴是一种喜阴的植物，多在乔木灌木之下，或林间隙地，贴地而生，高不盈寸。它那繁多的柔枝匍匐蔓延，完全被如鳞似甲的密叶遮盖住了，就像大小形状裁剪各异的绿碎布，一块块随意铺在地上。村后这一带白泥山岭，正适合它的生长。

农历四五月间，正是摘地石榴吃的好时候。童年里，我们经常到这一带山岭捡柴火，或者提着竹篮或箩筐，到枞树林里用长柄竹篦搂橘红如针的枞毛。看到地面上那一粒粒红得发黑的地石榴，就顺手摘了吃，甜甜的，沙沙的，汁水紫红。有的时候，一群小伙伴在村里玩着玩着，嘴馋了，就走进林间去采食。

地石榴的果实多是小指头大，像一只袖珍小鼓，由一短茎向上托举，立于密叶丛中。它的花朵掉落之后，会在果面中央留下一个圆溜溜的脐眼。熟透之后，活像一个个乌黑晶亮的眼球，仰天直视着树梢和苍穹。

令人惊讶的是，同一片地石榴，有的还是花苞，有的正开着紫色的花朵，有的花瓣脱落，成了小小的青果，有的果实已经绯红，有的全然乌黑，精彩纷呈，一同展现。这也招致我们轮番采摘，常摘常有，日复一日。这样的夏季，谁的心情能不愉悦？

在村庄，地石榴的植株还是一味良药。有孩子患了疳积，俗称奶疳，不思饮食，面黄肌瘦，腹大如鼓，做家长的就会从山坡采了地石榴的全草来，洗净后熬汤，取汤煮新鲜猪瘦肉调理。

相比而言，野石榴对土壤地质条件的要求就没那么高。无论白泥山，还是红壤岭，甚至是石头荒山，它的身影无处不在。

野石榴是小灌木，它的树枝细长泛白，枝上又密长短枝，枝叉处常有零星的硬长刺，叶片大致呈倒立的三角形，多长在短枝梢头，约莫手指宽，一两个指节长，叶的上边缘有起伏如波的缺裂。开花的时候，它的细碎白花，成丛开满散开的枝叶间。

野石榴的挂果期很长，从初夏要到深秋。乡谚里曾有这样的顺口溜："六月半，石榴青冠冠；七月半，石榴红艳艳；八月十五，石榴落土。"在漫长的季节里，我们在山岭间捡柴割叶，从摘它青玉般的扁圆果实玩耍，到咬出涩味，到红熟甘甜，童年少年时期，差不多日日与它们为伴。

那时候，山野间的野石榴树可真多，每一树都结着一丛丛的果实，密密麻麻。也常有村人，在野石榴果还青涩发酸的时候，就摘很多来晒干。用时，取其熬汤喝，或氽肉，是健胃消食的良方。成熟的野石榴，里面多坚硬黑籽，果肉松脆而甜。

因植株的高矮健壮和所处地方的不同，野石榴果的大小也各异。多数是指头般大，也有的长在偏僻的幽暗处，便是到了霜降摘油茶的时节，还能发现算盘子大红艳艳的几粒，让人惊喜不已。

野石榴中，也常有癞了皮的，表面粗糙，容颜暗淡，俗称癞子石榴，多为人所嫌弃。不过，纵然如此，等到季节来临，它那丑陋的外貌里，依然会透露出几处红亮的地方。这也成就了村人嘴上常说的一句俗话："癫子石榴也有边红。"在人情冷暖的世间，既不必门缝里看扁暂处厄运之人，当自己陷于愁困交迫，也要自信总有云开日出的一天，可谓自警又自励。

乌饭子

一年中，乌饭子树总是率先与故乡的一个隆重节日联系在一起。

村中有个古老的传说。很久以前，有个心地善良又极孝顺的年轻男子目连，他的母亲死后被打入了地狱恶鬼道中，无吃无喝，十分凄惨。目连立志救母，苦苦修行，最终得道。之后，他获得允许，前往地狱给母亲送饭。可是，每次的饭都被看守母亲的狱卒给抢去吃了，母亲依然挨饿。为此，目连很是焦急，也在不断地思虑该如何才能瞒过狱卒。一天，也就是农历四月初八，目连无意中在山间摘得一种树叶，嚼在嘴里，口水都是乌黑的，顿有所悟。回到家中，他将采来的树叶捣烂，取汁添于水中煮饭。熟后，饭粒乌黑。果然，这形容如炭的乌饭，狱卒嫌弃，不再抢夺，目连的母亲终于吃上了饱饭。以后，目连费尽周折，将母亲从饿鬼道救了出来。人们为纪念目连的孝行，有了四月八吃乌米饭的习俗。

旧时的故乡，一年中总要唱上好多日的古戏，便常有《目连救母》的曲目，感动得看戏人泪水涟涟。村里有老人去世，摆道场的时候，道士也会吟唱《目连救母》的唱词，更添悲痛。

不过，在我的童年时期，每年过四月八节，那真是一个举村欢腾的好日子。一大早，村里的妇女们，就会提了竹篮子，到村后的纳山和村北的枞山去采摘乌饭子树叶。一番清洗，在木盆或石臼里揉搓捣烂，浸泡出浓黑的汁液，滗去残渣后煮糯米饭。这一天，家家户户都会煮一堆鸡蛋鸭蛋染红，数目绝对是成双的吉利数，取"好事成双"之意，用红绳网兜各装上两只，系在孩子们胸前衣扣眼上。整整一天时间，孩子们的脸上都是洋溢着欢乐和幸福，小伙伴之间，相互比试着谁的红蛋大，谁的红蛋硬。尤其是男孩子，最爱玩红蛋相互撞击取乐的游戏。撞破了的红蛋，赶紧剥皮吃了。没破的，又去进入下一轮顶撞。假如这一天恰逢上学，小学校里更是一个红蛋的海洋，嘻嘻哈哈，追追闹闹，谁都不缺红蛋和欢笑。

吃乌米糯饭，是这一天中三餐的主食，菜肴自然离不开一碗葱花煎蛋。乌米饭软糯，有着独特的树叶清香，至今为故乡人所喜爱。只是吃乌米饭，一年中仅此一天。其余的日子，村人都是吃的白米饭。

不过，童年里我们与乌饭子树的关联，并不随着这一天节日的过去而终结。在此后漫长的夏秋季节，我们常与它们为伴。

乌饭子树是一种<u>丛生</u>常绿小灌木，枝条繁多，树叶绵密乌青，宛如无数只丹凤眼。夏天里，整个树冠顶和枝丫间，都密集生长了一根根长长的花轴，轴上花儿繁多。以后花儿谢去，结出数不清的小果实，一串串，一簇簇，溜圆青翠，密密麻麻，就是乌饭子，我们土话叫做阳董（读音）。

乌饭子不苦涩，青皮时略酸。于是，在长长的日子里，贪吃的我们常去山上摘了吃。或者一捧捧装入衣服口袋，或者是折一大把籽粒稠密又大颗的小枝条下山来慢慢享用。在盛夏酷暑的石板巷子里，我们在瓦檐下玩耍，地上就常丢弃着叶儿青青的乌饭子树的残枝。

要到秋末初冬，乌饭子方才熟透。尤其是经了霜之后，一颗颗乌饭子乌黑圆润，大如豌豆，令人喜爱。这个时候的乌饭子汁水多，最为饱满又甘甜。前些年我初次从超市里买了蓝莓吃，一看，顿时想起故乡的乌饭子，它们长得太相像了，除了大小不同，别的差不多没什么区别。

距离我的故乡几里路远的地方，有一大片连绵起伏的荒山，叫梁远。那儿的乌饭子树特别多，树又高大繁茂，结的籽粒也是又大又甜。在饥饿少食的年代，村里的妇女们，在霜后的早晨，提了竹篮，常一同结伴去采摘。其中，就有我尚且年轻的母亲。

只是如今，当我再次想起故乡的乌饭子，除了悄然滑落的泪水，身边已没有了乌饭子，也没有了母亲。我也不知道，在九泉之下的母亲，在这冬至将临的日子，身上是否不寒，腹中是否不饥。

檵木

我的大姐有一次说到檵木的时候，笑出了眼泪和一阵沉默。

那时她大约八岁，还是家中唯一的孩子，在本大队的羊乌学校上二年级。那个时候，家家户户都在吃公共食堂，吃不饱，饿，差不多是每个人每天都面临的深切感受。学校坐落在上羊乌村一处平缓的山脚下，附近的山坡上生长了很多檵木，一丛丛，春天开着白花，夏天结了一粒粒黄豆大的毛茸茸果粒。也不知是谁首先发现，檵木的果实剥去壳后，里面那粒无滋无味的硬白仁儿吃到肚里竟然没事。于是，每到下课之后，同学们都蜂拥着去摘了吃。

一天早上，大姐看到她同桌的女同学带来了一瓦钵白饭，放在课桌箱，预备中午吃的。大姐越看越饿，十分想吃。趁着下课教室里一片哄闹，她的同桌和很多同学摘檵木籽去了，大姐忍不住俯下头，端了那钵饭，用手抓了直往嘴里塞，三五几口就吃光了。同桌回来后，发现那钵子空空的，问大姐，谁吃了她的饭？大姐矢口否认自己吃了，谎称刚才玩去了，也没看见。同桌顿时伤心地伏在桌面上嚎啕大哭。

大姐说起这事，已是六十多岁的人了。她说这次偷饭的经历总是记得真真切切，心里也一直感到愧疚。"唉！当时实在是太饿了。"

对于檵木，我并不陌生。可是，檵木籽能吃，我还是第一次听说。大姐比我大十七岁，我很小的时候，她就已经出嫁了。在我的记忆里，尽管儿时家里也常缺油少米，但作为家中年龄最小的人，我并没有大姐说的那般饿得荒。我也知道，我之所以没有这深切的饥饿感，是因为父母姐姐们把他们嘴里省下的一口，填进了我的肚子里。

亦因此，我对檵木的印象，总是明晃晃一片美好的色彩。

那是在春天里，当村庄周边山岭上的檵木一齐开了花，这里一丛，那里一片，青翠的树林间，到处点染着白亮略黄的繁花。平时它们藏身山林，从远处看浑然一色，这会儿全部暴露了行踪。村人谁都知道，这把山岭映衬得十分明亮的花儿，就是檵木花。

檵木是山林间的常绿灌木，一株能丛生出很多修长的枝条，呈发散状，树冠宽阔，往往比成人还高。丛枝的两侧，又互生着密集的小枝，披满指甲般的密叶，看起来很是茂盛。它的花儿也特别，花瓣像裁剪如丝的白纸条，一朵开出许多根，丝丝缕缕，小小的花托颜色浅黄。当季节来临，深绿的老叶被翠嫩的新叶取代，上面飘舞无数的花瓣，正如下了一场梦幻般的飞雪，尤为引人瞩目。

檵木开花的时候，沉睡了漫长日子的水田开始春耕了。那时还在生产队，到山野间割草叶肥田，正是这个时节家家户户的农活。除了种种茅草之外，檵木的嫩花枝，也是村人镰割的对象，一担担挑到田间，过了秤，计算工分。只是它的花叶没有茅草那样肥沃，铺撒在田里，水很快就会变黑，踩入田泥时，脚板脚杆常被硬枝条刺痛。

有许多年，母亲总是趁着檵木花开得正浓，提着竹篮去采摘，用来做茶叶。檵木花做茶，要先在锅里蒸一下，箅子上刚刚冒了热气，就得赶紧端出来，摊开在簸箕里晒干。这些干花儿，以后再拌和上制作好的金银花、野石榴嫩芽叶等多种植物花叶，就是村人常喝的花茶，茶汤黄亮，香气清幽。

檵木无刺，枝条修长柔韧，手指粗细，村人上山砍割茅柴时，常以之捆缚，相当于绳索，叫条子。柴捆子小，一根长条子就够了。若是柴捆大，通常割四根条子，两两尾稍相对，交叉揉拧，折叠纠缠，连在一起后，即便猛力拉扯，也不会散开。缚柴时，一端的枝条拧一个"又"状扣眼，另一端环绕柴捆子穿眼而过，脚蹬手拉，箍紧了。再猛力拧一个结，别在扣眼上。夏天割麦子，深秋割红薯藤，檵木条子都是好得很。

檵木本身也常当做柴火砍割来，容易晒干，烧火又旺，很为村人喜爱。

皂角

除了长豆角、蛾眉豆之外，故乡还有几种植物结的果实，也是长长的豆荚。

比如说凉薯，这种旱土里的农作物，我们小时候就很爱吃。挖出来，扒了皮，白白亮亮的，或如锥，或似鼓，圆润饱满，水分十足，咬一大口，嚼起来，又脆又甜。它的藤蔓上就通常结满了一串串的豆荚，宽过手指，长过手掌，到深秋成熟，全都黑乎乎的。刀板豆，则多种在屋旁或菜园，植株不及半个人高，叶片深绿宽阔，枝干粗壮，结的豆有梳子那么宽，手指这么厚，长的当有尺余，通体碧绿如玉，形如长刀，固有此名。这种豆，也有切薄片清炒吃的。更多是摘了来，斜切成鱼肋状，晒成半干，与剁碎的红辣椒同腌在瓦瓮里。吃时掏出半碗，红翠相间，又辣又脆，好得很！再一种植物的豆荚又长又宽，形同刀板豆的，就是高大的皂角树了。

村里的大皂角树，全集中在庵寺岭。庵寺岭与村庄隔江相望，与村北榨油坊离得更近，走过一片水田，过了青石拱桥，再走百来步，就到了山脚。这山岭也属于我们村的，早先一直有一座小寺庙幽伏在山脚的凹处，竹树掩映。山上古树苍郁，形势陡峭，环境清绝。最后一位和尚天惠，在解放后被勒令还俗，迁住本村宗祠，娶妻生了儿女，寺庙从此香火不再，破落废弃。不过，因寺而得的这处山岭的名称却沿袭了下来。

我上中学的时候，每次上学放学，都要从这山岭下经过。那时山边尚有几棵高大的皂角树，树径当有一尺多，树冠高耸半空，枝繁叶茂。

皂角树的奇特之处，在于它那粗大树干上密布的利刺，一丛丛，状如犄角，或长或短，质地坚硬如锥，令人恐怖。这样的树，估计谁也不敢贸然爬上去，想想都害怕。但这刺又是一件好东西，照村里流传久远的说法，与猪心同蒸，吃肉喝汤，于增强人心，治疗心疾，都有裨益。

童年里，我就多次吃过母亲这样清蒸的猪心。那时，村人流行食补，吃什么，补什么。比方说家有小儿常遗尿，杀家猪的日子，那一对猪腰子、一个猪尿泡，就会留下来，先是蒸了猪腰子吃，而后将洗净的猪尿泡填满糯米，放进瓦钵里略加水蒸烂熟。这样的东西，我都吃过不少，只是是否有明显效果却不得而知。反正在夜梦里，我常四处急着找茅厕和尿桶，赶紧拉个痛快。蒸猪心的时候，母亲事先会去庵寺岭，小心摘了一把皂角刺来，或七根，或九根，从四周刺进猪心。

蒸好后，拔掉皂角刺，就让我趁热大口啃肉喝汤。因为略放了盐，这样的蒸猪心香气浓郁，味道很好。只是不能常吃，颇感遗憾。

这些高大的皂角树，在春天里开出一穗穗漂亮的繁花，夏天树梢间挂满了一根根长长的果实，就是皂荚，正如碧绿光亮的刀板豆，村人也习惯叫做皂角树上的刀板豆。村里懂得中草药的土郎中，管这果实叫做草结。

皂荚常被村人用来洗衣服鞋子。拿一片长皂荚，在泡湿的衣物鞋子上反复搓擦，能擦出光滑的皂沫子，刷一刷，洗一洗，就能除去污渍，干干净净。

皂荚具有祛风的功用，是村人昔日里离不开的一味良药。刚出生的婴儿患了破伤风，小孩子腹胀肚痛，每每先取了皂荚在柴火上一番煨烤，再用砂罐熬汤药喝，效果很好。

待到秋尽冬来，树叶落去，高高的皂角树枝条光裸，一根根乌黑的皂荚在枝丫间尤为显眼。这些皂荚已经熟透干枯，不时掉落下来。有时一场大风，更是纷纷如坠。就有村里的人，过路的客，俯腰捡拾，带回家去。

据说一棵这样的大树，皂荚足足能装几谷箩。

蕨

故乡的山坡，有两种常见的蕨类植物。在村庄口头的植物名典里，它们都叫卤萁（方言读音）。为示区分，单体植株高大、春天能采了嫩茎做菜吃的，叫大叶卤萁，也就是书面语里通常所说的蕨。另一种，则就叫卤萁。

这两种植物，适应性强，村庄周边无论什么山岭，也不管是红壤还是多砂石的白壤，都有它们成片茂盛生长的身影。有的地方，它们还混同一块，共生共荣。不过，细究起来，大叶卤萁更喜阴一些，尤爱土质松散潮湿的地方。卤萁似乎没什么偏好，哪怕是一处石山，只要有一抔浅土供它扎根，同样长得生气勃勃，绿意盎然。

大叶卤萁外形漂亮，它的主茎深绿笔直，质地柔软，略呈方形，贴地的底部多金黄的绒毛，上端分开生长几枝碧绿的大叶。每一枝大叶，沿着细长通直的主叶柄两侧，又互生着支叶；支叶主柄两侧再互生小叶，小叶就像妇女头上的长篦子，叶脉两边才是密集的带状叶片儿。整个儿看，每一枝大叶都次第向着叶尖处，收缩成又大又长疏密有致的翠三角，宛如优雅的绿凤尾。它们往往丛生在一起，连成一大片。曾有多年，村人上山割大叶卤萁其茎叶，用来肥田，十分有效。

早春时节，大叶卤萁纷纷冒出新芽茎，粗壮如筷，深赭色，密布绒毛，顶芽蜷曲如微缩竖盘。这时的茎芽最嫩，村人多上山采摘，就是常说的蕨菜。尤其是在前一年烧过或者挖垦过的山岭，这会儿的蕨菜齐刷刷长得遍地都是，不需花费很长时间，就能摘上满满一竹篮。

蕨菜焯水后，可切成小段清炒，是农家的时新山珍，味道不错。一时吃不了的新鲜蕨，也可晒成干蕨，或者腌成酸蕨，都很好。在饥荒的年代，采蕨菜，挖蕨根，在石臼里捣烂后，掺和上少量的红薯和米粉，蒸蕨根粑子，差不多是村里所有家庭都吃过的救命粮。

我有记忆的时候，母亲有时也还挖来蕨根。但已不是做粑子，而是捣烂后添水，用纱布过滤白浆，沉淀后晒干，就成了蕨根粉，俗称小粉。熬糯米糟酒时，拌上两调羹蕨根粉，糟酒就变得很粘稠，香甜又黏乎。过春节油炸年货，比如炸肉丸子、炸米粉鱼，都会事先在米浆里搅和蕨根粉，增强粘性。

相比大叶卤萁而言，在我的童年和少年时代，跟卤萁打的交道更多。

卤萁都是连片丛生着，有时整个山坡漫山遍野都是，围绕着那些乔木、灌木和荆棘，长得密密匝匝。尤其是那些长年累月荒芜的山岭，卤萁能长得没过人身，陷入其中，举步维艰。

卤萁是一根笔直光亮的硬茎，橘红色，像一根修长的小号铁丝，折断时，能抽出里面的那根白亮柔软的圆筋。卤萁叶就像大叶卤萁那如篦子的小叶，约莫两三指宽，长过手掌，大致呈长方形。卤萁的茎端，通常分叉开出几支这样如梳如篦的齿叶。

在村庄，卤萁是用来煮潲最好的柴火，极易晒干，轻巧又不刺手，且多。村里的大人孩子，男子妇女，差不多每天都有人上山去割，一大担一大担挑回家。卤萁在秋后会大面积枯萎，是引发山火的重大隐患，稍有不慎，点火就着，烧得漫山遍野，一山接连一山，火光冲天，根本无人敢去施救，只能眼睁睁看着，一点办法也没有。

在夏天，折一把四五寸长的卤萁杆子打叉，是我们小时候坐在石板巷子里爱玩的游戏。右手握着一把，随手一摔，石板上便是横七竖八的卤萁杆子，有的交叉成一把大叉，有的牵牵连连，将单独成叉的捏起来，放左手拿着。伸出食指再搅动一下地上的卤萁杆子，将成叉的又捏起来。由是反复，直到地上所有的卤萁杆都捡拾干净。这样的游戏通常是两个人一起玩，四脚张开，相对坐着，你来我往，轮流捡叉，谁捡得多谁赢。

霜降后，山上的油茶采摘完了，油茶花也应时而开，漫山如雪。那些日子，我们经常上山捡遗落地上的油茶籽粒，或者上山捡柴，看到那些蜜蜂嗡嗡的洁白花朵里，大多包着一汪晶莹的花蜜，便折一根卤其杆子，抽了内筋，插入金黄的花蕊间，凑上去一吸，一管香甜的花蜜源源不断流进了嘴里。有时凑得近，嘴唇上黏满花粉，黏黏糊糊。

冬日里，土里的红薯已经收获。酿红薯烧酒，正逢其时。出红薯酒的时候，木架上蒸馏的瓦罐缸嘴子里，总是会插上一根折成直角的卤其杆子，竖着的一截正对着地上的酒坛，滚烫的酒液从瓦嘴里流出来，顺着卤其杆子落入坛中，一线清亮，叮叮咚咚，醇香四溢。

这时节已是农闲，村里偶有耍把戏的外地人来，变化各种法术。有一种法术村人叫做呼法，空杯子上盖一块黑布，吹一口气，掀开了，就是一杯满满的烧酒，或者一杯茶油，令人惊讶。我父亲跟我们姐弟讲呼法的故事时，更是神乎其神。据说会呼法的人，一念动咒语，就会有一根短短的空卤其杆，自动飞到某户人家的酒坛或者油瓮里，漂浮在那里，源源不断地将酒和油吸了去。

这呼法曾让我无比神往。我常想，假如我也学会了这样的法术，我家的油瓮、酒瓮，甚至米瓮，就能长久满满的，总也吃不完，多好啊！只是，该呼谁家的呢？

香薷

是时候该为故乡的香薷，恢复它原本美好而应有的名称了。

假如不是为了写这种在我的童年里就十分熟悉、浑身散发香气的树状小草，四十多年过去，我依然会以讹传讹继续错下去，就像如今故乡那片地域的人们，仍固执地沿袭着指鹿为马的惯有称呼，把它叫做"细辛"。

尽管我出生成长于植物茂密的农村，也读了数不清的书本，可对植物学的知识却十分匮乏。当我企图从网络上了解"细辛"的性状，看看它久违的容貌，竟然惊得我目瞪口呆！这圆圆大叶如掌、状若心形的细辛，根本就不是我脑海里那种！我一时懵了，这是怎么回事？难道是网络词条错了？还是我们一直以来就是错的呢？

带着疑惑，我打通了大姐的电话。她做了一辈子的乡村医生，如今六十多岁了，还被聘请到县城从医。我把一股脑的不解抛给了她，大姐哈哈一笑，说村里人惯常所称的"细辛"，不是药铺里用的那种，真正的细辛，我们那地方没有，那是香薷。我一查，果然！那熟悉的容貌，顿时让我感到格外亲切！就如同默默承受了多年曲解的朋友，今朝久别重逢，情不自禁。

是谁最先在故乡的大地上，隐瞒了它原本美好的名字，张冠李戴，指鹿为马？以至于长久以来，它的真名被层层黄土掩盖，而假名却一代代地传承。可以想见，当谬误一旦被有意无意地传播开来，成为积习，即便有少数懂得真相的人，他们的纠正和呼号，也会被强大的潮流淹没，甚至被同化，接受。

旧时故乡的山岭，这种被称作"细辛"的香薷，是很寻常的草本植物。它们大多成片生长，植株高一尺许，硬质的小茎直立光裸，中上部多分枝，长满椭圆细长的披针形叶片，色泽浅绿泛白。它们生长的地方，往往土壤肥厚松散，地势较为平坦，开阔当阳。尤其是先一年开垦过后的油茶山岭，更是长得茂盛。它们有着温温的香气，拔出时，细碎繁多的根须上，很少黏附板结成块的泥土，干干净净。相反，那些常年荒芜又多密集荆棘的山岭，很少有它们的身影。

香薷具有发汗解表的功用，是村人在夏季常采集的一种药物。头痛发热，可熬煮汤药喝。以之投入锅中煮水，温凉后洗澡，是小儿去痱子的良方。也有切根后，剁成小段晒干，是盛夏解暑的凉茶。

曾有多年，公社所在地和附近的圩场，有专门收购的地方。"双抢"之后，村里的妇孺和老人，就整天提着竹篮，到远近各处的山山岭岭采集，有时翻山越岭，要走十几里路远。我记得，母亲经常在烈日下，汗流满面，戴着一顶旧草帽，肩上扛着满满一菜篮回家。香薷一小扎一小扎地整齐绑着，层层叠叠，紧紧塞得抵住了篮子的提手，十分沉重。村人管这个活，叫"扯细辛"，剁去根须后晒干，能卖一两角钱一斤。

村庄还有一种叫做"大叶细辛"的，叶片如卵，植株也比香薷高大，实际上是大叶香薷。这种草本植物，在故乡一带的地域里，并不当做药草，也无人收购。

香薷在秋季开花，穗状花序，花梗纤细，花萼钟形，花冠呈淡紫色。成片的香薷开着繁花，香气氤氲，走入其中，如进画境。

野山菌

山野的早笋长出来的时候，天气忽雨忽晴，草木青翠，百花盛开，故乡又变得明丽起来，处处洋溢着春天清新又蓬勃的气息。

村后村旁树木高大葱茏的纳山和枞山，也不知是谁在这样的节候里最先走了进去。紧接着，全村都骚动了起来，妇女孩子，个个提着大大小小新新旧旧的竹篮子，从林子边缘各处上了山，很快就隐藏在树林深处，但闻人语响，不见采菌人。

这两处山岭，多样性的阔叶和针叶植物保持着原始的状态，地面潮湿，落叶深厚，溪流潺潺。在我的童年和少年时期，曾是每年上山采野菌的好地方。俯身在林子里找寻，这里一丛，那里一堆，真是令人眼花缭乱，目不暇接，处处堪称野山菌的百宝箱。

那时的野山菌，种类繁多，有的有名字，绝大多数没名字。能吃又有名字的，通常有红菌、凉伞菌、绿豆菌、金针菌、菠萝菌、鸡色菌……；有毒有名的，则有烟菌、荷树菌、牛屎菌……。我上山时，母亲通常会交待，黑色的菌一律不要采，有毒。

红菌的顶盖色彩红艳，如同深秋的枫叶，菌柄和伞盖下的皱褶却洁白如雪，红白分明，很是漂亮。这种菌子，伞盖大的能超过手掌，圆而厚实，又极易分辨，是我们最爱采的。凉伞菌通体白亮，伞盖宽圆又平，像一把清凉的大伞。绿豆菌则小许多，菌柄也短，它的顶盖光洁肥厚，呈现浅浅的绿豆般的色泽。金针菌，菌柄直立修长，如一根根银针，大小正如晒干的黄花菜（俗称金针），故有此名，上面的白伞顶状如小甲片。菠萝菌形如成熟后金黄的柚子（俗称菠萝），贴在地面上，像一只小拳头，菌柄几乎包在了里面，模样奇特。鸡色菌浑身洁白，伞盖平而薄，伞柄修长如指，这种菌堪称菌中极品，味道尤其鲜美，胜过鸡汤。这些能食用的菌子，我都认识，采的时候一般不会搞错。难把握的是很多不知名的菌子，或黄色，或棕色，或灰色，或其他种种，花纹色彩斑斓多姿，有时也禁不住诱惑采入篮子里。

有毒的野菌，我小时候也认识一些。比如母亲就反复说过，荷树下的菌子千万不能采。荷树是一种很特别的植物，树干树枝上密布星星般的白点，叶片椭圆而长，绿得发亮，深秋红艳。这种树的皮和汁液对人的皮肤极易产生过敏，接触者往往全身奇痒无比，我们平素看到它多绕过。荷树下常常生长一种棕黄的菌子，叫荷树菌，伞盖也大，肉质厚，不过那伞下的皱褶却是黑糊糊的，看着就瘆人，我也总是敬而远之。

烟菌与菠萝菌相似，像一枚枚下在地面上的黄鸭蛋，以脚轻轻一踢，立马就破了，冒出粉末状的烟雾。这菌自然无人敢采，更遑论吃了。不能吃的还有牛屎菌，像一团大大的牛粪，通体乌黑，大如圆盘，又硬又厚。很多时候，我们在那些腐烂的树干上，还能看见一丛丛耳廓状的菌子，大的胜过巴掌，黑亮亮，还有波浪形花纹，有人说，这是灵芝。我们也不知灵芝有何用处，反正不能吃的，一律不要。

从纳山和枞山里采来的菌子，母亲总有仔细检查筛选一遍，把那些毒菌子扔了。新鲜的菌子煮起来，汤汁浓郁，滑溜，有时还能拉出丝，味道鲜美。不过，要是挑选不慎，很可能就会全家中毒。有一年，同住一个老厅屋的隔壁邻居一家人，吃了野菌后，个个上呕下泻，所幸没有闹出人命惨剧。但每年这个时候，地方上总有吃野菌死了人的传闻。

野菌大多是晒干。这个季节里，村庄的禾场，门前的空坪，晒楼的窗口，一只只大簸箕、大团箕，都晾晒着野菌子，里面色彩丰富，仿佛一段丰收的日子。干菌子在夏季是不错的山珍，新鲜青辣椒切片炒干菌子，味道实在好。若是能割上一两斤猪肉，或者抓了田蛙，与干菌、青辣椒同炒，更是佳肴。

在春天，除了纳山和枞山外，油茶岭上也生长一种野菌，就叫茶树菌。这种菌子伞顶和伞柄棕褐色，皱褶洁白肥厚，柄粗而高，伞盖宽圆扁平，无人不识，无人不爱。味道也是好极了！

第三辑

屋旁

古樟

因了所处位置的险峻，加之本身半已枯空，于人无用，这棵古樟得以从历次浩劫中逃脱厄运，成了这个同样古老的村庄化作废墟时的最终见证者。

故乡八公分村的地形地势颇为别致，在因高速铁路线的修建而拆迁之后，从夷为平地的遗址上看去，就更为明显。它坐西朝东，略呈弧形位于山脚之下，弧的顶点指向后龙山（俗称纳山）的竖向中坡线。以此线为界，后龙山的两面扇形斜坡，平缓圆润地向左右两翼收缩，各自延伸进了山窝。显然，这样的村址选择，数百年前当是精心筹划过的。

昔日青砖黑瓦的村庄呈数级台地布置，纵横交错的青石板巷子井然有序。其中有一条主巷，从村前的月塘边，笔直通到村后的弧顶。村庄最后一排房屋贴近黄黏土的山体，山脚在此被挖劈得十分陡峭，有了数丈不等的高差。自然，弧顶处的上下落差也是最大的。村里所有的人家，在这一面陡壁下，都开凿了红薯窖，如同密布的窑洞，大小深浅不一。大的红薯窖宽敞，里面各有数间小室，一户一间，为几户所共有。

我有记忆的时候，村里尚剩四棵古樟。三棵在村后陡坎之上的山坡边缘，最大的一棵少说也要三四个成人才能合抱，从那条主巷走进村，一眼就能仰望它高大的身躯和密叶。其左右各一棵，略小，靠北的这棵半已枯空，距离陡壁更近，仿佛随时就要朝下面的大片瓦房顶倾倒下来。另一棵则独立于江边，离村子较远，耸立青石拱桥的桥头，它的虬枝绿叶跨过江面，几乎伸到对岸。

在此之前，村里原本有很多古香樟树的，单是村后的山坡边缘，就曾有七八棵毁在了村里几个熬樟油的人的斧锯之下。

上世纪六十年代中后期到七十年代初期，我出生前后的几年里，村里三四个脑袋活络的青壮年，学会了土法熬樟油。樟油有收购的地方，他们熬樟油卖钱，各得其所。说是熬樟油，其实就是简单的蒸馏。一口大土灶，一口大铁锅，一口大木甑，原理如同村人蒸馏红薯烧酒。熬樟油的场地，设在村南江岸的磨坊边。他们出钱给本村的大队干部，作为购买古樟的代价。古樟是祖辈留下来的，长在那里也没什么用处，能换钱来花，哪有不笑逐颜开之理？何况在那个一手能遮天的年代。于是，一棵棵古樟先后被伐倒。樟树肢解后，木桶粗的实心树枝被他们锯成一块块厚实的砧板，作为衍生品卖给村里村外的人家。巨大的树干则用专门的斧子劈成薄片。据说雇一个人力，一天劈的樟木片，能装满三担谷箩筐。

樟木片是熬樟油的原料，一担担倒入水锅上的大木甑，猛火蒸馏。一根曲折连通的长竹管从密封的木甑壁引出，刺鼻的油气在竹管里冷却成液，导入容器，成了黄亮的樟油。这口土灶常年累月地燃烧着，热气蒸腾，年复一年。远近村庄，多少棵生长了数百年乃至上千年的古樟树，就化作了一桶桶晶莹如泪的油液。据说，当时同属一个大队的邻近小村朽木溪，无论这些熬樟油的人怎么游说，就是坚持不肯卖掉他们村后那棵古樟，才得以幸存了下来。这棵树形优美、冠幅广阔的大古樟，如今方圆十里少有，已是受到挂牌保护的珍贵名木。

当村庄仅剩四棵古樟时，熬樟油的土灶终于熄火了。我的童年和少年时代，方有机会与它们一同在这片土地上成长。

我清楚记得，村后那棵最大的古樟，巨大的树干分成左右两股大枝，大枝向上延展，不断分出小枝，交错重叠，高高耸立，覆盖了大片地域。它的一些巨大枝条，甚至远远伸过陡壁，在半空中悬了一大片瓦房顶上。有时候，我们也到山坡去玩耍，站在古樟底下，仰面看那些乌黑虬枝，看虬枝上一丛丛倒悬如青青灌木的寄生藤，草地上落满了乌黑的樟树籽，粒粒滚圆如珠。这棵大古樟的树干分叉处，那时安装了一个大高音喇叭，威严地俯瞰着村庄，一路电线由许多乌黑的杉木电杆高举着，高低起伏，越过园土，越过田野，越过江流，通向三里路开外的大队部。村人偶尔更换大喇叭，需架设高高的木梯斜搭树身，才能费力爬上去。

三棵古樟高高挺立在村后，一片巨大的浓绿，就如同村庄的地标，纵使远隔数里，也能一眼望见。每当夕阳西斜，古樟浓黑的影子悄然漫过村庄黑瓦的屋顶，一直要覆盖过村前的水圳、月塘和水井。古樟常年有猫头鹰穴居树洞，每到入夜，它那恐怖的鸣叫总是令人心惊。

有许多年，每天早中晚，高音喇叭按时播放三次，巨大的声音响彻云霄，震荡着村庄的远近。喇叭里不时穿插一些嘶喊着浓重乡音的口头通知，更多的时候，是播放好听的歌曲。那时村里上映过《洪湖赤卫队》的露天电影，我很是喜爱。对《洪湖水浪打浪》《手拿碟儿敲起来》这些歌曲都耳熟能唱。我有时在村前的水田里捉泥鳅，当喇叭里传来这些或优美、或伤感的歌曲时，常直起腰身认真谛听，长久望着那三棵古樟。尤其是当韩英在牢房里反复唱到："娘——，儿死后，你要把儿埋在大路旁，将儿的坟墓向东方……"我小小的年纪，竟也滑落下一行泪来。

香樟质地坚硬，气味芳香，不易开裂，不仅是家家户户做砧板的好材料，更是村里榨油坊制作相关器具的不二选材。坊间曾有一根硕大无比的樟木榨头，直径差不多有一个成人高，长约两丈，横卧在地面的支座上，中央贯穿了一道外方内圆的大长孔，是用来填塞茶枯饼，打榨茶油的，相传已是解放前伐的一棵古樟做成。其他诸如碾槽、水轱辘、连接碾槽与水轱辘的巨大转轴、齿轮等等，也无不是樟木制作。数十年使用，这些器物渐至损坏。有一年，村里决定做一套新的，就将村后的两棵古樟砍倒了。另一棵因为半已枯空，做不了用材，又离陡壁太近，恐砍倒砸下来毁了大片瓦房，幸免于利斧巨锯之下。至于江边桥头的那棵古樟，也不知是何年何月，死于何人之手了。只是多年之后，榨油坊倒塌，这些樟木器具，也被当做废物贱卖掉了。

今年清明节，我回到故乡，昔日那片青砖黑瓦的岁久老宅所剩寥寥。巨大的高速铁路桥墩延续着，自山脚横贯而过，桥上不时有白色的子弹头列车飞驰而来，发出巨大的呼啸，须臾远逝。

我默默地站在遗址上，仰望那棵残剩的古樟。陡壁上长满的荒草荒藤和灌木荆棘，已将那些废弃的红薯窖完全掩盖住了。这棵古樟仿佛还是我童年时的模样，半边干枯，半边绿色，没有长大，也没有缩小。它像一个被时光凝固了的残缺者，无声地俯瞰着眼前这个残缺的世界。

古槐

不由地想到唐代诗人元稹的一句诗：落叶添薪仰古槐。

故乡的地盘上，与八公分仅一江之隔，挨得最近的，是一个名叫牛氏塘的小村。村前那棵树形高大的古槐，当是轰然倒下的最后一棵有着数百年历史的古树。它的生命终结在上世纪九十年代的某天，死于它庇护着成长起来的一帮子孙的刀斧利锯。自此以后，这个昔日风光上佳的街铺小村，被彻底败坏，面目全非。我常思忖，为什么那些看起来朴实的村人，对待比他们祖先还年长的古树的生命，竟然如此漠视？为什么当一个人随便寻着一个口实，就要伐倒一棵古树时，村里其他的人除了成为帮凶，麻木得无一人阻止？

真的，倘若时光回到我的童年，哪怕是少年，那也真是一个高树掩映溪水环绕的绝好小村啊！

牛氏塘位于一处平坦的楔形台地之上，北宽南窄，地居要冲。整个小村也就一条南北向的宽阔青石板合面街巷，两侧多是吊脚楼式的圆木廊柱二层瓦房，各家临街的底层，几乎都是镶嵌式木板墙，早晨卸下，就成了宽敞的大门，夜里再一一嵌上。这里虽是永兴县地界，却是远近各村通往桂阳县和郴县的必经之地，往北可去洋塘公社（乡政府），往东可去永红煤矿、黄泥圩，乃至永兴县城、郴州，往南可去桂阳县的东城圩。每当逢圩的日子，街铺上变得尤为热闹，整日里都是南来北往行色匆匆的赶圩人，手提肩挑，络绎不绝。亦因此，牛氏塘又叫做牛氏塘街上。

牛氏塘街上约二十来户人家，有"十户九姓"之称。他们的祖先多是外乡来此落脚的生意人，建房开铺，扎下根来。这里的主要姓氏有黄、王、雷、刘，唯独已没有了牛氏。街铺上有缝衣店，有打铁铺，国营的供销合作社也是建在街铺的北端。平日里，周边的村人打铁器，买煤油，买盐买糖，都是步行来到这里。到了年底，很多人家扯新布做新衣服，缝衣店的几个老裁缝更是忙得不可开交，缝衣机踩得飞速转动，日夜滴滴答答地响，长长的高案台上堆满了各家排队等候的整齐布匹，色彩各异，以蓝黑居多。

这里的环境堪称美好。村西的坪地是大片高大茂密的树林，枞树和雀栗树（方言读音）尤多。每棵雀栗树都结满了一串串的雀栗子，要深秋霜降后才成熟，红得发紫，口味甘甜，是村童经常爬树攀折的野果。此外还有几棵高耸云天的古枫，另几棵树皮灰白光亮的古树，叫篦嘎树（方言读音），笔直挺拔，须两三个成人才能围抱。有一年，一棵大篦嘎树遭到雷劈，一时传言鼎沸，说这树已经成了精怪。坪地下是水田和鱼塘，隔一条江，就是我们村的田野。村东靠近坡度平缓的圆岭，这是一座独立的小山包，岭脚下是园土，一条溪水自北而来，紧挨着街铺东面的房后屋脚，一路流到村子最南端，并在此与另一条几乎是垂直从东面远山沟里潺潺而来的溪水交汇，合成一股大清流，绕过街铺最南端的楔尖，沿着青石板路向西而去，猛然跌入落差数丈的深涧，融入江流。

那棵树皮乌黑顶天立地的大古槐，就位于两道溪水交汇之处的石桥边。牛氏塘的人，每天去江边水井里挑水，必定从槐树下经过，走过街铺南端的凉亭和石桥。

我自小就对牛氏塘的环境十分熟悉，不仅是因为我们两个村子离得近，我们村庄的很多田土和山岭也在这边，做农活经常须从这里经过。更主要的是我的大姐就嫁在这里，而且就住在街铺最南端靠西一侧，有事没事我都常来这里玩耍。小时候，叫大姐一家人到我们家吃饭，我母亲通常是站在我们村口，几声大嗓子就能喊应。后来我家在我们村南建了新瓦房，我们两家就愈发近了，相互呼喊起来也更方便和清晰。

这古槐旁的凉亭原是一座娘娘庙，庙里的娘娘神像，造型巧妙，人在门口踩踏地面坑上的方木板，那神像就会突然冲滑过来，吓人一跳。松开脚，便又自动退回原处。后来，这尊神像被毁了，四壁也拆成了大的落地方洞，两侧安装上几根供人闲坐的简易原木，就成了一座小凉亭。

古槐开花的日子，整条街铺都是香的。虬枝高冠之上，全是一串串洁白的繁花。槐花含苞未开时，状如饱满的米粒，村人叫槐米。槐米和槐花晒干后，都可以制作成上好的花茶，芳香浓郁。这时节就常有街铺上的人和外村的人，架了梯子，或者爬树去采摘。这树就在贵红家的屋旁，有几根水桶粗的大矮枝甚至就压在他们家的屋瓦之上，那些摘槐米槐花的人，有时甚至就踩踏在他们瓦顶上，哗啦哗啦作响。每每这时，就会遭到他们一家愤怒驱赶。

我对槐树的好奇，是在儿时看了露天电影《天仙配》之后。里面有棵老槐荫树，开口讲话，为董永和七仙女做媒人。那时我还曾特地到这棵古槐下驻足仰望过，看看它是否也能像电影里那样，突然裂开大嘴巴，讲出话来。只是这种情况一直未曾发生，不免令人遗憾。

牛氏塘的人我基本上都认识，这里有我小学时的一个女同学。她姓王，与我大姐家仅隔着一栋房屋。因家里姊妹多，她中途一度停学。待她哥哥读了研究生，她再才继续上学，因此比我后来低了几个年级。我高中毕业上中专后，她从初中考上了幼师。

在暑假里，我们都从学校回到了阔别已久的家乡。我吃过晚饭后，常过了江，来大姐家闲坐。夏夜里，古槐下不少乘凉的大人和玩耍的孩子。我的这位同学自然也常在其中，她穿一袭长裙，更显身材窈窕。那时的月色很好，田野里蛙鸣虫吟，刚插下不久的晚稻上面浮着朦胧的雾气。古槐旁边，清澈的溪水荡漾着银波，从小石桥下缓缓流过，细语潺潺。我们常对面站着，或坐一条长凳说一阵话，她轻言轻语，笑容温暖，我们一向就谈得来，故每次见面总是心情愉悦，时光易逝。

有一天夜里，恰逢一两里路外的下羊乌村放电影，是几个人合伙承包收门票，地点在原来的大队部礼堂。在古槐下歇了一阵凉，她从她母亲那里要了几角钱，邀我去看电影。众人面前，我感到很是窘迫，去也不是，不去也不是。倒是她大大方方，笑吟吟地一再邀我同去。那晚的月色很皎洁，田野空濛，长空如洗。走在弯弯曲曲的青石板小路上，步子很是轻快。那晚放的是什么影片，我已不记得了，可以肯定的，不是槐荫树能开口讲话的《天仙配》。

以后的日子，牛氏塘渐渐变换了模样。原先吊脚楼式的合面街铺全然不见了，成了新的砖瓦房，那片茂密的枞树和雀栗树，那些古枫树、古篦嘎树，都被各家建房砍了个精光。凉亭和古槐是最后倒下的，贵红两兄弟说，碍着他们家建房了。

那两条昔日在古槐下交汇的溪水，也像两道哭干的泪痕，彻底干涸。只有在山洪暴发的日子，才汹涌着滚滚黄汤，绕着这个风光不再的小村子。

古槠

我还是要说一说儿时村旁那三棵挺拔的古槠树，否则，我的心里总像堵了一团棉絮，不吐不快。

那地方原先就叫槠树坪，在村北青砖黑瓦、规模宏大的黄氏宗祠后面的高坎之上。

那个时候，村庄还像一团浓墨，没有扩散开来。尽管早在我出生之前，经过一轮大炼钢铁和毁林开田的运动，村旁好端端的一大片参天楠树全砍光了，化作了高炉里的灰烬和天空飘散的黑烟，仅留下了那个沿袭久远叫楠树坪的地名，开成了一片山边的黄泥田。还有其他说不清数量和名称的古树，也在这场运动中一一倒下，没有了踪迹。但在我的童年记忆里，村庄周边至少还剩下四棵古樟，两棵古枫，四棵古柏，一棵古梭罗树，以及三棵古槠。它们无不高大挺拔，直耸云天。

那三棵古槠，有两棵挨得较近，在出村小径之左；有一棵离得较远，在小径之右。在它们的附近，是村里那棵堪称"树王"的古枫，和唯一的一棵古梭罗树。那时宗祠以北坡度平缓的斜长小山包，还是呈现原始状态的地形地貌，生长着茂密的枞树林和其他种种乔木和灌木，与村后的后龙山无异。小山包下边缘，连接着漠漠水田，交界处是古坟岗，断碣残碑一大片，是我们平素不敢涉足的地方，望而生畏。椆树坪是这小山包旁边的一处坪地，距离古坟岗一二百步。与椆树坪离得最近的一栋房屋，是村里一个生产队养猪的饲养场。

那三棵椆树，每棵都要成人两三人才能合抱，它们的枝枝叶叶，全长在半空之上，站在树底下，我即便尽力将头往后仰得生疼，也望不到冠幅阔大的树顶。曾有许多年，椆树下是平整的旱土，各生产队种了红薯之类的作物，秋末收获之后就成了乱草坪。我那时对这几棵习以为常的古树，并不作刻意观察，也不懂什么欣赏美景，只关注能带给我们什么实在的东西。比如说，从落光了树叶的古枫上掉落下的乌黑枫球，我们捡回家能烧火；圆豆般的橘黄色梭罗子掉下来，我们能捡了吃，嚼起来又甜又嘎嘣响。至于古椆，它们那状如子弹头的棕褐色坚果，我们叫椆子，就更是村人无不喜爱之物了。

古椆是那样挺拔，我只记得它那密集的叶片，是二三指宽的长椭圆形，绿得光滑发亮。至于它开的花是什么样儿，因距离地面太高，看不真切，已没有了记忆，估摸着跟山上苦槠树开出的一丛丛淡黄色小花差不多吧。因为按照我的逻辑，既然苦槠子与槠子色泽外皮是如此相像，只不过前者滚圆，而后者修长，故我猜测它们的花也应该有类似之处。

捡槠子在每年的深秋之后，直到深冬。古槠是常绿植物，那无数的槠子隐藏在高高的密叶之间，谁也够不着，谁也看不见，只能任其熟透后自然掉落，或者被大风吹落。在这样的日子，槠树坪里，整日都有村里的大人孩子，在俯身寻觅着一粒粒棕褐色的槠子。发现了，便赶紧捡起来，塞进衣裤口袋。大清早，刮大风的时候，捡槠子的人更多。童年里，我也是来这里捡槠子的常客。

捡来的槠子，可放进柴火里煨烤，光溜的硬壳炸裂得啪啪响。烧得透出香味了，用火钳夹出来，凉凉，剥去焦黑的外壳，吃那状如小指头的仁，粉粉的，清香中有着微微的苦涩味。

不过，很多人家，每天捡来的槠子，都是攒起来，积少成多。有几筒几升了，就做槠子豆腐。制作过程跟苦槠豆腐如出一辙，都是去壳后，井水浸泡果仁数日，去除涩味，而后磨成浆，熬煮成糊状，添加石膏或石灰水，冷却后切块，就成了紫黑色的槠子豆腐。既可切片现炒了做菜，也可烘干，能保存到来年夏天炒青辣椒红辣椒。同许多山珍野味一样，这也是那个贫乏的年代，大自然给村人的慷慨馈赠。

在村人的日常器物里，即便那个年代，用槠木制作的木器也不多见，大概是因为这种成长十分缓慢的硬木很稀少。至于村旁这三棵古槠，没有几百年上千年，更是不可能长成如此高大。村里最常见到的椆木器具，大概要算木匠师傅那几个长方体的刨子，有的长，有的短，光滑红亮，坚硬又沉重。至于普通人家，大多连一件椆木的木器都没有。我家那时有一根枪凿担，椆木做成，长长的，一端戴了锐利的铁锥，另一端削扁呈楔形，中间是比肩膀略宽的光滑凹槽。这根椆木，据说是我父亲在外村做木工时拿来的，做成枪凿担，能承受两三百斤的重量而不开裂和折断。很多年里，这根结实沉重的椆木担，是我父亲的专用品，无论上山砍柴，割草叶，还是挑麦秆，挑花生秧，挑红薯藤，收稻草，都是用它。椆木担经年使用，浸透了汗水和人气，也愈加光滑而红亮。

有一年，村对面的山脚下，村人月复一月挖土方，修了一条简易的黄泥巴公路。通车的那天，全村老幼差不多倾巢出动，早早来到公路上等候。当插满红旗的解放牌汽车和大型拖拉机徐徐自远处开过来，大家更是群情激昂，笑着，喊着，兴奋地跟在车屁股后面奔跑。我那时也在其中，这是我第一次看到车子，那股油烟尾气，我觉得特别香而好闻。我这辈子从不晕车，估计跟这次的感受有关。

汽车来得渐渐频繁了许多。尤其是春夏之交，各生产队常组织大批人力，据说是到几十上百里外的郴州一带，割上十天半月的草叶，而后租了一辆一辆的解放牌大汽车，满载着运回村，作为稻田的青叶肥。到了夏麦收割之后，又常有汽车来拖麦秆，运进城里。有传言说，那些城里的司机们，看上了我们村里的古椆树，常与大队生产队的干部们吃吃喝喝，嘀嘀咕咕，多次来椆树坪观看，指指点点。

以后，村里又兴起毁林开田，村北那座平缓斜长的山坡，树木悉数砍光，开成了黄泥土梯田。那块平坦的椆树坪，更是当做了理想的开田之地，三棵古椆的生长史也就此终结。只是这些新开的稻田，主要靠人力从村前的水圳车水灌溉，并且需摆放几台水车，同时逐级提升水流，十分不便。加上田不保水，易干，且地力贫瘠，禾苗长得矮小，病恹恹的，收成自然低下。大约种了一两年水稻就废弃了，成了旱土。

三棵古椆砍伐后，解成方料或木板，或变卖，或占有，或送人情。它们四分五裂，散落村里村外，很多跟随司机们进了城。那几年，村里时兴起制作从城市流传来的靠背椅子，不少人家有了这种能折叠的椆木躺椅。盛夏的日子，将椆木椅子摆开在厅屋或阶檐下，赤膊斜躺在竖条纹的塑料布或竹片上，悠哉悠哉。

不几年，生产队解体，村里人建房的越来越多。原本浓墨一般的村庄，渐渐洇染开来，那些废弃的新开田土，成了村庄不断扩张的宅基地，先后全部建成了杂乱无章的新瓦房。

每次回村，从见证沧海桑田般变迁的宗祠旁路过，看着小径两旁密集的房屋，我心里常有一个声音在低语："这户人家的地皮上曾有一棵古椆，那户人家也有一棵，还有那户……"

梭罗

这个树名，让我纠结了好久。

假使它至今仍在，必定成了林业部门挂牌保护的珍稀名木，它的名称、学名、科属、树龄、性状等相关信息，自有植物学家考证标注得清清楚楚。只是，它在我童年时期就被砍伐了。它是八公分村唯一一棵异样的古树，曾给一代一代的大人孩子带来过无穷欢乐。我不知道，当村人向它举起利斧巨锯，是否念及它的好而踌躇过，甚或手软过？

它铺天盖地轰然倒下，永远从这片土地上消失了。几十年来，它的名字却顽强地烙在我的记忆里，尽管它的形影已然模糊，圆豆般的金黄果实的甜脆滋味也渺茫得难以回想。这棵高大的古树，村里人叫沙罗树（方言读音）。深秋之后从高高的树冠间掉落下来的果实，叫沙罗，豌豆大，又恰如圆圆的大沙粒，小孩子们尤其爱吃，甜甜的，嚼起来嘎嘣嘎嘣响。

在村里，我差不多是第一个通过高考走出村庄的读书人。当我想为这棵奇异的树写下一篇文字，竟不知道它究竟该叫什么树，村里也没有人可以向我提供更多有关此树的植物学方面的知识。问比我年纪大的人，他们除了一再声称这棵树就叫"沙罗树"，至于确切的树名是哪两个字就不知道了，都说老一辈就这么一代一代叫下来的。比我年纪小的，他们的人生大多与这棵树无缘，问也茫然，算是白搭。

我尝试从网上检索，输入"沙罗树"三字，显示的结果更是让我吃惊，与之读音相近的竟然有三种不同的树，分别是：娑罗树、桫椤树和梭罗树。我一时更懵了。

我仔细阅读文字介绍，查看相关图片，与我模糊中的记忆进行对比。

《辞源》说："娑罗树为龙脑香科常绿大乔木。佛教传说释迦牟尼在拘尸那城河边涅槃，其树四方各生二株，故称娑罗林或娑罗双树。"这种佛教圣树，"单叶较大，矩椭圆形，长 15—25 厘米，宽 10—15 厘米。"我记忆中的那棵树，叶片很小，显然不合。

"桫椤也称树蕨，蕨类植物，桫椤科，木本，茎柱状，直立，高 3—8 米，叶顶生。"再看它的图片，很像棕榈类大叶植物，更是相差甚远。

"梭罗树，梧桐科，常绿乔木，分布于我国南方。"看到这里，我心里顿时一亮。对比枝叶与果实，很是相仿。或许，那棵让我几十年不曾忘怀的古树，正是此名：梭罗树。

村里的这棵梭罗树也是长在黄氏宗祠背后那片椆树坪，靠近内侧的一处陡坎。我的记忆里，它的躯干比附近的古椆树要小。即便如此，比我年长十七岁的大姐荷花谈及时，比划着手势说，至少也要一个半人到两个人才能将它抱住。大姐对这棵梭罗树的叶片记得非常清晰："叶子很密，很青，也很小，就大拇指头一节这么大，上面的纹路很粗，很深。"在她看来，梭罗树的小枝应该是比较脆的，因为当梭罗成熟的时节，经常有大人在长竹竿的尾端绑扎一把镰刀，高高地举起来，哗啦哗啦，掰割下一些低矮的枝丫，让站在树下的馋鬼们摘那一丛丛黄色的梭罗吃，豆子般地嗦嗦响。

梭罗树开的是什么样的花，我的大姐已无从记起，我也毫无印象。村里的孩子往往就是这样，它们只记得好吃的东西，别的都会忽略。何况这树是如此之高，昔日村边的古树又是那样多，没有几个人会专注于这些半空中的巨大树冠上悄然发生的细枝末节。

我的脑海里，对这棵独特古树的记忆，永远定格着这样一幅画面：青青的古梭罗树下，一个幼小的村童，曲背俯首，目光专注，在地面的草坪上一步一步缓缓走动，仔细寻找一粒粒掉落下来的金黄色的梭罗子，捡起来，放入口中，一阵咀嚼，甜味和脆响顿时化作了稚气小脸上满足的微笑。这个孩子，就是再也回不去的小我。

在这个已然寒冷的季节，梭罗树旁青黛的古椆树上，会不时掉落棕褐色的稠子；落光了红叶的古枫树上，会不时掉落一个个拖着长柄比鸡蛋还大的圆圆的乌黑枫球。

鸡爪树

青松家那棵高大的鸡爪树，曾让我们羡慕得不行。

于今看来，在村庄的果树中，鸡爪树当是别名最多的一种。不同地域，叫法各不相同，枳椇、拐枣、鸡爪梨、万寿果、木珊瑚、鸡距子……可谓五花八门。其学名枳椇，明代李时珍在《本草纲目》中有明确记载："枳椇木高三四丈。叶圆大如桑柘，夏日开花，枝头结实，如鸡爪形，长寸许，扭曲开作二三歧，俨若鸡之足距，嫩时青色，经霜乃黄，嚼之味甘如蜜。"

小时候，村里就青松家有一棵鸡爪树，长在他家的屋旁。那棵鸡爪树，树干笔直，树皮光滑，我们须双手才能抱住。那众多枝丫，高高地悬在半空中，向周边伸展得十分宽阔，叶片如掌，又大又密，重重叠叠，笼罩住了下面一片低矮的杂房和茅厕。在它的面前，纵然是爬树好手，也通常是无可奈何，赤手赤脚爬不了几下，哗啦一下子就滑了下来，擦得肚皮发红发痛。许多个夏日，我们在这棵树下没少玩这个游戏，嘻嘻哈哈，乐此不疲。

树上开出的一簇簇黄绿色小花，我们并不深以为意。当花朵谢去，密叶间长出了一枝枝七歪八扭的鸡爪，我们就开始日日惦记着了。有事没事，常常神出鬼没般地就站在了鸡爪树下，抬头仰望着那些土黄色的鸡爪，吞几把口水，恨不得一张嘴巴从脸上脱下，飞上去，大嚼一顿才好。我们那不怀好意的贪婪目光，若是被青松的父母和几个哥哥看见了，便会遭到他们果断驱赶："走走走！熟都还没熟呢！"

季节渐渐变换，树上的鸡爪也愈发粗大饱满，一大串一大串的，色泽褐红，更是令人眼馋。我们与青松也玩得更加亲密了。他比我大两岁，在村里，我们是年龄相仿的伙伴。那时，我们一大群男孩，扯猪草，上山捡柴，到江水里洗澡，上学放学，常常是成群结队在一起。他在我们当中的威望，随着鸡爪的成熟，也日益增高。

我们自然还是经常缩头缩脑就出现在他家的附近，比以往更勤了。有胆大的人，手中甚至偷偷摸摸拖了一根小竹篙，眼睛滴溜溜放光，边侦查，边向着鸡爪树靠近，趁着他家里人没出现，举起篙子朝着低矮的枝丫就一顿乱打，树叶落了一地，鸡爪一枝枝掉下来，赶紧捡了就跑。这样的敲击声，也常会被他家人听见，怒骂声和脚步声，随即从青砖黑瓦的老厅屋里急切追来。

　　鸡爪这种果实，实在太特别了，像弯弯扭扭的小棍棒一样，与桃子李子枇杷橘子大不相同，与山上那些乌饭子野石榴也全然迥异。每一枝鸡爪，横拐竖拐地又分出众多小果棒，痉挛般地抓握纠结在一块。每一茎小果棒的端头，连着一粒小圆豆般的黑色种子，像个微缩的铃铛。吃的时候，我们将干枯的小铃铛扯了丢掉，摘了一团团的鸡爪大快朵颐。

　　只是未经霜的鸡爪有着浓浓的涩味，不过，村里的孩子都自有办法，或埋在自家谷廒的稻谷里，或埋进砻米后装收在箩筐里的谷壳（俗称糠头）。多日后，原先饱满的鸡爪，水分干燥了许多，蔫蔫的，色泽也深暗了，再来吃，就甜滋滋的了。

　　到了秋末冬初，树上的鸡爪已然熟透，树叶也转黄飘落，不时有一枝枝的鸡爪掉下来。这样的日子，青松家的鸡爪树下，整日都会有男孩女孩在那地上寻觅。若是遇上大风天气，手里的收获更是丰厚。

　　终于在某一天，青松的父亲和大哥，举起长长的竹篙子，顶端绑扎一把镰刀，将那枝头的鸡爪，一一勾下来。一时间，鸡爪纷落如雨，很多摔在地上，或断，或裂。也有一些零星的鸡爪，在竹篙无法企及的树顶，继续停留，高蹈又落寞。它们日复一日，沐浴寒风冷霜，迎接树下一双双稚嫩明亮目光无尽的瞄准和射击。

　　多年之后，青松家建新房，这棵高大的鸡爪树成了他们家的新门窗。我也从仰望鸡爪的幼童，长成了少年，上学之路越走越远，渐渐离别了故乡。

数年前，我偶然在所居住的县城，发现了一棵鸡爪树。那个冬天，我在街道边的候车牌前等公交，低头间，突然看见旁边的花池里遗弃了两三枝鸡爪，都腐烂了。再仔细看时，这样的鸡爪更多。我疑惑着，抬头仰望，紧挨着的竟然是一棵大鸡爪树，差不多比街边那栋六七层的办公楼还高，上面树叶零星，树梢上还挂着一串串看起来形容干黑的残剩鸡爪。想来，这应该是十几年前栽行道树时，不经意栽下的，因为两旁所有的香樟里，就唯独这一棵。这么多年，我经常从其下经过，竟没发现，心里顿时有了久违的惊喜！儿时的光景，也倏然涌上心头。

又一年仲冬，我在县城南大桥头看见一个乡下老妪挑着两箩筐鸡爪在卖，不由地吸引了过去。鸡爪一小扎两元钱，我买了五扎。老妪说，鸡爪泡酒也很好。我双手捧着沉甸甸的鸡爪，甜滋滋的香醇渗人心脾，尽管相隔久远，这芬芳的气味依然十分熟悉。

那年的春节，我待客饮的就是鸡爪浸泡的红薯酒。闻着是清香，酒味却淡了许多，我还暗暗地有了些许不解。是后来，我对鸡爪的植物学知识有了更多了解，才恍然大悟，原来鸡爪还有解酒的功效。

古书上曾有记载说："昔有南人修舍用此木，误落一片入酒瓮中，酒化为水也。"

看来，对于儿时就似乎很熟悉的鸡爪树，我的认识还欠缺很多，很多。

苦楝

　　不曾料到，我的少年时代在此度过的那栋瓦房，那处宁静的故园，竟然那么快就彻底消失了，连同那些高杨，那些苦楝……回首处，暗伤低徊，恍若隔世。

　　那是一个简朴又亲切的地方。

　　一条溪圳从门前潺潺流过，溪圳边，是一连串的池塘和广阔的稻田。再远处，就是蜿蜒的江流，江流对岸名叫牛氏塘的小村，以及那绵延到天际的重重山岭。我家的大门朝东，又无遮挡，晴好的日子，早晨的太阳总是缓缓地从山间升上来，笔直地投来柔和的金光，将田野、溪水、草木、飞鸟以及我们家的瓦房一同照亮。

　　我们是临近过年搬进新家的，那时我刚上初中。对于这样一个场地宽阔的地方，我最高兴的莫过于能在自家屋旁栽树了。往年里，我家住在青砖黑瓦的大厅屋一角，位于村子中央，周围都是青石板巷子和一栋栋的老厅屋，根本就没有属于自家的余地。那些年，每看到小伙伴在他们屋旁空地栽树，就羡慕不已。

第二年春节，天气晴好，不时有村邻来祝贺乔迁，燃放长长的鞭炮，噼里啪啦，硝烟弥漫，新瓦房前的地面上，满是红红的鞭炮碎屑。在这喜庆的氛围里，我也迫不及待地从江边砍来杨树枝条，剁成斜口，密集地插在门前的溪岸上。我期待着，这些属于我家的杨树，能早早地破芽吐叶，快快长大。

我又扛了草刮子，挖来几棵小苦楝树，见缝插针地栽起来。一棵栽在了房前的鱼塘角，这口长方形的小鱼塘，原是我家的秧田，刚好就在门前溪岸下面，打土砖时挖成了砖氹，蓄满水就成了鱼塘。其余的苦楝，栽在房屋北侧空地的边缘，紧靠着另一口半月形的大池塘。

在八公分村，苦楝树可以说是房前屋后最寻常的树木了。这种树长得快，又极易成活。村庄的空地上，常野生着很多落籽而生的苦楝幼树，在早春，它们往往就是一杆杆手指粗的光裸杆子，乌黑的树皮上布满白亮的星点，宛如秤杆。挖了来，只要保留有几条短断根，往土坑里一栽，培土踩密实就行了。待节气一到，便活活泼泼地长出新叶来。

往后的日子，我家门前的阶檐和屋旁的空地，都用石灰三合土打成了禾场。几年间，那些杨树和苦楝，也速速地长高长大，分出了繁多的枝丫，在风里摇晃。因了这些树木，因了门前清澈的流水，几处池塘，池里的游鱼，池塘边南瓜、丝瓜、苦瓜、瓠瓜的青青藤蔓和花瓜，还有那鸡鸣狗叫，飞鸟掠空，炊烟袅袅，人来人往，这栋简朴的瓦房愈发显得生机勃勃。

这些杨树不知不觉间就高过了房屋，那几棵苦楝，主干也大过了腿脚。也不记得是从哪一年起，苦楝树就开始开花了。苦楝开花时，已是初夏，疏枝大叶之上，长满了一丛丛的花束，花朵细碎而繁多，白紫相间，像无数的蝴蝶，散发着浓郁的香气。

盛夏"双抢"时节收割早稻，太阳如火，屋旁的禾场上，晒满了金黄的稻谷。禾场边，绿树掩映，那些苦楝树，这时也挂满了一束束的长柄小果，青青圆圆，看着十分可爱。不时有天空飞来的麻雀，三只五只地落下来，急急忙忙啄食谷粒，稍有响动，"噗"的一声就赶紧飞走了。我家向着禾场的侧门洞开着，母亲隔一阵就会走出来，拖着长柄的梳板，赤脚踩在谷子上，来来回回有序地梳理，留下一道道密集笔直的梳齿痕，以便稻谷都能均匀地晒干晒透。到了傍晚，一家人在禾场上收谷，车谷，挑谷，忙忙碌碌。这样的时刻，是我们一家丰收时的愉快时光。

月明的夏夜，树影婆娑，凉风阵阵。我会早早地用桶子打了溪水，将阶檐和禾场泼湿，去除暑气。地面很快就会干爽，然后我会将长凳、矮凳、竹睡椅，一股脑搬出来。有时甚至将那张四方的红漆饭桌也搬出来，一家人在溪边的月下吃饭，碗筷叮当，一面说些闲话。旁边是永不停息的蛙鸣虫吟，空旷的田野一片朦胧，气氛氤氲。这样的月夜，常会有村邻前来乘凉谈天，有过路的看田水的人，也会停下脚步歇上一阵，扯上几句。

这些苦楝的碧绿树叶，偶尔也会被家里人摘下一些来。夏日里茅厕容易生蛆，白晃晃的一大片，不停地涌动，撒下几把苦楝树叶，便能起到杀灭蛆虫的作用，降低浊臭。此外，假如水田里蚂蟥多，也可在田泥里踩入苦楝树叶，灭杀效果也不错。

到了深秋，杨树和苦楝的树叶都发黄零落，渐渐露出光裸的枝丫。不同的是，苦楝树的枝丫间，那一丛丛一串串金黄色的苦楝子，并不会随同树叶的凋零而很快掉落。它们会长久地垂悬着，干枯着，腐烂着，忍受风霜雨雪，在整个漫长的冬季。

中专毕业的那一年，我刚好二十周岁，分配到一家濒临倒闭的国营小建材厂工作。半年多后，就因停产失业，回到农村老家。稚嫩的初恋，也在此期间折翅。为谋生计，我四处奔波，有很长一段时间就在家务农。在那段人生的低谷时期，我常一个人默默地在苦楝树下的禾场上独自徘徊，愁容不展。

某一个秋雨霏霏的日子，眼前的苦楝树令我触目伤怀，写下了一首题为《苦楝树》的诗。

苦楝树

暮色在四下里弥漫，
秋雨伴着寒风飘零。
乌黑的苦楝树低着头，
独在荒原上泪涟涟。

遥想春日里朝阳吐霞，
绿叶抹了金辉呢喃。
百灵鸟站在枝头放歌，
紫色的花簇绽满笑颜。

叹如今花逝叶飞去，
只落得个苦果串串。
痛楚的心在乌啼声中渐渐死去，
灼热的情怀早已木然。

月亮像一只惨淡的花圈，
静静地插在夜之墓上。
小溪轻轻地咽呜挽歌，
往日的欢乐已被时光埋葬。

橘

我对橘子的最初认识，是从罐头开始的。

小时候，虽说村里已经通了电，但平常的日子里，似乎停电的时候更多。其原因，一是经常听说从远村接过来的电线被人偷剪卖钱了，这样的状况之下，几乎无人管理，要搁上很长的时间。再就是各家各户的电费难收，一拖再拖，拖得供电所的人不耐烦了，某一天扛着一根长篙一般的绝缘棒，来到村前的变压器边，将那几个狗腿样的跌落开关取了下来。这样的山村之夜，点煤油灯盏是每家的不二选择。

那时，村人点灯，用得最多的是两种自制的煤油灯盏：或用小墨水瓶子，瓶口盖一块铁皮盖子，盖子中央钻一孔，穿一截灯芯，如同蚯蚓蜷缩在瓶内煤油中；或用一个罐头瓶子，瓶颈箍一圈铁丝，上口再连接铁丝做的提手，既能手提，也可悬挂，瓶内则用铁丝做成凹形挂钩，挂在瓶口两侧，挂钩中央系一截灯芯。相比而言，罐头瓶灯盏更高大，灯火在瓶内，又防风雨，夜行提着也方便，差不多是每家的必备。

这些罐头瓶子，大多来自我们村庄对面的供销合作社。合作社是一栋老式的砖瓦房，位于小村牛氏塘的北街口，与我们村仅一江之隔。江上有一架木桥，连通两岸。村人去合作社打煤油，买盐扯布，买糖饼罐头，多是过木桥去，上一个坡，穿过一片林子，就到了。

合作社那面墙柜上摆放整齐的罐头，总是令我眼花缭乱。站在柜台外，那一瓶瓶贴了好看的水果画片的罐头最是吸人眼目，杨梅罐头、橘子罐头、桃子罐头……瓶内汁水浸泡的果子，一股股，一瓣瓣，鼓鼓胀胀，红嘟嘟的，黄澄澄的，粉嫩嫩的，看看就馋人得很。

村里有老人病重，亲戚邻里买罐头看望，是那时的风俗。我父亲有一次头部受重伤，接到了好几瓶罐头。我也跟着品尝到了橘子罐头的甜甜滋味。那些罐头瓶，自然成了我们家使用多年的煤油灯盏。

在很长的岁月里，我们村庄并没有橘子树，我小时候也差不多没有见过真正的橘子。

我家搬进村庄南端新瓦房的那一年，我在门前的溪岸边插了一排杨树。这些杨树枝条插的时候已经比成人还高，有的比刀柄还粗，一旦新芽吐绿，叶片招展，就形同高树了。况且这里土地肥沃，水分充足，又当阳，杨树更是呼啦啦长得迅速。有一年春上，村里来了一批橘子苗，据说是国家发下来的，栽种在村前的几处山坡和几片园土上，父亲也拿了七八棵回来，栽在了我们屋前杨树之间的空隙里。

只是山坡和园土敷衍栽下的那些橘子树，死的死，活的活，很多被人扯了栽于自家房前屋后，并无专人管理。随着生产队解体，分山分土到户，所剩更是寥寥，不几年，一棵皆无。倒是成了私家所有的橘子树，从此在村庄里茁壮成长。我家那几棵，更是占有地利优势，愈发蓬蓬勃勃，郁郁苍苍。

我清楚地记得，有好几年，我家门口的溪岸边，绿色的植物长成了四个层次：最高的是亭亭玉立的钻天杨，其次是枝繁叶茂的绿橘和攀援在杨树干上的苦瓜藤，橘枝下是我从中学折枝条插活的月季，最底层是溪岸下我家那口小池塘瓜架上的冬瓜和瓠瓜的密集藤蔓。我周末放学回家，常喜欢在溪岸上或站或俯，抚摸那些杨树干橘子叶，闻一闻粉红色的月季花的清香。早上漱口，也爱端着口杯，跨过溪水，蹲在这些树木旁边斯条慢理地刷。扫屋的灰尘，也多用木斗装了，倒在这些树木藤蔓的根部，增加肥力。

那些高杨长得比屋檐还高了，密密地遮挡了门前的光线，树干也比成人小腿肚还粗。那时，村里有人来我家闲坐的时候谈到，门前树木太高不好。我的父母便记在了心上，生怕有什么不吉利，提出砍了这一排杨树，留下四季常青的橘子树。尽管心有不舍，我还是亲自动刀，把这些高杨一一伐倒。

橘树的生存空间陡然宽阔了许多，更兼充足的养分和水源，益发长得繁盛，树与树之间，枝条交错相接，并向溪岸两侧无限制地伸展，一面俯探池面，一面盖过溪水。最高的那棵，我即便举起手臂，距离它的树梢也还相隔很远，它的枝干比胳膊还粗，叶子宽长，油滑光亮，绿得发暗。

溪水清澈，终日流淌不息。我家在溪上架了一块青石板，又在橘树下的溪岸搁了一块青石板，这样，每天洗青菜，洗猪草，洗衣服，我们都是在这里。夏秋间，赤脚站在溪水里洗刷，十分畅快。这溪水来自上游的江流，常有大鱼不期而至。曾有许多次，我们在此抓获过大鲤鱼，惊喜不已。

每年橘树开花的时节，层层叠叠的枝叶间，密密麻麻开着无数的小白花，仿佛下了一层雪。橘子花的浓香，弥漫在周边的空气里，随风吹向远处。这段日子，我们家总是被橘子花香浸淫，心旷神怡。

花儿谢去，状如圆豆的小橘子长满枝头。自此以后，每日里，村里的童男童女时常神出鬼没，来这里采摘。驱之即去，去后又来，你方唱罢我登场，令人防不胜防，烦不胜烦。长到鸡蛋大的时候，橘子几乎就全没了。这几棵橘树，那么多年来，我记忆中只吃到过一只发红的橘子，能侥幸躲过顽童之手，实在不易。

冬天里，冻雨成冰，橘树又成了另一番美景。每一片绿叶，叶面上都覆盖了一层冰块，在叶尖处，垂下一滴晶莹剔透的亮珠，圆润可爱。我常忍不住去摘下一些冰片来，片片如叶，脉络分明，简直是鬼斧神工的艺术品。放嘴里嚼嚼，唇寒齿冷，叮当有声。

父母健在的那些年，尽管我已在县城成家生女，每到过年的时候，总会携妻带女返回老家。后来我自己有了一台傻瓜相机，就会买了胶卷，来家里给父母家人拍一些照片。有好些照片，我是以这些橘树为背景的，尤其是母亲抱着我女儿的那一张，脸含笑容，是我最温暖的记忆。

我家在村里的水田越来越少，到后来只有父母两人的。最后一次调整水田时，我家这口当初建房打土砖时自家挖出来的小池塘分给了别人家，母亲想以更多的田去调换，无奈对方坚持不肯。不久，那人以池塘的主人自居，擅自砍了我们家几棵橘树，说挡着他们家鱼塘了。父母只有叹息和伤感，却也无法。到最后，只剩下一棵孤零零地站在溪岸上，而且还被狠狠砍去了许多枝条。

2001年，母亲病逝之时，屋前那棵橘树正盛开白花，或许，它是想为这个慈祥的老主人，送上最后一程。

桑

真是奇迹！

每当新的桑叶长成了嫩绿的小手掌，羊乌小学的校园里，来自相邻各村的许多同学手中，就不约而同地有了蚂蚁般的小小蚕虫。这些蚕虫出自谁家？是哪些化蛹为蝶的蚕蛾产下的卵孵化而成？似乎无人关心，也没有谁会深究。总之是，一时间，校园里，村庄上，孩子们的手里便有了呵护有加的蚕宝宝，在绿意盎然的暖春时节，是一道乡村的风情画。

装蚕虫的，多是出自赤脚医生手下的针剂空纸盒，长长方方，里面垫几片嫩桑叶。那些小蚕儿，或三五条，或七八条，或者更多，匍匐在桑叶上，或隐藏在桑叶间，微微蠕动，持之以恒地啃噬，探头探脑。油光娇嫩的桑叶，起初尚且完整，渐渐就啃出了无数的锯齿和空洞，变成了一堆堆颗粒细微的黛绿色蚕粪，散发一股温温的特有气味。

小蚕成了我们每天为之牵肠挂肚的好朋友，它们每天不停地吃，不停地拉，不断地长大。给它们采摘桑叶，是我们每天必须操心的事情。那个时候，村里的桑叶树虽说不是很多，但也并不稀罕，一些人家的房前屋后，池边溪岸，就栽有大小高矮不等的桑树。村中最大的那棵老桑树，就在村前的大月塘边，主干比成人大腿还粗，灰黑灰黑的，上面分开成丫字状两根大枝，再分出层层叠叠的小枝，长满桑叶的日子里，树冠宽阔，蓬蓬勃勃。

蚕儿的食量与日俱增，村里的这些桑树，每日疲于生长叶子。每一棵桑树，每天都被村里的孩子们惦记，被一双双小手采过来，采过去。好在桑树的生长能力强，叶片摘后又会重生。但即便如此，在蚕儿长成筷子头大、小手指长的个头儿时，白白胖胖的它们食量正盛，村里的桑树常采摘得只剩光杆，有时连指甲大的桑叶也会被摘了去。

在学校里，能提供桑叶的同学总是格外受人追捧。有些同学来自小村，有采不完的肥大桑叶，在早晨上学时常带一些新采的桑叶来，给相好的同桌。我那时是与一个外村的女同学同坐，平日里我们在旧课桌正中央用小刀子划了"楚河汉界"，只可我的手肘侵占她的地盘，绝不容许她稍有逾越，否则一拳头打去，或以手肘硬撞，让她好哭！不过，这段时间，我们的友谊明显升温，她带来的桑叶很解了我的燃眉之急，让我纸盒里的那些蚕儿免于挨饿。

村里有些同伴的蚕儿可没这么幸运了，在桑叶无处可寻的日子，只得摘了园土里专门用来喂猪的肥菜叶代替桑叶。肥菜叶颇像如今时兴吃的生菜叶，叶片大过书页，多皱褶，这种菜生长期长，底部的大叶摘了一轮，上面的新叶很快又能长大，主干如绿色的刀柄，也越摘越高，光光的，有如莴笋。只是，啃吃了肥菜叶的蚕儿，一条条都会拉稀，绿茵茵的，将纸盒底洇湿一片一片的，看着让人心焦。要喂了桑叶，才能恢复颗粒状粪便。

盒子里的长蚕白里泛黄，不再啃食桑叶了。它们懒洋洋地趴着，活动量明显减少，这是即将吐丝的前奏。我们寻觅采摘桑叶的重任，总算告一段落。那些村间的桑树，自此可以自由自在地发芽长叶，在不经意间，又是绿意盎然了。

蚕儿终于吐丝了，它们的身子趴在盒底不动，只高昂着头，不停地扭动摇晃，如一个醉汉，嘴里是一根无穷无尽的细丝，一圈圈围绕着自己的身躯。不几日，蚕儿不见了，盒底是紧紧黏附的蚕茧，雪白雪白，仿佛一枚枚蛇蛋。

桑树的叶片又长成了手掌，树树深绿。一段日子后，蚕茧里面发生了神奇的变化，有的茧子破了口，原先的蚕儿不见了，钻出来的是一只只长了翅膀的飞蛾。这也是我们在童年里见证的最不可思议的生物现象。以后，飞蛾产下一片细微的黑卵，渐渐死去，完成了它短暂的一生，也给乡村的孩子们，留下了来年新的快乐种子。

夏日里，村里那些高大的桑树，长出了红红黑黑的桑葚，味道甜美，桑树上的愉快时光又再度延续……

我是在成年后，方才知道，那些美丽异常的丝绸锦缎，所用的蚕丝是由一只只尚未破口的蚕茧倒入温热的水里抽取得来。如此说来，那无数蚕蛹或飞蛾，都被活活烫死了。这样想着，便觉那华美的蚕丝织品该是有着怎样的残忍。

还是我们童年里的桑蚕幸运多了，它们吃着乡村的新鲜桑叶，承享着我们的抚爱和牵挂，无须为这个世间贡献额外的经济价值，可以完整地度过一生的轮回。

梓

　　房前屋后，种桑栽梓，这是乡土中国自古以来的传统。亦因此，在汉语特有的语境里，梓与桑总是紧密地联系在一起。在古代，采桑养蚕是妇女的职业，故桑代表母亲；伐梓作器则由男子来完成，梓又成了父亲的代称。"桑梓之地"是父母劳作生活养儿育女的地方，也代指每个人出生的故乡。

　　在我的故乡八公分村，梓树是一种常见的乔木。它那高挑修直的树干，长柄的阔叶，总是令人印象深刻。而尤其让我三四十年来不曾忘怀的，是儿时因梓树苗引起的一桩往事。

　　那个时候，我家尚在村中央的老旧大厅屋一角落居住，刚分田土和油茶山到户不久，我还在上小学。那是一个雨后的春天上午，天气阴冷，我儿时的邻居玩伴聪德，又来叫我外出玩耍。他比我大两三岁，我对他向来言听计从，成了他的跟屁虫。我常模仿他的言行，比如双手捧握成空心拳，嘴巴对着屈起的两个拇指间的缝隙吹气，吹得呜呜响；他掏鼻孔里的干鼻屎块，笑嘻嘻放牙齿上咬，我便羡慕地跟着学起来……

那天他说偷梓树苗去，我不假思索就跟着去了。那一大片梓树苗圃在村庄的南端，与我们村子隔着一大片园土，靠近油茶山脚，旁边是以前大队饲养场的废弃房屋。这些苗木还不及我们大腿高，密密麻麻，全都光裸着细小的枝丫，树皮略呈浅红色。我真不知道，聪德是如何知道这里的梓树苗的。

这里地势很高，四周无人。放眼俯瞰，层层的园土下面是一条小溪，然后是平坦的水田、江流，江对岸又是更为宽广的水田，远处的高坎坪地上是砖瓦房的大队部。一道低矮的拦江石坝连接两岸，眼下正是枯水季节，坝顶面能过行人。

聪德恣意踏进苗圃里，双手用力扯梓树苗。我也跟着扯起来，不过树苗长得很紧，很难连根拔起。我不时害怕地张望，生怕有人来捉拿我们。聪德拔起的树苗，一棵棵丢在旁边的小土路上。突然间，我看见远处的大队部瓦房里，有一个大人急急忙忙冲了出来，沿着弯曲的田埂朝着我们这边奔跑，一面高声喊叫，语气凶恶。我们站着发了一会愣，见那人已跑到江边，正要过江而来，且能大致看清面目，是我们村的一名大队干部。

我们拿起拔出的树苗，吓得撒腿就跑。一路上，聪德时不时丢下一棵，我就急停下脚步捡起来，再没命地跟着跑。到了村边的茅厕旁，聪德气喘吁吁靠在土砖墙上，总算停住了。

显然，他吓得不轻。他突然将手中所剩的树苗，一把推给了我，转眼就兔子似地跑了。我傻了眼，握着这些梓树也想跟着他跑，但哪里还有他的踪影？

经过孝美家的时候，我看见孝美一个人正在门口。孝美是我的老庚，也是同班同学，但我们的家相隔较远，平时很少在一起玩。我几乎没什么思考，就急刹住脚步，叫了声"孝美"，把手里的树苗一股脑往他家大门里一放，一溜烟跑了。

我躲进家里，心怀忐忑，但不幸的事情还是发生了。中午时分，大队干部来了很多人，闹嚷嚷的，有些是外村的，有些是本村的，他们代表着苗圃的主人。孝美也哭哭啼啼被他愤怒的母亲连拖带拽，领到我家厅屋里来了，显然他已挨了打。事情明摆着，孝美指证说，那十棵梓树不是他偷的，是我给他的。我说那些树是聪德扯的，可聪德不承认，而且他手中并没有树。

我被母亲怒不可遏地从家里拖了出来，耳巴子打在我脸上啪啪响，打得我晕头转向。最后，我的父亲设法借来十元钱交了罚款，十棵梓树苗归我家。大约是当天下午，还是第二天，父亲将这十棵梓树栽到了我们家的油茶岭上。而我从此心怀亏欠，再也不敢从孝美家门口经过，有很多年与他几乎没有了往来。

那十棵梓树长得很快，不几年工夫，就金鸡独立般高出了油茶林许多。这些梓树树干笔直，粗枝大叶，十分茂盛，仿佛一顶顶巨大的绿伞。我家的这处油茶山离村子很近，就在村对面的江岸边，我们站在村前，就能看见这些身形高大的梓树。

在村庄里，梓树是一种很好的木材。它的用处广泛，几乎能与杉树媲美。无论做房梁，还是做门窗家具，都好得很。村里也流传着一项久远的风俗，建房的时候，正大门的门闩，通常用木质细腻又坚硬的梓木做成，梓与子读音相同，取多子之意，寓意子孙发达。

有一年，我家油茶岭上那些已长成腿脚粗的高大梓树，被人在夜里偷砍了几棵。我的父亲为免再度被偷，索性将剩下的几棵也全砍了。

我一直欠孝美一个道歉。十八岁那年通过高考后，我远离了故乡，回故乡的时间也越来越少。有时一连很多年都碰不上面，有时即便见到了，要么忘了，要么刻意回避。这样一晃，就到了中年。

前几年，我在故乡遇见了孝美，提起了这桩往事。他呵呵一笑，说，老庚啊，那都是儿时不懂事的老事情了。

顷刻间，我的心情有了异样的轻松。

棕

有时，在车上，或是在人行道上漫步，看到城市的绿化带那一棵棵绿油油的高大棕树，就会不由地想：要是我童年的村庄，能有这么多棕树，该是多好！

我那时一直不能明白，为什么两里路外的小村朽木溪，村后竟然有那么一大片棕树林，而我们这个大村，反倒没有几棵？

我们村庄那几棵棕树，就长在村后山边的陡坡上，紧挨着几户人家青砖黑瓦的后墙。它们分散在密实的树木和荆棘丛中，有的比人还高，碗口大的乌黑树干，仿佛紧箍着无数个黑环，层层叠叠，直到上部乱蓬蓬的棕皮和棕毛。棕皮棕毛之间，轮状斜上伸展一枝枝手指粗的绿色长柄，顶着一面面油绿油绿的圆形大叶，大过脸盆，拥挤着，重叠着，密密匝匝。每一面大叶，周边宛如剪成了长缝尖锐的绿齿轮，看着就让人赏心悦目。也有的棕树还很矮小，在地面上还看不出圆圆的树干，就像一丛丛油光发亮的大青菜。

这些棕树，自然成了村里孩子和少年日夜惦记的对象。

那时候，村里人多，调皮捣蛋的男孩也多。日常玩的游戏，除了踢毽子、跳屋、跳绳、滚铁环、打纸板、捉迷藏、老鹰抓小鸡等之外，打陀螺差不多是参与人数最广泛的一项游戏。陀螺都是各人自制的，上山砍一截手臂粗的新鲜油茶树干，用柴刀剁成一掌宽许的几段，每一段可制作一个陀螺，上端剁平整，下端剁成圆锥。也有人，砍来大树干，将陀螺做得又高又大。新做的陀螺白白亮亮，通常还会在锥顶钉入一颗钉子，砍掉钉帽，这样就更耐磨了，旋转起来，咕噜噜地响。打陀螺的棕鞭，取一臂长一指粗的笔直木棍，前端一侧砍一个小楔口，取一小扎新棕叶绑上就成。

除了下雨下雪，一年四季，都是打陀螺的好日子。尤其是每天放学后的傍晚，村旁的几大块禾场上，全是打陀螺的人。鞭影闪动，棕鞭抽打得啪啪响。一只只大小不一颜色深浅的陀螺，在禾场上骨碌碌急旋，一会儿冲向这边，一会儿冲上那里，在无数双腿脚之间穿梭。村童少年们追着各自的陀螺奔来跑去，如一窝乱蜂，笑声，喊声，脚步声，一片嘈杂。陀螺斗架为顽童所热衷，可两两对斗，也可三五好几只群斗，胜利者往往总是陀螺大棕鞭长力气大的一方。那些斗输的陀螺，有时被大陀螺弹得老远，几个踉踉跄跄，一歪，就栽倒了。也有的晃晃悠悠就要倒了，被小主人急忙忙冲过去快抽几鞭，又迅速立正了，骨碌碌旋转得好不得意。有的时候，我们也玩点新花样，比如从墙上抠一小块石灰粉壁，在陀螺顶面的中央涂一个指头粗的圆点，陀螺旋转时，那白亮的圆点也速速转动；又或者在正旋转着的陀螺面上轻按粉壁，一个个白色的同心圆圈瞬间就成了，令人眼花缭乱。

打陀螺最易耗损的就是棕叶了，打得越勤，耗得越快，棕鞭的尾巴磨得如细碎的发丝，越来越短。这样，如何弄来棕叶，就成了我们每日颇伤脑筋的事情。

最好的办法，当然是偷棕叶。虽说村里的那几棵棕树各有户主，奈何惦记的人实在太多，防不胜防，整日都有三三两两的孩子在附近转悠，逮着时机，就饿虎扑食般冲上去，一阵手忙脚乱，或折或撕，或踩或剁，拽了就跑。许多时候，有的棕树差不多成了鸡屁股上的长羽毛，被拔得干干净净。

当本村的棕叶已无处可寻，朽木溪成了我们的可靠去处。朽木溪是一个刘姓小村，沿着一处平缓的山脚而建，村后是一条简易黄泥公路。在公路与房舍之间的狭长坡地上，生长着一棵大古樟，一片南竹，一大片棕树。那些高高矮矮的棕树，绿得扎眼，让我们馋得不行。我们常常成群结队，目的单纯地来到这里，又装作诚实的样子，慢吞吞地东瞧西望。遇见他们村的人，就规规矩矩地走到一边去，却并不远离。待四周无人，个个如勇猛的战士，向着目标直奔过去，出手果断，也不管它鸡飞狗叫，人声怒吼，得手就逃，作鸟兽散。

那个时代，棕树不但给我们的童年提供了快乐的源泉，也为每户家庭贡献着农耕生活所必不可缺的器物——蓑衣、蒲扇、棕绳……

蓑衣是农家的雨具，与斗篷相配套。它的形状像一只硕大的蝙蝠，新的棕黄，旧的乌黑，披挂在后背上，能挡雨淋。一个头戴斗篷、身披蓑衣、裤腿高卷的赤脚农民，在风雨里插田、捞鱼、挑重担、扛犁耙，是乡土中国的经典画面。

蒲扇则是农妇生火做饭时，手里摇晃的必备用具。柴火燃得不旺，灶膛里直冒黑烟，顺手从宽条凳上拿起那柄旧蒲扇，啪嗒啪嗒地扇着灶坑，立时火星飞溅，火舌熊熊了。夏日里乘凉，驱赶蚊蝇，老妪出门遮挡刺眼的阳光，就更离不开一把蒲扇了。在母亲们摇动的蒲扇风里，童年的我们酣然入睡。

棕绳有大有小，小的如指，常用来穿箩筐，套钩子扁担，捆缚柴火、红薯藤与稻草；大的若臂，可用作扯索，人站在楼梯口，能将装满箩筐的稻谷麦子花生豆子等扯上楼，倒入谷廒或大瓦坛，碾米的时候，再用扯索将谷箩放下去。

那时的朽木溪村曾有专门制作棕制品的老匠人，赶圩的日子，挑着新制的蓑衣、蒲扇、棕绳诸物到圩场卖。农闲的日子，也常挑着一担新棕走村串户做蓑衣或棕垫。在我家居住的老厅屋里，我就曾亲眼目睹过蓑衣的制作过程，那些银亮的长蓑针，在平铺桌面上的新棕毛里穿梭引线，至今记忆犹新。

如今的故乡，已不再需要蓑衣和棕垫，蒲扇和棕绳也用得很少了，自制陀螺棕鞭的孩子，更是杳然难寻。村庄变得空空荡荡，远没有了从前的热闹人气。

朽木溪的那棵古樟还在，只是那一片南竹林和棕树林，已然没有了。在这个时代，一切旧有的事物都在速速地离去，一片没有了需要的棕树林的消失，在乡间也就再寻常不过了。

枣

农历四月，枣树开花了。

旧时的故乡，离我家最近的枣树，是仁和家那三棵。那时，我家尚在一栋老旧的大厅屋居住，这里一共住着五户人家，上下是高低错落的两厅，中央为一个长方形天井。这种特有的青砖黑瓦马头墙的湘南旧民居，是那时村庄大多数房屋的共同样式。这些古宅规划有序，四周是纵横交错的青石板巷子，成行成列十分整齐。我们这栋大厅屋的正大门前，是横贯的青石板阶檐、两岸石砌的水圳和圳边一条光滑石板路。隔一栋长条形的厢房，下几级青石台阶，便是仁和家所在的大厅屋，样式与我们的这栋完全一致，同样住了几家。

仁和家就住在村前，大门口的石阶下，是一口深水大池塘。这里光线十分好，无遮无挡，池水荡漾。石阶下的塘岸边，便是他家一字排开的三棵枣树。树下时有公鸡打鸣，母鸡觅食。

池面时有鹅鸭亮翅，鱼儿拍水。

这里也是我们童年经常玩耍的地方。平日里，我们一大群住附近的伙伴们，男男女女，总爱在他家屋旁的石阶上玩踢毽子、踢一串田螺壳跳屋的游戏。吃饭的时候，大伙也爱端着饭碗，一同坐在石阶边缘的石条上，筷子扒得饭碗叮叮当当，一面叽叽歪歪地说笑。到了夏夜，饭后来歇凉的大人孩子就更多，这里南风大，树影婆娑，看星星，望月亮，讲古谈天，好得很。

仁和是一个很和善的人，爱笑，脾气好，喜欢坐门口看书。他年纪比我大十几岁，按辈分，我一直叫他仁和哥。他曾多次说起，从小就喜爱抱我，是看着我长大的。可就是这样一个很喜爱孩子的人，他的姐姐和妹妹都出嫁了，他却一直没有娶亲。按说，他是老高中生，又长相标致，曾有许多年，来他家提亲做媒的人络绎不绝，早该儿女成群。可他就是一直单身着，在他父亲早逝后，一直与他的母亲相依为命。

枣树开花的时候，仁和家门口的景致愈发美丽。这三棵枣树，主干比我们的腿脚还粗大，略带灰白，枝条树叶密集。那无数五角星状的花朵，细细碎碎缀满枝条，色泽黄绿，如撒得满树满枝的碎金，在一片片油光发亮拇指大的椭圆形绿叶的映衬下，明亮又悦目。

繁花谢去，三棵枣树的枝叶间，结满了无数小果，像一粒粒小圆柱，碧绿碧绿的，很是诱人。爬树摘矮枝上尚不及小指头大的青枣儿，就成了村里众多男孩女孩每日的必修课。

仁和与他的母亲对此已习以为常，并不厉声苛责，每次见了，总会提醒上树的孩子，别掉进池塘了。许多时候，仁和哥会走到树下，举起双手，将那抱着树干上下不得的孩子抱下来。这样的场景，我就曾多次被他抱过。

这里的枣子，很少有能长到成熟变黄变红的。在爬树够不着的枝头，顽皮的少年常会找来长竹竿敲打，有的扑通扑通掉池水里了，多数掉在地上，捡起来嘎嘣嘎嘣吃得开心。

我小时候在村里，是出了名的捣蛋鬼，打架惹祸到处有份。不过，我的学习成绩也同样是村里出了名的，期期都领三好学生的奖状和奖品。我记得曾有一个月光皎洁的秋夜，大约是学了"囊萤映雪""凿壁借光"的成语之后，我拿着一本语文书，从没有点油灯的家里出来，站在池塘边的枣树下，借着月光看书。那时，天气已有了凉意，天空深蓝如洗，池塘荡漾的月色如一把碎银，弹弹跳跳，沉沉浮浮。我独自静静地站在那里，有时望望田野和远山，看看月亮和银波，心里似乎升腾起了某种说不清的理想和愿望。

枣叶零落，秋尽冬来，三棵枣树光秃秃的，如同三棵枯死的干树。在下雪天，或者冻雨成冰的日子，细小的枝条挂着无数的冰晶，闪亮着寒意，又是另一番风景。

这三棵枣树后来砍掉了，说是仁和与他的母亲都担心，万一有孩子上树摘枣跌下来，或者落进池塘里，有个闪失，怕负不了这个责。

南竹

　　故乡能有一片像朽木溪和长洲头那么大的南竹林，曾是我长久以来的愿望。

　　说来真是怪事，在我的故乡八公分村周边的大小村庄中，倒是那些仅有二三十户人家的小村，或者一两户、三五户人家的小庄，高大的南竹成片成林。而一二百户的大村，比如八公分村，南竹反而很少，稀稀拉拉的，就那么几竿几丛。

　　故乡的南竹长在村后的山边，三五竿，各在几户人家屋后的陡坡。这些南竹竹干碧青，下端大过臂膀，层层竹节无数，由大而小，直窜高空。它们的竹枝向四周展开，重重叠叠，竹叶修尖而油绿，将竹尾俯拉得略略向前方斜倾，形成一道浅浅的长弧。南竹形态优美，风一来，枝叶摇摆不停，叶儿摩挲，发出沙沙的响声。

　　每到春笋冒尖的时节，村边的这些南竹，成了村童们盯梢狩猎的对象。那些黑水牛角似的南竹笋，通常在几寸尺许长就不翼而飞了。待到季节过去，也很难有一两竿新笋长成的嫩竹，添加于老竹之列。

不过，这样的景象，在两三里之外的朽木溪村和长洲头村，就完全不一样了。

朽木溪在我们的村北，与我们村庄能隔着田野和江流相望。长洲头村在我们的村东，隔着一座高大的油茶山岭，是我们村人去赶黄泥圩的必经之地。这两个小村，村后的山坡都有一大片南竹林，还夹杂着许多高大的棕树。每当长笋，竹林里全是黑乎乎的大笋，比我们个头还高的，齐我们胸部的，到我们大腿小腿的，甚至刚刚钻出土壤的，层出不穷，密密麻麻，在路旁朝竹林子里看进去，就手痒心跳。

相比而言，为了打陀螺，朽木溪的棕叶，我们偷得多些。长洲头的南竹笋，则更为众人所垂涎。赶圩的日子，竹林边的小径上，往来的行人很多，有的人就擅自冲进去，扳倒一两个大笋，速速离开。我们那时虽说有偷偷摸摸的毛病，毕竟年纪小，比起成人来，胆子小得多，看到这些大笋，心跳怦然，又想又惧，生怕被他们村庄的人发现，逮着。长洲头村后的这座高山，也是我们捡柴的地方，有时，我们为了偷大笋，从我们村那边上山，翻过山脊，悄悄下到他们村后的竹林里，得手后再原路返回。若是被发现了，顿时草木皆兵，吓得拼命往山上逃窜。

与我同住老厅屋的南和家，曾经很为我所羡慕。南和与我同龄，他的大姐嫁在长洲头，每年春天，他的大姐总会送来几个大笋。若是他去了他姐家，也会肩扛一个大笋回来。

在我们村庄，一向有清明节扫墓吃大笋煮猪肉的习俗。很多人家，都会在赶圩的时候，买上一两个大笋来。剥大笋的壳叶，为我所喜爱。笋壳大过手掌，外表布满黑色的麻点，长着一层绒毛，内里则嫩白又光亮，有着特殊的清香。这些大笋壳叶，平展铺开，反折几叠，撕裂成条，自然卷曲后，就成了一把把伞，是我们儿时的玩具。剥出的笋子，白嫩如玉，像一座箭塔。

那个时代，南竹制作的粗糙器物，是家家户户的必备用具。喂猪的潲勺、淋淤的淤勺、舀水的水勺，都是一截大竹筒，我曾经很是惊讶，怎么这些竹勺竟比大腿还粗？扁担、箩筐、筛子、篮子、斗篷、米升、米筒、烘笼、笓子、谷砻、晾衣服的长篙……诸般家什，无不取材于一竿竿南竹。

村里也曾有人会编篾器，往往在夏秋间，从圩场或外村，背一竿长长的新砍南竹来。青石板巷子里，南竹大头的一端搭在木架上，尾部斜拖在地。匠人拿出锋利的篾刀，一个特制的小十字方木，在竹底端砍一个十字刀口，楔入十字方木，一敲击，哗啦哗啦，真是势如破竹，整条南竹一下子就开裂成内白外绿的几长爿。接下来，剖白篾青篾，片成细长的篾丝，而后织成所需的器具来。

一片茂盛的南竹林，林中无数的南竹笋，是我自小以来盼着呈现在故土的强烈愿望。尤其是随着我年岁的增长，脚步边界的扩大，这种盼望也更为强烈。看到那些掩映在竹林深处的房舍村落，池潭流水，总是充满了羡慕。

以后，故乡周边的山岭，森林树木曾遭遇过严重的毁坏，或人为滥砍滥伐，或焚于一场场山火，昔日的繁茂景象，山泉叮咚，已然不再。就连朽木溪和长洲头那两片郁郁葱葱的南竹林，也不知是什么时候就消失于无形了。

故乡的土地上，一片笔立千竿绿影婆娑的南竹林，还会出现么？

椿

这时正值谷雨前后，村前的池塘边，村后的山脚下，还有一些人家的屋旁檐前，那些笔直高耸的椿树的梢头，紫红色的嫩芽叶儿一簇一簇的，仿佛燃烧着的一团团小小火苗。

一年一度，又到了吃椿的时节。

小时候，在春日里，常听到父母说到"吃春"这个词，不明其意。小小的脑袋里，一直有一个小疑问，怎么"春"可以吃呢？怎么吃？怎么煮熟？是否张嘴对着春雷轰隆的天空吃一口空的？还是嘴巴里接几点雨水？或者一缕阳光？及至渐渐长大，方才明白，"吃春"原来是吃椿，采摘香椿最初生长的嫩芽叶做菜吃。

在乡间，椿树像极了苦楝树，高高瘦瘦的主干，光滑布满白色星点的树皮，夏日里那成簇的长羽状宽大复叶，都像得很。可是，椿树却远没有苦楝树多。究其原因，不得而知。

甚至可以说，在我儿时的村庄里，椿树寥寥可数，就那么几户人家栽种了此树。

我的同年老庚湘禄家，就有两棵高大的椿树，长在他家门口的空坪里，记忆中树干已有碗口粗，枝梢超过了他家的屋檐。摘椿芽的时候，他的父亲举一竿长竹篙，篙尾上绑一把镰刀，将那梢头的一簇簇红叶芽勾割下来。椿芽儿看着很漂亮，叶柄叶片都红红的，嫩嫩的，散发着一股浓郁的奇异味道。用手触摸后，即便水洗过，手上的气味也经久不散。不过，我那时不甚喜欢这种温温的特殊香气。

椿芽叶在热水里略略一焯，然后切碎、炒蛋、炒田螺，是村庄的经典菜品，色泽鲜艳，味道也好。不过，这样的时鲜菜肴，我家很少吃到，因为我的家里并没有椿树。

倒是有一年，我的大姐从湘西慈利县带来了很多黑乎乎的干香椿。大姐比我大十七岁，我很小的时候，她就嫁到了与我们村仅一江之隔的小村牛氏塘。那时，大姐夫从部队复员后，在湘西的铁路上工作，大姐也曾随了去。大姐说，他们住的那地方，香椿树成片成片的，多得很。她就采摘了很多椿芽儿，水焯后晒干，一扎扎绑好。

在我们村庄，吃新鲜的香椿菜，每年只属于少数的人家，时令也短。但香椿树皮作为一味"发药"，常为村人所用。过去小孩出麻疹，若疹子在皮下，没有出透，就要割取椿树皮熬水服汤。两三小时后，红红的疹子就冒了出来，麻麻点点，全身都是。村人偶感风寒了，也常取椿皮与生姜同煎，喝汤发汗。

我是在参加工作常住永兴县城后，方才品尝到时鲜的香椿炒蛋。永兴是一个秀丽的小山城，山清水秀。周边的山上多竹，多蕨，乡间也多香椿。每到谷雨前后，就有很多近郊的山民，挑了时鲜的早笋、蕨儿和香椿嫩芽进城，摆在路边叫卖。我家也偶买一扎两扎来，炒了鸡蛋鸭蛋吃，清清爽爽，香气四溢，滋味颇好。

相传椿树长寿，庄子《逍遥游》曰："上古有大椿者，八千岁为春，八千岁为秋。"亦因此，在中国的传统文化里，椿树成了长寿的象征。产生了诸如"椿年""椿龄""椿寿"之类形容老者高龄的雅词。

正如萱草（俗称金针菜）代表母亲，椿树也成了父亲的代称。椿萱并茂，于人子而言，该是多么幸福的事情，尤其是在万家团圆欢度春节的此刻。可惜的是，我的父母都已去世十几年了。

这样想着，愈发怀念从前椿萱在堂的乡间岁月。

椤木石楠

　　我是颇费了一番周折，在距离四十九周岁还差一个余月的此刻，方才知道，那种在我的故乡方言里叫雀栗树（读音）的高大常绿乔木，居然有这样一个四字的正规树名。我想，在那方土地上，能知道这个名字的人，大概凤毛麟角。还有太多太多的植物，恐怕这辈子也休想搞清楚它们的名称了。

　　就像小时候在村里，偶有人叫我的书名"孝纪"，我自己听着也很是别扭，仿佛叫另一个与己无关的陌生人，倒是"鼎罐""鼎罐"唤我的奶名，我听着耳顺又自然。对于椤木石楠这个我尚抱着一二分疑惑的新标签，我依然更倾向于使用它沿袭久远的乡野之名——雀栗树。

　　我最近一次见到这种记忆中印象深刻的树，还是在五年前的异乡浙江余姚。其时，我在那里从事注册房地产估价师的工作。那一天，已是农历十一月初一，我与几名同事，前往一个小镇勘察现场。下车之后，在山下河畔走过时，我猛然发现，与几棵香樟同处的另两棵高树尤为眼熟，我几乎脱口就喊出了这个久违的名字："雀栗树！雀栗树！"十分惊讶。我没想到，在我故乡差不多消失了二三十年的这种树木，竟然又在他乡谋面了。而且它黛绿的茂密枝叶之上，正结满了一丛一丛已然熟透的紫黑色果实——雀栗子，一粒粒滚圆如豌豆。树太高，我无法像儿时那样矫捷地爬上去，摘下一簇簇雀栗子来吃，只是围着这树，或全景，或特写，拍了几张照片。

在我儿时的村庄，这种高树可多得很。村北山前的之友庄上，原是我们村里一个叫之友的人，离村独居而得名，建了几间简易的土坯瓦房。这里风景却好，田园广阔，江流蜿蜒，屋旁几竿南竹，一大片高大的雀栗树林，门前的青石板小径旁是一座石柱凉亭。在春日里，这儿野杜鹃花尤多，开得红红火火，成丛成片，我们叫豺狗花，常来采摘花瓣吃。

附近的几个小村，雀栗树同样也多。稍远一点的侯家、臼林、长洲头，最近的牛氏塘，村旁无不有一大片数丈高的雀栗树林。

雀栗树皮黑，主干多疙疙瘩瘩，从下至上旁生枝丫，枝上稀疏长有寸许长的黑硬尖刺，犹如可怖的钉子。春风春雨里，它那新长的嫩芽叶呈黄褐色，渐渐变绿，最终成为黛绿。雀栗树老叶椭圆，厚实，一折即断。一片阔大的雀栗树林，从中走过，就像穿越黑森林。初夏开花时节，雀栗树林里，一树树繁花。雀栗花成簇成片长满枝头，朵小，瓣白，花蕊众多，蕊端如无数浅褐小点。花盛之时，空气中略有淡淡的臭味。

在乡间，雀栗树以其坚硬致密又沉重，成了一种上好的优质木材，可与椆树媲美。同椆木一样，雀栗木也有白色和红色两种。昔日乡村的榨油坊里，那尾部悬吊在梁索上、前中部需几名壮汉才能抬动打油的原木长撞杆，那身子为长方体、前端为椎体的大大小小木楔子，都是用红色的雀栗木制作而成，它们色泽红亮，能经受长久的猛力撞击而不开裂变形。这种木材，甚至连普通钉子都不易钉进去，很是耐磨，亦因此，谷砻下盘的砻芯，推动上盘旋转的砻手，都是取材于雀栗木。

雀栗树的果实，从碧青，到枣红，再变成紫黑，要经过漫长的夏秋两季。其滋味也由酸涩，渐渐过度成了酸甜，很为村里的孩子所喜爱。记得那时每年霜降之后，一树树稠密的雀栗子结满枝头，将树枝压得弯弯。我们便经常小心地爬上树枝间，伸手挑那些颗粒大的，连枝带叶折下许多，一捧捧地摘了，塞进口里大嚼。一会儿，口里全是嚼碎的籽渣儿。雀栗子即便熟透，在树上也不轻易自然掉落。在整个冬季，它不仅是村童们的美味，也是鸟雀们果腹的食粮。树下的地面上，常能看到鸟儿啄食后散落的空果皮，以及斑驳的紫色渍印。

也不知从什么日子开始，我们村旁的雀栗树渐渐少了，最终砍伐殆尽。就像施了魔咒，附近村子那些雀栗林，或全然消失，或所剩寥寥。昔日寻常的一种树，竟然成了这方乡土的稀有品种，正如这个时代一同湮灭的诸多乡间事物。所余的，唯有脑海深处日渐模糊的记忆底片。

蓖麻

这真可称得上是一件件艺术珍品。

抓一捧蓖麻种子，散开在桌面之上，细看起来，绝无两粒是完全一样的。它们那小指肚似的椭圆外壳，饱满，光洁，滑溜，有着墨绘般的天然纹饰，或像京剧人物的花脸，或像中国传统艺术作品的云纹，线条流畅，变化无穷。其着墨深浅，点染浓淡，或繁或简，随处飞白，尽得中国画之精髓，又非人手所能及。在故乡的土地上，若来一场植物种子的选美，蓖麻将当之无愧拔得头筹。

小时候，蓖麻是故乡十分常见的一年生草本植物，形同小树。那时村旁的坡地上，茅厕边，溪圳旁，到处有着它的身影。尤其是在我们村边小学的附近，蓖麻更多。

学校只有一年级和二年级，是一栋两间两层的砖瓦房，窗檐口各有"自力更生""艰苦奋斗"红字泥灰浮雕，与古老而規模宏大的黄氏宗祠侧墙，仅隔着六七尺宽的青石板巷子和石砌水沟。巷子和水沟的上空，是木梁板搭建的栅栏式阁楼，一架木板楼梯靠校舍一侧，连通二层的两间，那时用作老师的办公和住宿。每当挂在栅栏上的那一截竖条状厚铁块，发出老师拿小铁锤不紧不慢敲击的上课铃声，"当、当、当……"我们赶忙从疯玩的四处，急奔而来，跑进下面的教室里坐端正。不一会，木楼梯上"咚咚咚"下楼的脚步声响了，是老师拿着课本和粉笔盒下来了。

那时我的班主任是刘金人老师，他是附近小村朽木溪的人，民办教师。平日里，他早上走两三里来学校，下午放学后步行回家。有时候，他也走路回家吃午休饭。他喜欢给我们讲故事，尤其是在放学前，常带着他那本发黄的厚书，坐在讲台上讲《林海雪原》，津津有味，至今不忘。

学校旁边，有一条水圳流过，常年碧水盈岸。水流里，时见鸭鹅浮游，或者屁股朝天，头颈钻进水里啄食，或者拍打着翅膀，嘎嘎大叫。岸的另一侧，是一带长长的陡坡，长满青草。

暮春时节，刘老师会带着我们上劳动课——种蓖麻。我们从家里带来草刮子或者二齿小锄，在水圳边的这片长坡密密麻麻挖小坑，放进蓖麻子，掩土盖上。

蓖麻发芽生长，渐高渐大。那时山村植物繁盛，各种古树、大树、小树、花草，多得很。对于蓖麻的成长过程，我们似乎也没有太多的格外关注。到了盛夏，坡地上、水圳边，满是高大的蓖麻树，青青的杆子笔直，粗如锄柄。蓖麻的叶子很大，像一面面巨掌，周边开裂成多个尖长的绿齿，状如枫叶和梧桐叶。它的叶柄也长，简直就是一根细长的小管子。

最吸引人的，自然是蓖麻的花和果。在梢头的叶间，花柱直立着，繁花朵朵，金黄鲜艳。蓖麻结果之后，颗颗滚圆，密密麻麻，浑身遍布尖刺，活像绿色的枫球和板栗球。

刘老师讲，蓖麻球成熟之后，取出里面的蓖麻子，交给国家后，能打出蓖麻油，造飞机能用上。我听后，觉得蓖麻很是神奇。偶尔在晴远的碧空，看到一架大鸟般的飞机渐渐远逝，最终变成黑点，融入云间，就觉得这飞机肯定也是喝过蓖麻油的。

以后，摘蓖麻球、晒蓖麻球、拣蓖麻子，也是我们好玩的劳动课。至于那些有着无数花纹的漂亮蓖麻子，是否打成了油，给飞机喝了，我们不得而知。

不过，还有很多蓖麻子，是散落在了地里，因为年复一年，在我们不曾播种的那片坡地之外，依然会有一棵棵蓖麻长出来，长得枝繁叶茂，亭亭如盖。也有一些蓖麻子，被村里人采了去，丢进柜子箱子的角落。哪天家里有人手脚被荆棘刺了，刺得很深，无法用缝衣针挑出来，就找出一两粒蓖麻子，锤烂了，敷在患处。隔一夜，那深刺就被蓖麻子的药力给逼出来了，还消肿止痛，真是奇迹！

芭蕉

那一丛硕大挺拔的芭蕉，最终从古宗祠旁的水圳边消失了。蕉映古祠的风光，从此不再。

为对它斩草除根，不给任何再生的机会，村人甚至动用了挖掘机，好一番工夫，才将它盘踞了几十年的老底清理干净。如今取代它的，是一座简易的砖砌垃圾池。

在我的故乡，芭蕉的栽植由来已久。这种多年生草本植物，叶片既宽且长，巨大无比，油绿光亮。它极易成活，繁殖力超强。在冬春季节，挖一茎分蘖的小根蔸，埋进土坑，待天气回暖，几场春风春雨之后，便飕飕地从泥土里钻出新叶来。蕉叶长得迅速，风一吹，那些卷曲的长筒便舒展开来，颜色也由浅翠转入深绿。只消几天工夫，就像模像样，颇有韵致了。等过上一年两年，更是蔚然成林，高高矮矮，成了子孙发达的大家族。

　　小时候，村后山脚的老宅旁，以及几处猪栏茅厕之间的空坪里，曾有人有意无意地植了芭蕉。这些芭蕉的茎干粗大如树，笔直高耸，巨叶甚至高过瓦檐，我们叫芭蕉树。年复一年，它们荣了又枯，枯了又荣，全是凭了造化，村人并不深以为意。

　　曾听人说，芭蕉也能结果的。可是，在我的记忆里，从没见哪棵芭蕉结了果，也不知道它的果究竟长什么模样。倒是有一年，一户人家屋前的老芭蕉树结了一个怪东西，碗口大，圆溜溜，紫红色，在顶叶间一条手杆粗的绿梗顶端悬垂着。它看起来似乎有点沉，将光光的绿梗拉成了一道弧线，活像一个大猪心，村人就叫"芭蕉脔心"。据说这东西是少见的吉祥之物，好多人都来看稀奇。听我父亲说，芭蕉脔心吃了能治心脏痛，那心尖上滴落下来的露水有酒香，叫芭酒，若是接了吃，能延年益寿。此说是否当真，我不得而知，因为我既没吃过芭蕉脔心，也没品尝过玉液琼浆般的芭酒。

　　于今想来，童年记忆中的那个芭蕉脔心，不过是芭蕉的花序。这是一种形状奇特的花，雄花生于花序的上部，雌花生于下部。当紫红的苞片一层层裂开，每一块苞片下都生长着众多雌花，排列整齐，花朵金黄，结着手指状的小芭蕉果，碧绿可爱。这种芭蕉果在故乡过于稀罕，我是成年之后偶然在他乡见过几回。

　　芭蕉掩映着村檐流水，本是妙不可言的美景。只是在旧时温饱尚不可足的年代，人们欣赏美的眼光钝化了，一切以是否可食来度量。长久以来，芭蕉树没有果子吃，当不了柴火，做不了家具，成了村人眼中大而无用之物。

真正将芭蕉视作一种美化庭院的植物，渐为村人所喜爱，是在分田到户之后。曾有许多年，村庄兴起建新瓦房的热潮，一直持续不断。

那时，井隆叔年富力强，胆大心雄，不信神，不怕鬼。他率先在村北的乱坟岗挖宅基，将大片古墓古碑铲平了，建成了他家的新瓦房、猪栏、牛栏和茅厕，还筑了几块大禾场。这地方距古宗祠很近，只隔着几丘大水田。穿村而过的一条水圳，绕过古宗祠的后墙和田坎，拐一个大弯，从他家门前的禾场边流过，流往更远的稻田。

新瓦房建成后，井隆叔在房前屋后栽了不少树，苦楝、白杨、柏树……还挖来了一茎芭蕉栽上，就在水圳边的高坎下。有一段日子，他家独居着，离村子的老聚居地有点远，被村人称作住在鬼窝里。不幸的事情，发生在多年之后，他的一条手臂在一场事故中被炸断，从肩膀下截去了。为此，当初也有人暗地里说，是他先前挖古坟冒犯了神灵。

不过，他的那些树木芭蕉却长得十分茂盛。尤其是水圳边的那一丛芭蕉，得水利之便，土质肥沃，又无遮挡，春夏季节，绿油油的，蔚为大观。

村北的房屋越建越多，童年里那些古枫树、古槲树，桐树坪，开垦的梯田，茂密的枞树山，全都不见了。水圳边的这一大丛芭蕉，也不时有人来挖一茎两茎去栽植。在村庄的各处，常能看到一丛丛的芭蕉树，掩映着房檐篱舍。

不知是从哪一年开始，住在村北这一大片新瓦房的人家，觉得到原先的老井挑水远，就从村庄后龙山积泉而成的山塘里，引来了一股井水，在井隆叔房屋边的进村小路边砌了一口水井，又筑了水泥地，建了矮围墙。曾有多年，这边的人家，在此挑水，洗菜，洗衣服，很是方便。水井下，是高差一两个人高的水圳，旁边就是那一丛硕大挺拔的芭蕉。从水井溢出的清水，沿着斜斜的小水沟，经由芭蕉树下，汇入水圳的清流。

从童年到少年，到青年，到中年；从初中，到高中，到中专，到在外工作谋生，每次从村北出村、入村，我都要从这一大丛芭蕉边路过，感到十分亲切。

大约十年前，武广高速铁路线修建，恰好由北到南，纵贯全村，大部分人家搬迁去了江对岸小山包的新村。我家的旧宅也拆了，在新村分得的新宅基建了一个平房小院。那个深冬，我曾来这里挖了一茎芭蕉根兜，栽植到我院旁的黄土坡。来年春天，新的芭蕉叶如期长了出来，让我很是欣喜。只是，我家经年累月不在新村居住，那些新芭蕉叶被附近的村童们摘的摘，踩的踩，加上水质条件不好，竟死了。我的蕉叶掩屋、蕉下听雨的愿望，也就落了空。

经过一轮大拆大建，原来旧村中央那一大片青砖黑瓦马头墙的百年老宅所剩寥寥，成了铁路高架桥下空荡荡的废墟，残破不堪。唯有那栋规模宏大的古宗祠，保存得尚且完好。

有时，在春夏间，我回到村庄，会拿出相机或手机，站在井隆叔所栽的那丛大芭蕉树旁，以浓绿阔达的蕉叶为近景，将那古朴庄重的古祠摄入镜头。有时在寒冬，近景成了枯黄衰败的芭蕉树。

那条数十年与芭蕉树相亲相近的水圳，随着旧村的拆毁，也毁坏断流了。那蕉旁的水井，也成了一眼干涸的空洞。这些年，旧村人气寥落，田园日渐荒芜，唯有这一大丛芭蕉树，还守望在原来的地方，自荣自枯。

早两天，跟尚在旧村居住的同族长兄平光哥打电话，说到这丛芭蕉。他说，这丛芭蕉前些日子已经被挖土机挖掉了，按照新农村建设的规划，这里已建了一个集中倾倒垃圾的池子。

"这芭蕉树几十年了，反正也没什么用。有什么用呢？"他说。

我听后，顿时感到一阵悲哀。

葡　萄

　　也不知那阵风是从哪里吹进村的，似乎在突然之间，房前屋后，小院内外，就冒出不少葡萄架来了。

　　其时正值上世纪八十年代中期，故乡正走向兴旺，村人种粮养猪的积极性高涨。稻田种植早稻晚稻两季，青了又黄，黄了又青，谁家也舍不得让哪怕一块巴掌大的水田荒废。园土里，随着节气的交替，农事也忙得很，割小麦，点黄豆，栽高粱，种花生，插红薯，以及轮作四时菜蔬，甚至连高高的土坎子上都要见缝插针，莳上一蓬两蓬苦瓜南瓜或者八月豆。油茶山满山苍翠，严禁砍伐，每户人家都热衷于垦山，利用田土农活之余的空隙，将油茶树下板结的黄土逐一翻垦一遍，去除杂树荆棘和茅草。油茶树也不负所望，长得活活溜溜，枝繁叶茂，果实累累。猪栏里，家家户户至少也要养两头肥猪，上半年出栏一头，下半年出栏一头，不会让它空着。

人勤快，年景好，连年丰收，邻里之间也礼尚往来，正应验了“仓廪实而知礼节”的古训。

俗话说，家有余钱余粮好办事，村里的新瓦房一栋栋建起来，像雨后春笋。几年工夫，原先像一团老墨汁的村庄，其南北两侧，沿着山脚绵延建满了红砖瓦房，仿佛长出了一对巨大的新翅膀。

葡萄，也就是这期间，在我们村庄扎下根的。这种藤本植物，在早春剪一截枝条即能插活，再用竹木条子纵横交错搭建一个高大的棚子，架在木桩之上，当年就能攀着桩柱爬上去，在棚子上恣意分枝吐叶，长得绿意盎然。等过了三年两载，架上的葡萄藤已是爬得满满当当，夏日里，密叶如掌，果实成串，如珠似玉，碧绿诱人，谁看着都会笑逐颜开。

这样的葡萄架，很多人家是搭在屋门前，在阶檐外的一角或两端的木桩处栽一棵葡萄。如此，在盛夏就成了遮阴的好凉棚。棚下放几条长凳、几把竹椅子或者矮凳，甚至躺椅、睡椅，就成歇凉消暑的好地方。吃饭的时候，端着碗筷，坐在棚下叮叮当当，不时扒拉一团白饭，安慰面前愣头愣脑侧瞪着圆眼的公鸡母鸡，或者不停摇动尾巴的大狗小狗；村人邻里来了，招呼坐一坐，吸一筒喇叭烟，或扯一阵闲天；到了晚间，吃饭洗澡之后，在棚底下或坐或躺，有一搭没一搭摇着蒲扇，讲古，闲聊，拍蚊子，看孩子们在月下追来追去。不时有清风徐来，通体舒畅。有萤火虫飞进了棚下，一闪一闪，又飞走了。蝉在旁边的高树上嘶嘶地鸣。皎洁的月光，透过葡萄架的缝隙,在地上印着浓浓淡淡的黑影,光点斑驳而明亮。

那时村里的葡萄,也不知是些什么品种。颗粒大小如指尖,碧青,大多酸得很。便是这样,村里的大人孩子还是不时摘了吃,酸得龇牙咧嘴。

我上高中时,二姐已嫁到本乡的大坪里村,我上学常从这里路过。她家的房前就有一棚长葡萄架,藤叶长得十分严实,果实繁多。有时,我会摘几串颗粒大的青葡萄,带到学校去,分给几个要好的同学吃。

我家新瓦房前的溪圳边,我也曾从二姐家剪了几条葡萄枝,插在那一排密集的高杨和橘树之间。只是我家的这些葡萄树因疏于管理,也没搭建棚架,长得并不茂盛,印象中似乎没结过果。后来,那些高过瓦檐的杨树,因遮挡家里的光线严重,在我父母要求下砍掉了。一同砍掉的,还有这些缠绕着橘树枝叶的葡萄。只留下七八棵四季常绿的橘树,任其自由生长。

多年之后,地方上出现了水果种植专业户,有一种巨峰葡萄被广泛种植。这种葡萄颗粒大,成熟后紫黑,又甜。买时鲜的巨峰葡萄吃,到商店买新疆葡萄干,成了村人的寻常事。

时代变化急剧加快,进城打工成了新时尚。种田已然是赔本的事情,村人纷纷放弃农事,任由田土山抛荒和衰败,涌入城镇的每个角落。

牛栏空了,猪栏空了,村庄空了……

那些老迈的酸葡萄，那些朽坏的葡萄架，又有谁还会在意？

紫苏

旧时的故乡，房前屋后的紫苏可不少。

于今想来，这种叶片紫红、有着独特香气的一年生草本植物，对村庄世世代代的人们有着大恩。其根、梗、叶、籽，既能疗疾健身，又能入菜调味。在那缺医少食的年代，谁不曾承蒙它的庇护和惠泽？

在草木繁盛的村庄，紫苏一长出地面，其紫红的叶片和方棱的主梗便显得与众不同，格外好认。它的叶片，形状如卵，周边有着锯齿，叶脉既粗且深，正面密布细小的网格，看起来粗糙，摸着凹凸不平，与苎麻叶十分相像，只是比苎麻叶要小得多。紫苏通常成片生长，这是它们的果实成熟后，爆裂开来，飞籽落土所致。若是在土质肥沃的地方，众多的紫苏都能长到两三尺高，枝叶繁茂，俨如小树。到了开花的日子，高高的花穗上，满是紫色的微花，望去，叶紫花紫，紫红紫红的一大片，香气氤氲，煞是好看。

与紫苏长相相同、颜色迥异的，是白苏。白苏的叶片和梗枝都是绿色的，开白花，故有此名。在乡间，白苏没有紫苏的药用和调味功能，不为村人所看重。

那时的故乡，池塘密布，溪圳纵横，江水深阔，水田漠漠。这样的环境里，多产田螺。田螺壳乌黑，有大有小，大者胜过幼儿拳头，小者则如一截指头，屁股尖尖。小田螺又叫嗦螺，意即剁掉屁股炒熟后，筷子夹往唇间一嗦，那旋着几圈仿佛粗黑弹簧的螺肉就到口里了，一嚼，韧韧软软的，滋味无穷，吞了。田螺空壳往桌面或地上一丢，随即在菜碗里又是一夹，一嗦，一吞，循环往复，双手罢不了筷。

很多人炒田螺爱放紫苏。摘一把新鲜的叶片，洗后切碎。先将田螺大火油炒，加盐，呛水，放入紫苏翻匀略煮，再添上姜丝、蒜片、酱油、辣椒灰诸般调料，一搅和，色香味就出来了，食欲大开。紫苏煮鱼，也是乡间爱吃的一道菜，腥味避去，香气浓郁，连汤汁都呈紫色，鱼肉苏叶同吃，味道颇好。

紫苏根兜汤蒸猪脚，村人认为有健骨、强筋、通气之效。取紫苏根部若干，并从田边溪岸采来水杨柳草全株一扎，洗净后一同投入砂罐熬汤，滗入大瓦钵。再将刮洗干净的猪前脚一只，放入汤钵之中，加盐少许，置于水锅或大鼎罐焖蒸烂熟。出锅后，香气扑鼻，全家人趁热一同享用，吃肉喝汤，大快朵颐。只是这样的好东西不常有，难得在杀家猪的时候奢侈一回。

到了深秋，紫苏已老，籽实成熟，村人常大捆割回家。晾晒干后，在禾场或簸箕里垫一块被面布或薄膜，紫苏摆其上，以小木棒轻轻敲击长穗，稍稍颤抖，芝麻般的小籽粒就纷纷落下，收拢了，去除碎叶杂质，用瓶子装好。干苏梗则仍旧捆绑，置于楼上干爽之处。

以后的日子，家人受凉了，淋雨了，难免会有个风寒感冒，头痛发烧。做父母的，就会从楼上拿一两杆灰扑扑的干苏梗下来，折断成几截，洗一洗，切几片老姜，一同在药罐里煎熬。一大碗苏梗姜汤趁热喝下，胃暖身暖，发一通汗，便渐渐地康复了过来。

紫苏籽煎汤，能止咳化痰，老幼咸宜。也有的人家，在来年春上翻土时，将所剩的籽粒撒在菜园子里。如此，当生机勃勃的一片紫红呈现眼前时，便有了真正属于自家的紫苏。

野菊花

春节一过，大地迅速回暖，时雨时晴。乡间的原野，草儿绿了，高了，嫩嫩的，让人看着就喜爱。菜园里的白菜长蕻了，萝卜开出了繁花，有的金黄，有的洁白，一片一片，像灿烂的云霞。

这样的早春时节，故乡的宅旁沟畔，田埂山脚，常会密集丛生着艾草和野菊。它们都长着裂缺的叶子，模样实在太像了，若不仔细甄别，还真是容易混淆。

在故乡，野菊又叫花艾。顾名思义，因其在深秋盛开灿烂的小黄花。艾草叫大叶艾，相比野菊，它的叶片略大，表面有灰白绒毛，色泽灰绿，不像野菊那般绿得油亮而深沉。艾草的主梗笔直生长，野菊则不同，长到一定高度，就会倒伏，匍匐开枝，蔓延开来。还有一种艾，叫寿艾，是种植的大艾蒿，高而粗，叶片也最大，是端午节与菖蒲一同挂在门上窗前的辟邪之物。此三者当中，艾草和寿艾有着浓郁的香气，却不开花，只是在夏秋季节，于枝梢结出一粒粒圆豆般的硬果球。

童年里，春天的野菊和艾草还矮小时，嫩嫩的，常被我们扯进篮筐，用来当猪草。到了夏天，高了，长了，梗枝老了，割了来，投进池塘喂鱼，或者用来肥田。不过，在村人的生活里，野菊也是不可或缺的良药。

那时的村庄，无论做饭还是煮潲，都是以烧柴火为主。每天早中晚，家家户户的瓦屋面上就缭绕着浓浓淡淡的炊烟。只是这样的烟火，于主妇们而言，很伤眼目。烟尘弥漫，呛得咳嗽，熏得眼睛泪流不止。上山捡柴，用竹箥搂枞毛，搂油茶树叶，也是主妇们的日常活。许多时候，一不小心，树灰落进眼里了，或者枝叶一弹，打着眼球了。久而久之，很多妇人都害了眼疾。严重的，会在眼球上生一层白翳，模模糊糊，看不清东西。记得我还小的时候，母亲就曾有一只眼睛生了白翳。

村里治白翳的，都是用草药郎中的土药。每次郎中来送药时，都是临时采来各种植物的枝叶，混合在一起，用铁锤捣烂成一团，湿湿的，绿绿的，放在一块长布条上，敷在患疾的眼睛上，包扎起来。这当中，必得有野菊的新鲜叶子。我母亲的眼翳，也是经过这样反复敷药，才治好的。

乡间的人，对于野菊清肝明目的功能，大多都知道。每当深秋初冬，草木枯槁落叶之时，金黄色的野菊花开得正旺盛，屋旁、路边、田埂、山坡、溪岸……到处都是，一丛丛，一片片，生机勃勃，美丽明亮。这时候，很多妇人就会提了竹篮，采摘这些未开的花苞和鲜艳的花朵。回家后，在水锅里略为一蒸，铺展在簸箕里晒干，制作成野菊花茶。

　　母亲在世的岁月里，每年我的家里都会有她采制的野菊花茶。泡茶的时候，抓一撮干干的野菊花，放进铜壶里，灌满烧沸的井水，盖上壶盖。隔一阵，筛出来的茶水，金黄，透亮，白色的瓷碗里，热气蒸腾，清香缭绕。

　　野菊花茶，喝起来味道有点苦，却一直为故乡人所珍爱。

　　多年之后，我已是二十岁出头的青年，遭遇了人生的一场失意。在故乡，在一个野菊花烂漫的日子里，我写下了这首名为《野金菊》的十四行诗。

野金菊

像朴实又低微的穷苦的农民，
你世代栖身在无边际的原野。
悄然地生长悄然地开花凋谢，
你平凡的岁月是那样的宁静。

百花中你是最谦逊的孤独者，
因而你的志更高胸襟更旷远。
当纷繁的春花竞相争奇斗艳，
你和一般的野草也没有区别。

我对你永远怀着崇敬的深情：
即便是受尽冷落也不亢不卑，
你深知热烈原不在辉煌一时。

等到花草在秋霜里纷纷隐遁，
你献给这片养育了你的土地，
是一片金色的爱蓬勃的生机。

苦瓜

只要房前屋后有块或大或小的空隙地，在春天播种栽秧的季节，谁家不会随手栽上一株两株苦瓜秧？

旧时的故乡，一到了春天，空气里都拧得出水来。到处湿漉漉的，草木繁盛，鸟鸣虫吟，氤氲着春天的新鲜气息。那些平素丢垃圾倒洗脸洗脚水的阴沟，土质肥沃乌黑的堆子，甚至猪栏茅厕的旁边，这个时候，就会冒出一茎一茎的瓜秧子来。它们是往日遗落在泥土里的各样种子，这会儿禁不住春天的召唤和蚯蚓们的催促，全都争先恐后冒出头来，茎儿白白的，嫩嫩的，肉嘟嘟的，顶着两片或大或小的丫瓣，在春风里颤颤巍巍。

村人的习惯，辣椒秧和茄子秧，都是先在自家园土里撒籽，待秧子差不多有两拳高，长出了几片叶子，这才小心地带土拔了，装在篮筐或者竹筛子里，提到已经开好纵横交错井然有序小土坑的菜园里，一坑一株，一一栽上。南瓜苦瓜，冬瓜瓠瓜，这些瓜秧则好找得很，所需又不多，从阴沟里，土堆下，野地间，随处见了，用二齿小锄一挖，或临时找根小棍子连土挑起，一两株，三五株，就行了。

我家在村中央的老宅里居住时，房屋四周是青石板巷子，就在村旁自家茅厕的后面空地上立了一根多分枝的树尾巴，树下栽一两株苦瓜，这也是那个时代村人的普遍模式。苦瓜秧生长迅速，要不了很长日子，就会满树满枝地爬上去，绿叶如掌，藤蔓垂悬，蓬蓬勃勃的，将原本稀疏干枯的枝干，隐藏在严实的盛装之下。后来，我家搬进了村南溪圳边的新瓦房，单家独户，周边视野开阔，隙地也多了，每年都会在门前溪岸栽上几株。

苦瓜开花的时候，一蓬蓬硕大的藤蔓上，到处都是金黄色的小花，花柄细长如丝，在绿叶的映衬下，如点点繁星。不多久，很多花儿就长出了小苦瓜，像白色多皱的蚕虫。蚕虫渐长渐大，如指，如棒，垂悬着，分量日增。苦瓜蓬下，是鸡们的好去处。晴热的天气，我家的那些公鸡母鸡，就常在这里啄食或歇息，做些在母鸡背跳上跳下的发情游戏，地面被它们磨蹭得光亮。正午时分，大公鸡辛苦了，在蓬荫下打盹的样子滑稽又可爱，它单腿独立着，眼皮时闭时睁，鸡头时不时点一下，点一下，半睡半醒，惊惊咋咋，却不倒，功夫实在了得！等到了嘶鸣的时辰，顿时精神百倍，双腿站定，扇几下翅膀，仰着弯曲的脖子长嘶："喔喔喔——喔喔喔——"

叫得苦瓜叶都发抖，半个村庄都能听见。

那时村里的苦瓜，浅翠泛白，两端尖，中间粗，浑身布满光洁的肉泡，就像无数的淋巴。这种苦瓜不是特别苦，做菜时临时摘上一条两条，稍稍冲洗，竖剖两爿，拇指顺势一抠，将腔里酥松的白瓤和籽粒去掉，再斜切成片。苦瓜清炒，或者与青辣椒同炒，是村人的家常菜。偶尔做个苦瓜炒蛋、苦瓜炒干鱼，味道更妙！怕要多下两碗白米饭。

小时候一到了夏天，村里的大人孩子，生痈疖的人就多了起来。额头，面颊，肩膀，胸前，腰腹，后背，常会长出一个个尖包来，红肿胀痛，越来越大，像光亮的犄角。这种痈疖也没人用什么药来医治，任其自然发展，要到后来变软了，有了白色的脓点，这才抠破，挤出脓血，留下一个红肉肉的大疮口，慢慢自愈。期间，苍蝇不时飞落疮口吸腐，让人不胜其烦。为此，村人常会摘了苦瓜叶来贴上，身上如同打了绿色补丁。苦瓜叶有消炎的功效，能促进疮口愈合。

苦瓜结得多，藤叶之间，花儿一批接着一批。许多时候，前一批的苦瓜还没摘完，新的一批又长大了，那些老苦瓜就任其老去。老苦瓜的下端，渐渐变黄开裂，露出绯红的籽粒，看着也很诱人。这样的苦瓜，已无人摘去做菜了，倒是它那手指头大的血色籽粒，孩子们往往抠出来吃，味道甜得很。

盛夏酷暑，烈日如火。苦瓜经不得晒，还不到中午，就已是藤叶耷拉，蔫蔫的。要到了太阳西下，才慢慢缓过神来。这会儿也是给屋旁的苦瓜浇水的最佳时刻，据说对着大太阳浇水，会将其呛死。浇了水的苦瓜，很快又水灵灵的了，蓬蓬勃勃的，绿得油光可爱。

曾有多年，在这样的夏日傍晚，我提着桶子，打了清澈的溪水，浇灌岸上的一蓬蓬苦瓜。又提了溪水，将屋旁的阶檐和禾场冲洗一番，除去暑热。而后，从家里搬出饭桌、长凳、矮凳、竹椅，供家人吃饭坐歇，供村邻来闲聊乘凉。

星子出来了，月亮升上来了，山峦黝黑，稻田空濛。溪水里，池塘里，银波荡漾。南风吹拂，树叶沙沙，蛙儿虫儿鸣叫得特别起劲。

这时，母亲做的辣椒炒苦瓜的呛鼻香气，从门窗里散发出来，弥漫在灯光微明的夜色里。

南瓜

我还是喜欢旧时故乡的那种大南瓜，圆圆的，厚厚的，像一个大脸盆，全身一瓣一瓣的，丰满光洁，凹凸有致。那些弧形的槽线，上端交汇于蒂，下端交汇于脐，十分流畅。这样的南瓜，初时青碧，老后黄红，怎么看，都令人心里欢喜！

苦瓜叶轻藤小，一杆树枝足以供其向上攀援，支撑起众多瓜儿悬垂。南瓜则显然不能这样，它那毛茸茸的圆叶硕大如扇，毛刺刺的藤蔓比拇指还粗，它太爱分枝发叶，太爱爬行了，那些藤蔓前端的嫩芽长须，高高竖立，像一条条昂着头吐着信子的蛇，不断向四周蔓延，开疆拓土，占据广大的地域。因此，栽下一株南瓜秧，没有足够开阔的地盘，肯定是行不通的。

那时村人珍惜土地，尤其是分田到户之后，每一分水田，每一分园土，都有自家的筹划，不会让其轻易浪费。对于南瓜这种生命力十分强劲的瓜蔬，极少有人会拿出一块好地来栽种，那不太糟蹋了吗？于是，在乡间，你会看到，南瓜苗蓬蓬勃勃生长的地方，都是在诸如池塘岸、屋旁斜坡、园土的高坎一角……这些边边角角的空隙之处。

当然，若要南瓜结瓜多，又大，栽秧时的底肥要下足。底肥多是用圳坑淤，就是平常日子里，倾倒在门前屋旁阴沟里的各样生活垃圾、灰尘、茅草沉积为乌黑的淤泥，清理出来，堆在一旁，就是圳坑淤，肥得很。秧子长出一条藤蔓几片叶子之后，须撒上石灰，因为此时它的叶子嫩，很为萤火虫所爱啃食。真没想到，那些在夜空里一闪一闪发着微光的小小精灵，竟有如此嗜好。以后，南瓜的枝叶长成了碧绿的一大片，还需不时淋大淤（大粪水）、小淤（小便水）。

我家在新瓦房居住后，屋旁自家小禾场的边缘，就是一口扁圆的鱼塘。鱼塘虽是别人家的，但靠我家的一角，我们每年都会栽上一株南瓜。它的枝叶沿着塘岸的西坡，爬上坡顶的荒地，盖过那些灌木茅草，蔚为大观。

南瓜开花的时节，塘岸上变得更为亮丽而热闹。那一朵朵金色的大花，在一片碧绿的大叶丛中花梗高举。有的花尚未开放，尖尖的，犹如修长的五指抓拢的玉拳；有的半开半闭，欲说还休的样子；有的则完全盛开了朝天的大喇叭，金黄金黄的，有蜜蜂和虫子不停在喇叭里飞进爬出。它们一齐倒映在鱼群浮游的池水里，在朝阳下神采奕奕，充满了生命的气息。

在这样露水盈盈的夏日早晨，我的母亲有时会小心地走

进瓜蔓丛里，摘下一朵朵盛开的瓜花。这些花是雄花，花托处没长有青色乒乓球状的小南瓜。摘来的南瓜花，母亲将那花托连同里面手指般的花蕊拔下，而后，两朵两朵叠套起来，在热水里略略一烫，压扁了，摆放在团箕里，撒上盐，放太阳下晒干。

干南瓜花是一道好菜，状如咸鱼。油一煎，黄黄的，脆脆的，味道也咸得很，当咸鱼吃。这样一小碗南瓜花，我们吃一餐饭，父亲喝几盅酒，是够了的。

为免南瓜藤漫无止境攀爬，让它多结瓜，那些蛇一般的南瓜枝梢，母亲也偶尔折一些来，水焯后，切成小段清炒，爽脆可爱。在乡间，南瓜梢还被当做是一味良药，有舒经活络通气的功效。南瓜的藤蔓和叶柄，都是中空的长管，小时候我们在江水里游泳，有时就摘一根长长的南瓜叶柄，一端含在嘴里，一端露出水面，玩水下换气的游戏。

渐渐地，一个个的南瓜，由原本隐藏在叶下，露出了端倪。那些圆润的背脊，在枝叶的空隙里时隐时现，青碧如黛，让人看着就高兴。也有的南瓜，即便长大了，若不走进藤蔓深处，扒开密集的大叶来，也不会发现它的尊容，这样的时刻，往往有着更大的惊喜！

夏日里的青南瓜，是我们经常吃的菜蔬。村人煮南瓜，多是切方形的大坨，水煮烂熟，放油盐即可。南瓜皮青瓤黄，吃起来软甜，在青黄不接缺米的日子，能当饭饱腹。也有的人家，煮南瓜时放一些米进去，一同熬成南瓜粥，我们叫南瓜甘馍（读音），也很好喝。

到了秋天，那些留在藤叶间的大南瓜，渐渐发黄变红，瓜皮上还结着一层白色盐霜。这样的南瓜已然熟透，一个个用镰刀割断瓜蒂，捧在怀里，码放在卧房里的床底下。以后的日子，要吃红南瓜了，就从床下抱一个出来切开。红南瓜皮老，煮时需刨皮。红瓜瓢里的南瓜籽，白白亮亮，掏出来晒干，炒了吃，很香，甚至连籽壳都可一并嚼了咽下。有的红南瓜一时吃不了，又怕烂掉可惜。就切成薄圈，套在横着的竹篙上，晒成南瓜皮。半干半湿的南瓜皮很甜，村人常切成小段，做成腌菜。

秋后的南瓜藤蔓，老叶死去，新叶要小很多了，那些老藤纵横交错显现了出来。这时节，也偶尔还长几个不合时宜的南瓜，村人叫秋南瓜。秋南瓜长不大了，饭碗大小，看起来体质羸弱，却也嫩，切成丝炒来吃，翠碧清爽。

母亲三十九岁才生我，她的嘴上常念叨，说我就是她这根老南瓜藤尾巴上，结的最后一个秋南瓜。

瓠瓜

乡间的瓜蔬中，若论能吃又能用，且用途广泛，又经久耐用的，当属瓠瓜。

在故乡，瓠瓜通常叫水瓜，大约因其常栽种在池岸、溪岸、田埂等临水之处的缘故吧。当然，究竟是否如此，也不尽然。因为一些屋旁空地、园土的一角，也时见它的踪影。不过，这种藤蔓植物十分亲水，倒是不假。

少年时期，我家瓦房前的溪岸下，是一口长方形的小池塘。这原本是我家的稻秧田，建这栋新瓦房前，挖田泥打土砖，挖成了一米多深的砖凼，索性蓄水做了池塘。那时候，我十分爱好捉泥鳅鱼虾，常将那些活蹦乱跳的放入我们家的小池塘。这样日积月累，池塘里的大鱼小鱼也不少，每年过年干塘，都能捉上来几条大草鱼大鲤鱼，令人开心。

这里搭了一个瓜棚，棚的一端搁在溪岸边，另一端前伸在池水之上，两根木桩打入水中，支撑起整个棚子。每年春天，母亲总会在溪岸的树下栽种两株瓠瓜，有时是瓠瓜和冬瓜各栽一株。

瓜棚上爬满藤蔓之时，如掌的瓜叶密密匝匝，绿得发亮。也有很多藤梢，甚至从瓜棚的边缘伸了出来，起初还昂扬着，却最终禁不住自身重量的牵引，俯垂了下来，如一缕缕长长短短的丝绦。瓠瓜开花多，花柄长，朵儿白，一枝枝从绿叶间冒出来，看着就招人喜欢。若是瓜棚上同时有冬瓜藤，金黄色的冬瓜花和白色的瓠瓜花交错点染，就益发生动明艳了。

隔些日子，花下小小的瓠瓜毛茸茸的，已见端倪。随着日渐长大，它们大多从瓜棚的空隙间漏了下来，垂悬在瓜棚之下。瓠瓜下端膨大又圆，上端急剧小了很多，弧线流畅，浑身光滑。它的外皮浅绿，略为泛白。

瓠瓜随食随摘，摘时须下池塘。瓠瓜皮质硬，我们通常是用家里的铜饭勺刮去外皮。瓠瓜白嫩甘甜，切片水煮，切丝清炒，味道都好。

瓠瓜花一茬一茬地开，瓠瓜一茬一茬地长，我们也一次次地吃。不过，每年里，父母总会留下几个大的，任它们在瓜棚下长老，直到瓜藤干枯。以后摘上来，悬挂在灶屋的梁钉上，接受烟熏火燎，让其干透，既留了种，又能制作瓜勺。

那个时代，瓜勺是故乡家家户户的必备之物，大小各异。留的老瓠瓜大，竖着锯开两半后，掏去干瓜瓤，瓜勺也大。留的老瓠瓜小，瓜勺则小。新做的瓜勺，色泽枯黄。用久了的老瓜勺，外表逐渐油亮发红。有的人家，老瓜勺裂缺了，也不舍得扔掉，用针线缝起来，依然能用。

瓜勺轻巧方便，煮潲时到糠瓮里舀糠，平时装点绿豆黄豆到禾场上晾晒，在园土里点种花生和菜籽，到臼屋里舂米粉时装炒米，甚至去村邻家借几个蛋借两三筒米……这诸多事情，都用得着它。

盛夏干旱天气，久晴不雨，菜园里的辣椒茄子各样菜蔬都病恹恹的，挑水灌园是我们每天都需要干的活。从溪圳里将水舀满桶子，再从桶子里一一舀出来，泼洒菜土，用的多是一只大瓜勺。相比用长柄竹筒淤勺舀水，要灵活多了。

旧时故乡人家多养鸡，鸡仔成群。遇上瘟病之时，一些小鸡仔腿脚无力，趴在地上晕晕乎乎的。村人便拿来一只瓜勺，将小鸡仔罩在下面，一面用竹筷不断敲打瓜勺，"咄咄咄咄，咄咄咄咄……"不一会，掀开瓜勺，小鸡已站立起来，匆匆跑开了。也是一奇！

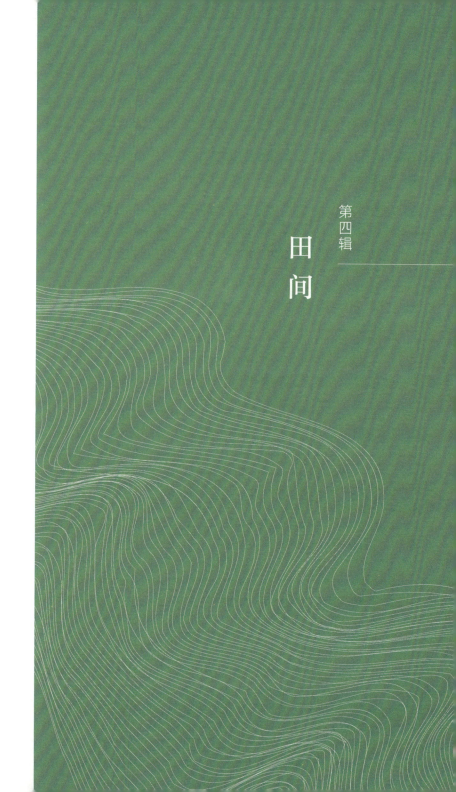

第四辑

田
间

一粒早稻的成长史

浸

清明节前后几天，正是早稻的秧谷下塘的时候。这个时节，浸谷种成了故乡家家户户的头等大事。一季的收成，半年的粮食，就靠它了。

那时，我们这个湘南山村，人口多，人均水田面积在半亩许。我家五口人，两亩半水田。这些水田中，优质田、次等田、干旱田是搭配起来的，这样水田就分散在四五处地方，相隔较远。别的人家，也大抵如此。

分田到户后的早几年，各家所使用的谷种，来源各有不同。通常的做法是，在自家上一年插下的稻秧中，挑选长势好、病虫害少、谷粒饱满又穗长的一处，作为来年留种的对象。这块水田收割之后，稻谷单独晾晒，车去秕谷，留取一定的数量，装入蛇皮袋中，精心保存，作为来年该季的谷种。是早稻，则留作早稻种；是晚稻，则留作晚稻种，绝不混淆。也有的人家，觉得这一年自家的稻谷产量不如邻里或者外村的亲戚，在他们收割留种的时候，就会去交换所需的斤两，以作来年的种子。这些农家自产自留的谷种，相比后来流行的杂交水稻，成活发芽率低，产量也要低，又叫常规稻。

节气一到，各家如同得了号令，纷纷将谷廒里的谷种拿了出来。一般来说，一亩水田，大致需要30斤常规稻种，其用量差不多是杂交水稻的十倍。在我们家，浸谷种一直是我父亲亲力亲为。他是经验丰富的老农，一家之主，这会儿态度严肃，每道工序有条不紊，容不得半点马虎。

大木盆，大水桶，他清洗多遍，已然干净。谷种倒入其中，挑来井水浸泡。双手一番搅动之后，饱满的谷粒下沉，水面漂浮着空瘪的，用竹捞箕捞去。

第二天的这个时候，父亲将浸泡了一昼夜的谷种捞出。洗净的木盆木桶里，已换上温水，谷种即将进入破胸的关键程序。水温须适宜，不能太烫，太烫则会将谷种烫死；也不能太凉，太凉则起不到助其破胸的功效。照现行的观点，为40℃上下。但那时，全凭双手的感觉经验。谷种倒入温水，浸泡两分钟许，速速捞出，装入干净的蛇皮袋，置于周边已铺垫好一层干稻草的箩筐中，捂封严实。

接下来，是父亲最忐忑的时刻。每隔几个时辰，他会将一只手探进去，摸摸谷种的温度，看是否温热起来了。若仍然是凉凉的，情况有两种，最糟糕的是谷种烫坏了，另一种原因则是天气冷，还需淋洒温水再助一助。"作滚了（方言，意为热起来了）。"终于听到父亲简短地吐出三个字，脸色轻松起来。我们知道，谷种就要破胸爆燕子口了。

往后的两天里，这些金黄色的稻谷种子先是长出白须须的根，而后才长了两片细细尖尖的秧叶芽儿。它们的生长速度明显加快，真是一天一个样。

秧谷得赶紧下塘了。

撒

秧塘。在我的故乡八公分村，这是一个专用名词。

生产队的时候，每年清明前夕，村前众多大大小小的池塘，就会放干了水，草鱼鲢鱼鳙鱼鲤鱼捉上来，集中一处寄养，别的杂鱼则按人口分给各家食用。这些放干水的池塘，乌黑的塘泥细腻肥沃，沿着一个方向，锄成一列列带状的整齐厢行，用来撒播秧谷，故叫秧塘。厢行通常宽四五尺许，厢与厢之间挖成沟槽，仅容一人走过，也是排水和蓄水的通道。这些池塘，要等到晚稻秧苗插下田，清除污泥，晒干塘底，撒上石灰消毒后，再才重新蓄水养鱼。

生产队解体，池塘划分到户。那些大一些的池塘，常为数家所分，各自筑了泥埂隔开。有时即便养点鱼，也是浅水小池，各自为政。从此，村里就少有昔日那种清波森森的深水大塘了。那时，我家没有分到池塘，种秧的地方是溪边一处狭长的活水田，按照习俗，依然是称作秧塘。

就在浸泡谷种，等其生根发芽的那几天里。父母家人在秧塘里也是忙个不停，锄田，划线撩沟，堆积厢行。每厢田泥，先得用长柄板梳——梳理，梳得细细腻腻，基本平整，清除小石块和杂物。而后从茅厕里掏来一担担大粪，全部泼上一层，用竹扫把——扎入泥面，作为底肥。末了，用 T 形长柄木档子，将厢行表面熨帖得平平整整，光光亮亮。

这时，若是晴好天气，秧谷下塘，是再好不过了。家家户户都会抓着这好时机，将秧谷下了塘，此时的村庄，已是一片忙碌景象。

父亲将秧谷用谷箩装了，挑到秧塘边，再用竹菜篮分拨开来。左手弯里提着竹篮的父亲，在厢行间缓缓地行走，气定神闲。他的右手不时从篮子里抓一把秧谷，均匀地撒落厢泥表面，纷纷扬扬。那灵活的五指，此时快速地律动抛撒，就像一场功底精湛的手舞。一篮秧谷撒完了，父亲从厢行间返回来，小心分拨出下一篮，继续着先前的手舞。

当所有的秧谷撒好，父亲重新拿起了那柄木档子，俯首弓背，在厢行间且做且行。他全神贯注，双手不停地将那木档子伸过去，又拉过来，瞪着面前这些落絮轻沾的秧谷，用细微而匀称的力量，略略按压入泥，以便它们扎稳根来。

当此之际，我的母亲姐姐，也已准备好割来剁碎的草叶或紫云英。这些碎草碎叶将被铺撒在厢行上，它们担负着神圣的使命，既给刚刚下塘的秧谷保温，又遮风挡雨，免得秧谷被雨水淋出来冲走。

要是家里买了薄膜，就无须准备草叶了。在撒了秧谷的厢行两侧，稀疏地弓上长竹片，覆盖好长薄膜，绷紧，周边用田泥捂压严实。一列列半圆柱状的密闭空间，是保秧谷平安的庇护所，无惧雨淋，以及寒流低温。

有的年份，天气烂，雨水绵绵，已生根发芽的秧谷下不了塘，这可真是愁坏了人。这个时候，家里的秧谷须倒出来，摊开在地面上，让低温的寒意，抑制它们的快速生长。总得找个略微好转的空当，赶紧撒下秧塘，免得误了节气。

扯

秧谷下塘一个星期，就能看出一层微微的绿叶儿了，毛茸茸的，一抹充满了希望的生命色彩。这个时候，那些覆盖了薄膜的厢行，人们也将周边掀开了，让和煦的春风将它们抚慰。只在下暴雨的时刻，才将其暂且遮盖一下。

秧苗渐长渐高，已是一片淡绿，对于水的需求，也愈发大了起来。村人的经验，秧苗长出两三片叶子，有寸许高了，就得放进田水，漫过厢行的泥面。以手掌平贴着泥面，水深与掌背平齐为宜，留出秧叶的尖部露出水面。以后田水逐渐加深，当长出五六片叶子时，漫水一拳。此时，秧塘里的薄膜已然收去，放眼望去，村前的秧塘，尽是一列列、一行行的浓绿，煞是可爱！

天气更趋暖和，草绿花开，鸟飞蛙鸣。稻田里，处处是一派备耕的繁忙景象。挑猪栏淤，挑牛栏淤，驱牛犁田、耙田，人们各行其是。黄牛水牛的高哞，农夫的吆喝，此起彼伏，响彻田野的上空。

对于村庄的农事，我一直以此生没能学会犁田耙田为憾。小时候，看到生产队农夫驱牛犁田，一圈一圈在田野里转圈，田泥随着犁尖犁瓦的前行不断翻转开来，留下一道深沟，就觉得十分好玩，也想去学着大人的样子，在后面扶着犁柄，缓缓地跟着牛走，很威武地不时吆喝几声命令。可这样的事情被村人看做是没出息的人干的，得不到允许。少年时代，读书越多，离故乡越远，这时已分田到户，家里没有牛，也没有犁耙，犁田的人都是以租赁为目的，在忙碌的季节，整日赶场子忙来忙去，谁还有闲工夫让你学着？

我家的这些水田，在这个时候，或者雇请养牛的人犁田耙田，要是等不及，就自家人拿了锄头、镰刮、草刮子来锄田。我虽年少，锄田也得参与。赤脚踩进泥里，寒意透彻骨头。一双手握着长木柄，一锄锄挖下，翻转，泥水四溅，冷不防射向脸面眼睛，衣服裤子要不了多久，就这一片那一片，全是泥污水渍。耙田整平便用一种土办法，将家里的高木梯扛来，横放在锄后的田边，上面用竹筛子装几块石头压着，前方一侧绑了长棕绳，人在前面拖着走，就像一头牛。木梯压着泥水，激起层层浊浪。

秧谷下塘已满一月，秧苗已粗壮高挑，农历四月八节已然来临，正是插田的季节。秧塘里蓄满了水，以便在扯秧的时候，把秧泥洗干净。

印象中这时候偏偏多雨，淅淅沥沥的。父母身披蓑衣，头戴斗篷。我和姐姐，多是披一块薄膜，头上也是戴着斗篷，只是这斗篷过于大，过于沉，低头扯秧时动辄从我头上掉下来，很让人烦。我们俯首弓背站在秧塘里，反着右手不停地扯着秧苗的根部，每扯一小扎，就递给左手接着。等左手掐不住了，双手紧握这一大扎秧苗的中部，上上下下，在水面上冲击秧根上黏附的田泥。水面激荡不已，哗哗之声此起彼伏，泥水溅得衣裤一块块湿，有时进了嘴里。洗干净的秧苗，根须黄白相间。脱离水面，水一滴落，根须便收缩在一起，成一个尖锥。这时，我们才能略为直起腰背，左手托握秧苗，右手从面前预备的稻草中抽出一两根，围着秧颈绕几圈，扎紧，反手扔在身后的水面。

接着，又俯下身去，不停地扯着……

莳

我们正腰酸背痛忙着，蚂蟥这时也没闲下来。

村谚说："蚂蟥听水响。"水一响，那些大大小小的蚂蟥们，仿佛听到了喜讯，从原本蛰伏的稻秧里、田埂洞中、泥下，一齐向着水响处赶来了。它们是来赴一场吸血的盛宴，故当你发现它们在水面一沉一浮，像一线黑色的微波勇往直前，你会感觉到它们节律的欢快，和某种迫不及待。

只是在我们扯秧的时候，很少去关注这些软体动物。对我们的攻击，是造化赋予它们的使命。我们的血液被它们饱腹，这是身为农民的宿命。好在它们并不给我们太多的痛楚，悄悄叮咬在我们腿脚上，吸饱喝足逃走了，也全然不知。偶尔感到微微有点痛，一看，是一条大蚂蟥，甚至三四条，紧紧吸进皮肉，要费很大的力才能拔出，一股股血水也随即流下。

稻秧一扎扎浮在水面，秧塘的厢行有的全扯光了，有的扯了大半，估计能用一天了，父母就会说，不要扯了，莳田去。我们便一齐提了水淋淋的稻秧，趟着泥水，摆放进田埂上的竹筛，秧根朝外，一层层叠好。而后赤着脚，一担担挑往待莳的水田。

考验臂力眼力的时候到了。稻秧担子放在田埂上，一扎扎的稻秧需扔进田里，越扔得远，落点均匀，越好！这是最开心的时刻，我们各站一处，都使着猛力扔稻秧，就如同发射出一枚枚绿色的炮弹，飞向空中，划一道道弧线，噼噼啪啪落在水田，溅起一朵朵水花。

往常在生产队莳田，为了好计算工分，通常是先划行。即先由两个莳田能手，各执一根相互间用长绳子相连的木棒，量好一定的宽度，分别插在平行的田埂两端，绷紧长绳，然后各自拿了秧苗，沿着长绳莳过去，交汇成一条绿色分隔线。两线之间就是一行，每行按规定莳上八株或十株。这样按行莳田，对于技术差的人有示范作用，不至于过密或过稀，也不容易造成弯弯扭扭，看着整齐舒畅。

分田到户后，划行的少了。我家莳田，最差的自然是我。父母姐姐莳在前面，他们有时给我留很窄的一行，并莳了样板，让我接着。只是我莳着莳着，就走了样，株距或宽或窄，横也弯弯扭扭，直也弯弯扭扭，就像一众乱蛇，令他们肚子笑痛。许多时候，他们已多莳两行了，我那一行还在挣扎，被包围了起来。

莳田真是一件腰酸背痛的活。两腿成马步半蹲着，俯首曲背，左手半握着松扎后的稻秧，右手尖着三指，每从左手分出一株秧来，深深莳一下，手眼并用。这样机械地重复着，一面慢慢后退，时间一长，腰骨几乎要断了，痛得真想一屁股坐在泥水里。

这几天吃饭也不像先前一样有规律，每天早早起来扯秧，天黑了才一身泥水回家，个个都像散了架。

秧塘空了，一块块水田都莳好了稻秧，柔柔的浅绿。放眼看去，村前的江流两岸，绿意绵延，十分美好！

薅

这会儿，各家的水鸭要关好了！

那时的村庄可不像现在。现在的故乡是，水田大多荒废成了旱地，江水萎缩成了小溪，山间的泉水没有了踪影，除了装修一新的三四层的楼房是往多的一方增长的，在村里的人口是一年年少了，牛是绝迹了，猪是没有了，鸡鸭也成珍稀动物了。时光若是前推三十多年，情形正好相反，那时的村庄，水田广阔，江溪盈岸，流泉叮咚，牛是农家珍宝，猪狗鸡鸭谁家没有？那真是一个热闹的村庄，充满活力与生命色彩的村庄，真正的村庄！

不过，在这样一个真正的村庄里，到了早稻莳下田后，鸭子得小心了！

鸭子这家禽，对水亲得很，池塘、水田、溪圳、江流，只要有水的地方，它们就喜欢去浮游觅食，成群结队，整天泡着都高兴。所以，村人又惯常称做水鸭。在乡间，最适合水鸭觅食的地方，自然是水田。田野广阔，水浅，遗落的谷粒，草籽，泥鳅，鱼虾，泥虫，食物丰富。水鸭嘴上功夫了得，那一张黄色的长扁嘴，坚硬如铁，觅食之时，嘴巴斜插泥水，上下两喙张合的频率快得惊人，眨眼之间，已不知将面前的泥水过滤多少遍了，只见嘴边的泥水不住地喷溅！肥大的躯体和长曲的脖子，推动着这张铁嘴前行，如同一台斗子反转的挖掘机。

秧苗才刚莳下田，还没落下根去，哪里经得住这样的铁嘴挖掘？因此，在相当长的一段时间里，各家都会自觉把水鸭关在笼子里养着，或者关在杂屋里、巷子里。只有一两户养棚鸭的，每天大早由专人驱赶着几十上百只水鸭，一路摇摇摆摆，嘎嘎大叫，蹦进江水里，自己则整天在江流两岸上上下下盯着，不敢稍有大意。有的时候，水鸭进了别人家的稻田，若被发现了，人家也懒得驱赶，追上去，几杆子打死在那。

田间少了鸭子的侵扰，秧苗稳了根，长得活络起来。同时长起来的，还有各种各样的杂草，诸如眉毛胡、蕙菜菀、直茎草、稗子……

蛙类的活力，这时节也好得很。成蛙到了交配期，水田里，到处可以看到大大小小的青蛙、麻蛙、泥蛙、蛇蛙、癞蛤蟆，鼓着大眼珠，追来跳去，或两两骑着不动，聚精会神。一片片黏黏糊糊的受精蛙卵，常常附着在稻秧根部水面，白白的，薄薄的，里面有无数小黑点，像无数小眼睛。

隔些日子，水田里的蝌蚪就成群结队，千军万马了，黑压压的，拖着长长的尾巴，在千行万行的绿秧间，沉沉浮浮，快快乐乐。它们大肚子圆鼓鼓的，真不知吃了些什么好东西。蝌蚪日渐长大，起了奇妙的变化，长出了两条腿，又长出了两条腿，最后断了尾巴，成了蹦蹦跳跳的小蛙。

天气热起来，禾苗高大了许多，稻田里的杂草也多了，高了。看样子，得薅田了。

薅田的日子，父亲已准备好了碳酸氢铵和尿素，这两种气味刺鼻的氮肥，能促进禾苗长得更加壮实。薅田是在晴天，全家出动。父亲先提着桶子，在田里施撒肥料。我们并排着，从水田的一处开始薅起。

薅田全靠双手，又叫抓田。十指张开，围绕着每株水稻，抓抓挠挠，疏松田泥，以便稻根伸展得更远，能吸取更多的养分。同时，将那些各样的杂草拔除，卷起来，再踩入田泥深处，腐烂成肥。

烈日渐高，灼烤背脊。我们俯首翘臀，双手在前方左左右右的禾苗间不停地薅着，像一只只四足动物，缓缓爬行……

管

父亲差不多每天都要去稻田转悠几圈。

禾苗已经长得满了行，密密的，绿绿的，叶儿尖尖，看着就让人高兴。尤其是早上，叶尖上挂着点点露滴，太阳一照，闪着亮光，像无数珍珠。田埂上，碧草青青，厚厚的一层。人一走过，露水湿脚，那些大小蛙们，顿时像无数的子弹，纷纷从草丛里弹起，划一道小弧，射向田间禾苗下不见了。

虽说田野里有蛙们的守护，害虫还是一波波地来，钻心虫、卷叶虫、稻飞虱……稍有不慎，虫害就会迅速蔓延，给水稻带来致命灾难。

钻心虫，也叫三化螟，产卵后，其幼虫沿着稻茎的内壁，边吃边往下钻去。若是水稻分蘖期受害，会出现枯心苗和枯鞘；孕穗期和抽穗期受害，则出现枯孕穗和白穗；灌浆期、乳熟期受害，出现半枯穗和虫伤株，秕粒增多，遇刮大风易倒折。

卷叶虫，学名稻纵卷叶螟，其卵多产在禾苗最上面承接天露的嫩叶上，啃噬叶肉，致使叶片卷曲，枯白而死。

稻飞虱有数种，前期以白背飞虱为主，后期以褐飞虱为主，它们以刺吸取稻茎的汁液，使水稻生长受阻，严重时稻丛成团枯萎，甚至全田死秆倒伏。

这些水稻的大敌，在生产队时期，曾用在夜里点诱蛾灯的方式诱杀。每块稻田里，分散搭建几个三角木架，放置一个水盆，中间挂一盏煤油灯。每到傍晚，村人提了煤油，去田间把灯点上。顿时，数不清的飞蛾和虫子，从禾苗间纷纷飞来，围着灯火翻飞撞击，坠落如雨，黏附在水盆里挣扎着死去。夜幕下，灯火无数，天地交融，远看去，星光灯光相辉映，也是一道人间美景。

分田到户后，这种原始扑杀方式已成历史，取代的是农药灭杀。甲胺磷、杀虫霜、敌百虫、稻瘟净、六六粉……各种农药开始大量涌入村庄，那些杀过虫后的空农药瓶子，江里、溪圳、田边，丢得到处都是，水面时常浮着死去的泥鳅黄鳝、大鱼小鱼。

每隔一些日子，父亲发现稻田里起了病虫害，他和姐姐就会提了农药，背着喷雾器，在稻田里来来回回地喷洒农药，尽管气味熏人，也无口罩等任何防护。有时，姐姐甚至出现脸色发白、头晕作呕等中毒症状。

田水的管理，也是一项紧要事。这里面的学问也多，秧苗刚莳下，尚未稳蔸，水以一掌背深为宜，过深，则会漂浮起来。一周后补蔸，又叫站蔸，田水可加深到一拳了。夏日里南风大，太阳也大，水汽容易蒸发，田里保水尤为重要。那些临近水圳的稻田尚好，无缺水之虞。令人牵挂的是水尾田，许多时候，田水快干了，水还来不了，急得让人跳脚。为了输水，夏日里父亲常扛着镰刮，一路来一路去，沿着水圳看水，难免不与人发生口角纷争。

日子一天一天过去，禾苗怀孕了，抽穗了，扬花了，灌浆了，谷粒渐趋饱满，青青的禾苗之上，是无数密密集集的稻穗，耸立着，直指白云蓝天……

割

过了端午节，秧塘里的厢行，重新整理了一番，撒下了已生根发芽的晚稻的谷种。

时值盛夏，天气酷热，谷粒沉浆很快，颗颗饱满硬实，修长的稻穗，此时渐渐勾下头来。禾苗和稻穗的颜色，也由青而黄，村前阔大的田野，像数不清的金色板块，大大小小，一块连着一块，沿着江流两岸蔓延开来，一直伸向视线之外的远村，俨然丰收景象。

稻田里的水，此时挖开放干，晾晾泥面，保持湿润，这样有利于稻谷的成熟和根部稻飞虱的减少。在生产队的时候，此时已经安排人员逐丘按行。他们双手各拿一杆等长的四方杉木条，沿着田埂每量一杆长，即为一行宽度，而后两杆前端合成楔形，伸进稻株距间，用力往两边一按压，分隔开来，一路笔直向前，直达对岸田埂。按行后的稻田，就如同秧塘里的厢行，一厢厢，便于割禾时计算工分。包产到户后，按行的少了，反正都是自家人割，只要割完了，你想从哪开始割，割出什么花样来，都行。

割禾的日子越来越近，各种用具的备办，各家也有条不紊地进行。那些打禾机，有的是几户人家共用，有的是个人拥有，购置配件，预备机油，需整修的赶紧整修。赶圩的村人，在傍晚回家的时候，都络绎不绝将新买的谷箩、箩绳、扁担、禾镰，带回来了。

农历六月中，三伏天，正是一年中最酷热的时候，早稻成熟了，秧塘里晚稻的秧苗也到秧龄期了。早稻得赶紧收割，晚稻得赶紧莳田，对着毒太阳，两头都要跟季节抢时间，这就是农家最辛劳的"双抢"。此时学校已经放暑假，对于农家来说，每个大学生中专生中学生小学生的回家，都给人手紧缺的"双抢"增添了重要力量。

割禾时，我们一家五口齐上阵，一人一镰，在田埂边一字排开，对着各自面前的金黄的稻子，割开一道口子，速速割去。割禾需眼疾手快，左掌半握，前推稻秆，右手持镰，刀口略为斜下，对着稻秆根部飞割不停，嚯嚯有声，双手并用，全凭感觉。稍有不慎，一声"哎哟"尚未喊出口，左手小指已是鲜血淋漓，痛彻心扉。割好的稻子，成扎有序摆放，便于打禾。为免烈日晒伤皮肤，我们戴着草帽，穿着长衣长裤，一阵工夫，就都汗流满面，湿透衣服。

抬打禾机，则由我们三姐弟承担。我上中学时，父母年事已高，三姐力弱，打禾机多由二姐和我来抬。那时，我们家与另几家共用一台打禾机，各家轮流使用。通常是，这户人家刚打完了一丘稻田，另一户已割完禾的便赶紧去抬来。一整天，那打禾机就这样被几户人家在曲折的田埂间抬来抬去。抬打禾机是一件苦力活，尤其是刚在水浸田打完稻子后，被泥水泡得特别重，有时连滚子也不卸下，一起抬着，就更沉。二姐每次都照顾我，让我抬后面。打禾机方桶后板覆扣在我的肩膀上，我的头在桶内，只能俯看数尺见方的地面，踉踉跄跄，跟着二姐前行，稍一抬头，后脑就磕碰着桶板。我们须一口气抬到自家稻田，有时要走一两里弯弯扭扭的田埂小路，我的肩膀就像刀割一般，痛得龇牙咧嘴，几乎要承受不住而摔倒。

终于放了下来，我和姐姐咕咚咕咚喝一通凉茶水，稍稍喘息，装配好打禾机。

晒

我们猛力踩着打禾机的踩板，滚子飞速转动，发出巨大的"嗡嗡"声，响彻田野的上空。

打禾需分工合作。我和二姐三姐在前面打禾，双手每从田里掐起一大扎稻子，就急匆匆向着打禾机奔去，一脚站上站板的一端，另一只脚随之跨上踩板，拼力踩踏。手里的稻穗往前一挥，按压在密布尖拱形铁丝齿的滚子上，顿时，谷粒飞溅，打得挡板哗哗啵啵，有的甚至飞出来，打痛脸面。打禾机上一次能同时站两人，一齐踩踏，手臂不断左右扭转，以便稻穗打得干净。一扎稻子打完，稻秆顺手往旁边一丢，便急匆匆退下，去拿另一扎。我们三人便这样你追我赶，在稻田里往返。

父亲俯首弓背，站在打禾机的方桶后面，身边放着几个空谷箩。他的双手一直伸在方桶里，不停地扒拉堆积的谷粒、碎叶、被滚子绞下来的乱稻秆稻穗。这些碎叶和乱稻秆稻穗，我们叫毛芽（方言），父亲先捧出来，塞进旧谷箩里，以后挑回家晒干后，用木杵敲打，筛出谷粒。方桶里的稻谷，父亲用撮箕撮出来，倒入新谷箩。他就这样一直俯身忙碌着，背上的衣服，汗水干了又湿，湿了又干，成一圈圈白色的盐霜，犹如西瓜的皮纹。

打禾机前的稻子已空了一大片，我们就拖着它的两耳向前移，父亲在后面推着。泥面上留下两道光滑的深痕，像两条平行的轨道。而后，又将打禾机踩得震耳欲聋。

箩筐里的稻谷满了，我们需及时挑回家，让母亲晾晒。此时，"嗡嗡"声暂且停息下来，父亲方可坐在田埂上歇一歇，掏出烟袋，卷一筒喇叭烟，舒畅地吸着。

禾场就在我们家的屋旁，是建新瓦房时用石灰三合土铺筑的。这几天，这里是母亲的劳动场所。每天，她将我们挑来的稻谷，用长柄梳板梳理开来，厚薄均匀，如同给禾场烙了一块金黄色的大烫皮。

晒谷也很繁琐。母亲在铺开的稻谷上，先要双手提握竹扫把，以竹梢尖尖扫去谷上的细碎毛叶和穗屑，而谷面依然保持平整，毫不堆积紊乱。这看似松弛轻巧的手工活，全凭力道掌控得好，没有多年实践经验，其实不易做到。每晒上一段时间，母亲要拖着梳板，全禾场梳理一番，稻谷就晒得更加均匀了。中途，还要提防鸡群和麻雀偷食，随时挥着竹竿驱赶。

到了傍晚，太阳下山，我们也回家了。全家人一同收谷，车谷，将一筐筐车干净的新稻谷，过称之后，用手臂粗的大棕绳拉扯到楼上，倒入干干净净的空谷廒。一隔隔谷廒满了，欣慰的笑容，荡漾在每个人的脸上。

接下来，又是几天没早没夜的辛劳。犁田，或者锄田，铺稻草，踩稻草，将田水放满，整平，打一遍稻秧安苞的化肥，扯秧，莳下晚稻。

一季的劳动，一季的投入，总算有了丰收的回报。这是村人最切实的愿望，最大的安慰！

几天后，在一个赶圩的日子，母亲买来了新鲜的猪肉。家里的公鸡宰杀一只，又从我们家门前的小池塘捞了一条草鱼。新稻谷也已挑了一担，碾成了白花花的新米。

尝新的日子，村里各家虽不一定是同一天，但隆重和虔诚是一样的。母亲将三牲做好，香喷喷地摆放在神台前的饭桌上，新米煮成的白饭，也装上三碗一同摆上。

父母烧纸焚香，恭敬地叩首，口里祝祷着感恩之辞。感谢天地！感谢神灵！感谢祖先！让我们能够风调雨顺，稻田丰收！

我们在一旁，静静地看着，一种神圣的庄严，油然而生。

大门外，早些天还一片金黄的稻田，这会儿，已是浅浅的嫩绿……

稗

大自然的造化是如此奥妙！奥妙得甚至带有几分冷酷。

当人们注情于一物，小心地栽培，呵护，珍爱，倾心倾力，以求获得生存生活所需，就偏偏会有另一物也同时为造化所设，与前者形影相随，并百般纠缠伤害，有着更顽强旺盛的生命力，让人们得付出更多的忧虑、艰辛和汗水。稻与稗，就是这样一对老冤家。数千年来，它们一直在乡村的田野里共生着，争斗着，无止无休，为农人所头痛。

小时候，母亲常告诫："一米一饭，来之不易。"可我对这话并无太深切的感受。觉得母亲从米瓮里掏出米，洗一洗，捞入鼎罐，而后生柴火，要不了多久，就能煮出香喷喷的白饭来，也不算什么难事。对稗这种形态优美的野草，也无太多恶感，反而觉得它们长得比稻子更高挑好看。

在故乡，稗又叫风稗，意思是它的穗结子后，像细微的沙粒一样又多又轻，风一吹，飞得到处都是，以后生根发芽，长出无数的植株来。苗叶青青的稗，像一丛茂盛的大野草，村人叫稗草，也叫稗子。

我从小就认识稗子，并能在秧塘里辨别它。当稻秧长成了数寸高，一行行的秧苗绿油油的，很是可爱。这时候，若仔细查看，就能发现端倪。在看似平崭崭的秧行表面，有一些青苗，明显要高大突兀，它们的叶儿更为细长，正中央的那条主叶脉仿佛一根白线，这就是稗子。这时候的稗子很嫩，村人在鉴别拔扯时，通常洗净了，带回家用来当猪草。

只是我一直弄不明白，为什么在稻秧行里拔除了幼稗后，莳下田，还会层出不穷长出许许多多的稗子来？每丘稻田，村人一次次地拔扯稗草，隔上一段时间，为什么又多了？固然，莳田那阵，有的稗子太小，与稻秧附在一起，难以区分，不可避免混杂在一起，但也不至于这么多啊！

多年之后，看了关于稗子的植物学知识，方才惊叹，比起水稻来，稗子的生命力和繁殖力太强大了！一株稗子结穗后，它那微沙般的籽粒多达成千上万颗，随风一飞，落得到处都是，无论水田旱地，都能生长。它的籽粒，飞鸟啄食后也难以消化，随粪排出，落地生根。即便它的籽粒深埋地下，十年之后，依然能够发芽。难怪少年时代，村里的稻田，那么多稗子！怎么拔也拔不干净。

稗子是与水稻争夺肥力的高手，莳下田后，它们长得更快了。一株稗子，通常分蘖成很多枝，成为一大丛，枝茎圆

234

硬又高，叶片修长。它的根系十分发达，拔时很是费力，带出一大团田泥，往往会将紧挨着的一整株稻子也一并扯了出来，伤及水稻的生长。

这些拔出来尚未抽穗的高大稗子，喂猪太老。村人有时也会物尽其用，一担担挑到园土，将它们铺在辣椒树和茄子树下，既能给菜蔬根部遮阴保湿，以后晒干了，腐烂了，又能增加地肥。

稗子的穗，与稻穗明显不同。稗穗宽大而松散，主穗茎上一层层长了很多小穗，颗粒无数。长穗的稗子，植株更粗大，拔时对已抽穗的禾苗伤害更深。这时候，村人往往就身上斜挎摘油茶的竹篓，用镰刀割稗穗了。一篓篓割上来，或倒掉，或煮潲时烧了。

那些人手少，或者疏于田间管理的人家，这时节田里的稗子，势头甚至盖过了水稻，一眼看去，尽是高高低低的稗子穗。让人笑话，也令人痛惜！

浮萍

"夫风生于地，起于青苹之末。"宋玉《风赋》里的这一句，一直铭记脑海。它引申为，事物的演变往往是从很细微的地方开始的，积聚增强，终成气候。

在我的故乡，苹草这种植物，小时候十分常见，池塘里，稻田里，阴湿处，一片一片地丛生着。这苹草长得有点特别，细丝般的直茎上面，顶着的那一片指甲盖大的碧青叶儿，是由四片小叶组成的，每片小叶大致呈扇形，扇尖相连，整个儿看，像一个仰天的田字，也像一朵瓣儿展开的绿色花朵。它们的叶片是如此之薄，稍有微风，便颤巍巍地摇晃起来，很是可人。

相比而言，我们那时经常打交道的，是浮萍。每年春天稻秧下塘、草木生长之时，池塘里，水田里，原本枯死不见的浮萍，又长出来了。起初还是零零星星的，不知不觉间，就迅速蔓延开来。有的池面，甚至整个儿都铺满了密密集集的浮萍，壮观得有点瘆人眼目。

在故乡，浮萍通常叫做漂（方言），大约是它们一生漂浮之故吧。浮萍有两种。一种色泽青翠，是青萍，我们叫青漂；另一种紫红，是红萍，又叫红漂。红萍于农家没什么实用价值，捞来喂猪、喂鸡、喂鹅鸭的是青萍。

夏日间，稻田里禾苗已满目青翠，正是壮苗孕穗的时候。为免鹅鸭的侵害，很长的一段日子，各家的鹅鸭多是圈养在家。各家又都养猪，少则一头，多则两头三头，对猪草的需求也大。野地里拔扯来的青草，园土里摘来的青菜，一天天实在应付不来家里这些禽畜的嘴巴。为此，每天早晨，很多人就提了大菜篮子，手拿一只长柄竹捞箕，卷起裤腿，去稻田的禾苗间捞青萍，或者到池塘里捞。池水深，远处的捞不着，就将捞箕绑扎在长竹竿上捞。一篮一篮，装得满满的，提回家。

青萍喂猪，需要煮成潲。喂鸡鸭喂鹅，则是生食。在木槽盆里，盛少许水，倒入青萍，鹅鸭的扁嘴巴就哗啦哗啦，啄食得津津有味了。鸡们也不时有一搭每一搭，抢夺一番。

看鱼儿在池面吃浮萍，也有趣味。那些大草鱼，乌黑的身躯悄然从水底浮起，像一个幽灵，快到水面的时候，猛然仰起头，张着大嘴巴一吞，一小团浮萍顿时吸下去了。水波荡漾，浮萍散开，草鱼也被自己弄出的水声吓得没了踪影。要过上一阵，才又从另一处浮上来，吞下一嘴。至于小鱼们，嘴巴唼喋，在浮萍间或隐或现，偶尔生出几圈水纹。

于农人而言，青萍也是一味良药。偶尔风寒感冒，身体不适，捞取少许青萍，洗净后，投入药罐熬煮，滗汤汁喝下。发出一身热汗，人就轻松了许多。

雨中观萍，又是一种境界。夏雨骤急，将一池浮萍打得散乱又激荡。若是水溢堤岸，浮萍也随波逐流，在蜿蜒曲折的溪圳里，流成宽宽窄窄的一线，沉沉浮浮，无休无止，向着不可预知的前方奔去。它们叶小根浅，靠不了岸，攀不住草，身无所寄，主宰不了自己卑微的命运。难怪旧时，人们多以浮萍自喻，浪迹天涯。

写到此处，不觉想到了自己。在如今的时代大潮之下，我们这些普通的百姓，为生活所计，四处辗转，又何尝不是一片片小小的浮萍？

水浮莲

莲，也叫荷，其叶如盖，其柄修直，根下长藕，夏日孕花，出污泥而不染，自古以来为人们所喜爱。在乡间，以莲荷取地名的不少。从我的故乡八公分村向南，沿着石板小径走三里，就是一个叫莲塘的小村。而我们村前，小时候有一口小池塘，就叫藕塘。至于女性名字，包含这种柔美的水生植物的，就更多。我的母亲名叫运莲，我的大姐荷花，她们是我此生最亲近的两株乡村水莲。

只是在我年少时，青石板路旁的那方小小藕塘，就已经看不见莲叶了。先前还蓄着浅水，有些小鱼虾浮游。后来干涸了，被分到户的人家挖成垄，种上几行芋头，数棚丝瓜。偶尔在别的深水池塘看到一两片荷叶，贴着水面浮着，下面拖着一根弯曲模糊的管子，黄蔫蔫的，孤独又没精打采，很是无趣。连这，竟也渐至死了。莲荷从此在村里绝了迹。

不过，另一种包含一个莲字的外来物种，却陆续进了村，在池塘里，稻田里，水氹里，落了根，长得绿意盎然，蓬勃而热闹，它们就是水浮莲。

在村里，水浮莲有两种面孔。一种颜色灰绿，叶片丛生着，就像盛开的莲台。另一种碧绿油亮，叶片看起来肉质厚实，叶下还多鼓着一个小葫芦，开花时，一茎紫色繁花耸立着，十分漂亮，村人又叫丝线吊葫芦。

水浮莲根系发达，一蓬黑乎乎的根须，伸展在水面之下，就如同一头黑发。它的繁殖力超强，只须在水面引种少许，便迅速分蘖生长，蔓延开来，相互勾连，密密匝匝，覆盖一片广大的水域。村人正是利用了它的这一特性，纷纷养殖起来，用来喂猪。有池塘的，在池面上用长竹篙或长杉木围出一片水域；没池塘的，在自家的稻田挖一口水氹。

水浮莲弥补了猪草的不足。每天，养猪的人家都会从自家水面捞取一大篮筐，剁碎了煮溯。只是这种植物对皮肤过敏性很强，抓取之后，双手瘙痒得厉害。亦因此，很多人家都买了专门对付它的长胶皮手套，捞也好，剁也好，都戴着。相比而言，盛开如莲似盘的水浮莲，煮成溯更沉实，猪也爱吃。而丝线吊葫芦，煮出的溯也是浮浮泡泡的，猪也略有嫌弃。看来，外表光光鲜鲜的东西，并不一定比朴实无华要好。

在我们村庄，水浮莲的生长史，大概持续了十几年。随着进城务工的人越来越多，在城市挣钱远比种田养猪更合算。村里的田土日渐荒芜，猪已无人养殖。自然，水浮莲也就失

去了存在的价值。那些零星幸存下来的，或随波逐流，进了溪圳江河。

大约十年前，我在报社做记者，有一次，去永兴县城近郊的龙山湖采访。这原是一片毫无污染的广阔水域，山清水秀，碧波荡漾。因为开发农家乐旅游，湖边到处建满了大大小小的餐馆，胡吃海喝的人往来不绝，生活污水直接排入湖中。多年下来，这湖成了一潭乌黑的死水，湖面长满了绿惨惨的水浮莲，俨然已是公害。

遇着大雨山洪的日子，各处的水浮莲顺流而下，进入宽阔的便江，被电站的拦江大坝所阻。水浮莲不断积聚着，堆积着，层层叠叠，密密麻麻，绵延数公里，令人惊骇！

菖蒲

人过生日，司空见惯。若说草木也有生日，那就奇了！菖蒲，就是这样一种奇异的植物。民间传言，农历四月十四，乃菖蒲之生日。

我自小对菖蒲记忆最深的，是它的浓烈气味。那时，村前的一处水塘边，有一大片菖蒲，绿叶修长如剑，片片直立，十分密集。这水塘很大，每年都要放干，用来做秧塘，播种早稻和晚稻的稻秧。亦因此，在种秧之余的日子，这里长时间空着，我们常来捉泥鳅鱼虾。菖蒲在塘边高坎上，又与小竹丛伴生，故塘坎下很遮阴，污泥肥沃，泥鳅黄鳝尤多。只是每次走近这里，远远地就闻到菖蒲的气味，一种温温的独特香气，浓重得令人晕晕乎乎。塘岸长期水浸，菖蒲竹节似的淡黄色块根也裸露了出来，盘曲着，就像一块块老姜。

在一些溪圳边，菖蒲的身影也很常见，这里一丛，那里几枝，绿意盎然，与流水相辉映。时有鸭子在其旁边，或浮游，或觅食，愈发有了生气。

自古以来，菖蒲就为人们所喜爱，并赋予了它诸多祥瑞神秘的色彩。《典术》云："尧时天降精于庭为韭，感百阴之气为菖蒲，故曰：尧韭。"《吕氏春秋》中也有对它的细微观察和记载，"冬至后五十七日，菖始生。菖者，百草之先生者，于是始耕。"李时珍甚至直接点出了这名称的来历："菖蒲，乃蒲类之昌盛者，故曰菖蒲。"在方士的眼中，这些水边菖蒲，长叶如剑，能斩鬼驱邪，故又称作水剑、蒲剑。

进入农历五月，天气变得炎热起来，村前的江流，已有人下水游泳了。整个村庄，树木繁盛，田野深绿，万物一派欣欣向荣的景象。这时节，瘴气生发，病虫害增多，蛇、蝎、蜈蚣、壁虎、蟾蜍这"五毒"变得日趋活跃，故民间将五月，又称作"恶月"。与"五毒"相对，人们将此时的菖蒲、艾草、石榴花、蒜头、山丹五种植物称作"五瑞"，用以相克。菖蒲则为"五瑞"之首。

端午节，菖蒲是这一天的主角。一大早，家家户户从塘边溪岸，拔来一两秆高高的菖蒲，折上几枝艾草，或扎成一束悬挂于门旁，或直接插在窗户或门墙缝隙，用来祛除邪气。在额头上涂雄黄酒，摘来新鲜的梧桐叶蒸新麦做成的红糖馒头，是故乡人家曾经的习俗。

在素常的日子，菖蒲是乡村草医的良药。有跌打损伤者求上门，郎中多采来菖蒲根，捣烂后与别的草药一同敷于患处。

菖蒲根与酸萝卜一同捣碎，也是村人用来拔逼肉中深刺的土方子。有的人家，将菖蒲根用盐腌制起来装瓶存着，需要时吃下几片，能治肚子胀痛。割新鲜的菖蒲叶捣汁，拌水后撒于鱼塘，能预防和治疗鱼的霉斑病。

曾有好些年，盛夏的日子，村人驱蚊多购买一种土法制作的蚊烟。外皮用黄色草纸卷成四棱状，长尺余，拇指粗。里面填充晒干磨成粉末的菖蒲叶、艾叶、山苍子叶、油茶壳等诸种植物的混合物，密密实实。一根蚊烟点燃，卧房里轻烟袅袅，香气弥漫，蚊子唯恐避之不及，我们便能安然入睡。我家的近邻全彩嫂子，就会这项手艺。她的母亲与我的母亲是堂姐妹，她是我母亲做媒嫁入我们村的，几十年来，我们两家一直以亲戚相待。

昔日李时珍将菖蒲分成五种："生于池泽，蒲叶肥，根高二三尺者，泥菖蒲，白菖也；生于溪涧，蒲叶瘦，根高二三尺者，水菖蒲，溪荪也；生于水石之间，叶有剑脊，瘦根密节，高尺余者，石菖蒲也；人家以砂栽之一年，至春剪洗，愈剪愈细，高四五寸，叶如韭，根如匙柄粗者，亦石菖蒲也；甚则根长二三分，叶长寸许，谓之钱蒲是矣。"历代以来，有闲的文人名士，多在家中养几盆菖蒲供着，伴以奇石，以为雅事。只是这样的风雅，在乡村的农人看来，是难以想象的。

菖蒲有花，却不轻易盛开。童年少年里，我记忆中只有水灵碧青的如剑长叶，和那浓烈的气味，不免有着些许遗憾。

高笋

故乡的水生作物中，丛生的狭长绿叶甚至比菖蒲还高的，非高笋莫属了。

曾有许多年，村前的浅水池塘，以及一些人家用来做秧塘的稻田，会栽插几秆高笋。高笋生长很快，不断分蘖成大大的一丛，绿叶高挑如剑，密密集集，立于水面之上。一丛丛的高笋，相互间隔着较远的距离，风来摇曳多姿，叶声沙沙，风止静若处子，对水照影，是乡村一道亮丽的风景。

我上初中那年，家里在村南的溪圳边建了新瓦房。之前为了打土砖，我们将这溪岸下自家的稻秧田挖成了一口长方形的砖氹，索性蓄水做了小鱼塘。有一年的春天，父亲从别处拔来两秆绿油油的高笋，分别插于池塘的泥中。从此，每年深秋的一段日子，我们都能不时从池塘里扒下几只高笋来，做时鲜的菜蔬。而这两大丛高笋叶，冬天枯死，春来发芽，年复一年演绎着生命的轮回。

高笋的栽培，在乡间有着悠久的历史。而它的出现，竟然是源于一种远古粮食作物的戏剧性病变，是自然造化的美丽错误。

在古代，有一种水生草本植物叫做菰，它的植株比如今的高笋要小，而且瘦矮，能抽穗结实，种子叫菰米。《礼记》曰："食蜗醢而菰羹"。菰食就是菰米饭。《周礼》将其列入"六谷"（稻、黍、稷、粱、麦、菰）之一。可见，早在周朝，这种"九月抽茎，开花如苇，结实长寸许，霜后采之，大如茅针，皮黑褐色"的菰，已成为重要的粮食作物。

在长期的种植栽培中，古人发现，有些菰因感染黑粉菌而不抽穗，植株毫无病象，茎部却不断膨大，逐渐形成纺锤形的肉质茎，白嫩味美，可生食，也可做成菜肴，这就是高笋，也叫茭白。《尔雅》记载："邃蔬似土菌生菰草中。今江东啖之甜滑。""邃蔬"即高笋，对此，南宋罗愿在其所著《尔雅翼》中解释称："今又菰中生菌如小儿臂，《尔雅》谓之'邃蔬'者"。并进一步说明："菰首者，菰蒋三年以上，心中生薹如藕，至秋如小儿臂。大者谓之茭首，本草所谓菰根者也，可蒸煮，亦可生食。其或有黑缕如黑点者，名'乌郁'。"《尔雅》成书于秦汉间，可见当时除用菰的种子作为粮食外，已用高笋做菜。

菰米后来又叫雕胡。这种粒长黑亮的雕胡饭，深受文人名士赞誉。李白在《宿五松山下荀媪家》诗中写道："我宿五松下，寂寥无所欢。田家秋作苦，邻女夜春寒。跪进雕胡饭，月光明素盘。令人惭漂母，三谢不能餐。"杜甫晚年贫病无依，由蜀中远赴湖南，原打算前往郴州投靠舅父崔湋，舟行湘江时，在一处租住的楼房里，写下了《江阁卧病走笔寄呈崔、卢两侍御》一诗，诗中有"滑忆雕胡饭，香闻锦带羹"的美好回忆。

唐代以后，水稻得到广泛种植，菰作为粮食作物逐渐走向没落。至宋末，菰差不多又回归到野生状态，日益稀少。而高笋作为人们喜爱的美味菜蔬，却不断培育蔓延开来。尤其是在江南水乡，茭白、莼菜、鲈鱼，自古以来就有"江南三大名菜"的盛誉。

在我的少年时代，家里栽植的那两丛高笋，曾带给我诸多欢乐。绿意盈盈的高叶上，常有大的小的红的黑的各类蜻蜓停歇，密集的叶下，又成了鱼窝，不时有鱼群在那里浮游出没，唼喋有声。到了深秋，一秆秆高笋的茎部膨大起来，犹如孕妇的肚子，我常脱下长裤，从池塘里摘下几枝来。剥去片片长叶，就是一个个如婴儿手臂的白嫩高笋，好看又溢着清香。也有的高笋，略略老了，身上布满了黑色的斑点。在我们家，高笋多切片清炒，有时也和上秋末所剩不多的青辣椒红辣椒，都是美味。偶尔与猪肉同煮，则是佳肴了。

几年前，我曾在浙江余姚工作生活过三年。那是有名的茭白之乡，尤其是河姆渡一带，种植的水田一望无际，一丛丛高叶，绿意盎然。夏秋两季，菜市上都有时鲜的茭白卖。也常让我不由地想起，那些年少之时在池水里摘高笋的愉快时光。

　　如今，我的故乡已很少看到高笋了。原先的池塘和稻田大多干渴荒废，村庄空落，令人痛惜！

紫云英

　　紫云英开花的时候，放眼望去，村前的田野上全是紫红的繁花，在江流两岸绵延着，燃烧着，直到上游和下游的远村与山脚。此时的故乡，春风和畅，花气氤氲，是一年中最妩媚的时刻。

　　在故乡，紫云英通常叫草籽花。分田到户的前后许多年，这种漂亮的草本植物，一直为农人所喜爱，用来肥田和喂猪。稻田的丰收，家猪的肥壮，紫云英功莫大焉！

　　那是农业处于上升和兴旺的时期，村人以耕种和养殖为本，对稻田十分珍视。每年早稻和晚稻，稻田以其地力充实了村人的谷廒。村人也倾尽心力，以草叶、稻秆、猪栏淤、牛栏淤，甚至人畜的粪便，来回馈稻田，增强稻田的肥力。由此，人与田形成了良性互动，共同演绎着农耕岁月，村庄的繁盛。正是在这一背景之下，紫云英作为给稻田增肥的草种，走进了故乡。

小时候，每年晚稻已然金黄，即将收割的前些日子，生产队就会从供销社购买来紫云英的种子，安排社员和上草木灰，提着篮子，沿着稻田已经按好的厢行，均匀播撒。这时的稻田，田水已经放去，田泥湿润，正适合草籽发芽生长。到割禾之时，草籽长出了一片圆圆的芽叶，翠翠的，嫩嫩的，薄薄的，下面一根细微的短茎，星星点点，就如同贴着泥面的浮萍，也像无数枚绿色的图钉。

秋阳朗照，收割后的田野一片空旷。那些图钉们，起初还在寸许高的枯黄泛白的禾兜之下，绿得稀薄。渐渐地，它们就将那密阵似的禾兜掩盖住了，一片油油的碧绿，生机盎然。我们每天去邻村的羊乌小学上学，都要从这些绿意盈盈的稻田走过。有时为抄近路，就懒得走曲折的田埂，径直沿着一些田块的对角线走，将那一拳深的紫云英，踩出一条小径来。

这时节的稻田，半干半湿，泥鳅黄鳝们，被禁锢在紫云英下面的泥洞眼里，指头大的洞口是一汪乌黑的清水。只要发现了这样的洞眼，翻开泥巴，它们就在劫难逃，令人欣喜！放学的途中，我们最爱这件愉快的活儿。只是那些紫云英，也被我们翻得这里一堆，那里一堆，就像地鼠干出的好事。

紫云英越来越深了，越来越密了，苗儿青青，叶儿细碎，甚至高过了田埂，泥地下的泥鳅黄鳝已无从发现。在上面奔跑，打滚，又成了我们童年的乐园。我记得，那时很多田里，与紫云英一同生长的，还夹杂着一丛丛的阔叶植物，叶片的颜色深得发紫发黑，油亮亮的，萝卜不像萝卜，白菜不像白菜，有人说，这是油菜。在我的故乡八公分村，没有种植油菜的习俗，它的名称于我很是新奇与陌生。

往后的漫长日子，偷扯偷割紫云英的事情，在村里变得十分寻常。那时在生产队，家家户户都养猪，野地里的猪草，自留地里的菜蔬，往往供不上猪的那张大嘴巴。由是，就常有妇孺们，扯猪草的时候，乘人不备，赶紧偷一篮紫云英，匆匆离开。若是被干部发现了，有的人篮篮会被踹破，有的会被扣罚工分。一些人甚至偷出了经验，专门选择天发黑的傍晚，或者蒙蒙亮的黎明，悄然下手，避人眼目。分田到户后，各家都有了稻田，不时割一些自家的紫云英喂猪，也就成了常态。好在紫云英生长也快，用不了多久，又会将割去的地方长得满满当当。

春暖花开，历经了一秋一冬的紫云英，此刻变得花团锦簇，妩媚动人。那无数朵俏丽的如盏花儿，被高高的花梗托举着，高过碧绿的苗叶，像轻轻浮着的一层红白相间的云彩。田野的空气，浸润着花儿的浓香，令人微熏。

犁田正当其时，一个个农人，卷着裤腿，扶着木犁，挥着竹竿，不时发出几声号令，驱着水牛黄牛，在一丘丘紫云英的花丛里，慢慢转圈。一片片厚厚的紫云英相继倒了下去，被泥水覆盖，它们将慢慢腐烂，成为稻田的草肥。那些健壮的牛儿，一边走，一边弹出长舌，卷一把嫩嫩的紫云英大嚼，嚯嚯有声。田水里，花丛间，燕雀掠飞，蜂蝶起落，一派明媚的大好春光。

也有的紫云英，会被保留下来。在生产队的时候，常会挑选几处长势好的稻田，任由紫云英继续生长结籽。紫云英的果荚，形状就像它的花朵，也是一簇一簇的，成熟后黑黑乎乎。妇女们提着篮筐，手拿剪刀，一一剪下。以后晒干捣碎，筛下籽粒，就成了秋天播撒的种子。

我家的相册里，保留了几张女儿在紫云英的碧草丛中玩耍的照片。那是上世纪九十年代中期的一个晴朗冬日，我们带着她来到故乡。其时女儿两岁多，戴一顶毛线小帽，脸蛋饱满红润，像一只大苹果。在江边的一处长满紫云英的稻田，她欢快地跑着，玩着，打着滚儿，一如童年的我。我掏出刚买不久的傻瓜相机，拍下了女儿动人的瞬间。

如今，女儿已是读研究生的大姑娘了，故乡的田野，也不再有紫云英的美丽身影。那些美好的记忆，留在了岁月深处，那么温馨！

烤烟

正月尾二月初，正是莳烤烟的时节。想来，故乡的田野里，那些至今还坚持种烤烟的人家，此刻正辛勤地忙碌着。

在故乡，种烤烟已有数十年的历史。在生产队的时候，各队都是在旱土里种植。分田到户后，一些懂得烘烤技术的人家，仍然保留着种烟的传统。种烤烟辛苦，收入却比种水稻好得多，而且只需上半年的时间，因此，这些人家就渐渐腾出一季早稻的水田用来种植烤烟，再种一季晚稻。以后，随着农药化肥人工价格的快速上涨，种稻成了亏本的农活，村人纷纷弃田抛荒，以进城务工为主。余下少数几户种烟的人家，趁机租赁水田，扩大种植规模，几十亩，甚至上百亩，雇请村里年纪大的剩余劳动力干活。

不过，于我来说，对烤烟有着深刻记忆，并抱有美好的情感，是儿时尚在生产队的日子。

那个时候，村里的烟草有两种，一是生产队大面积种植的烤烟，再就是各家在自留园土种的几株土烟。相比而言，土烟的栽培管理比烤烟简单，莳下之后，除了在灌菜时顺便浇点小淤大淤，捉捉烟虫，无须太多操心。土烟叶比烤烟肥大，且绿得深沉，在其生长期内，不要摘叶。盛夏时长到齐胸高，蓬蓬勃勃，整株自根部砍去，倒悬在屋檐下的竹竿或钉子上自然晾干。也有的人家，将砍来的土烟，一片片摘下烟叶，整齐夹在三两张比草席还大的篾夹子中层。有太阳的日子，将篾夹子抬到室外，斜靠在墙上照晒。要是下雨，则抬回屋内晾着。这样制成的土烟叶，要比悬挂的品相好，棕黄的色泽也更加均匀。村里的中老年男子，多偏爱吸土烟，力道比烤烟大，也更呛人。

烤烟的种植，劳动强度要大得多，付出的时间也长。

先一年的深冬，须在稻田撒籽育秧，这跟育种稻秧颇为相似。不同的是，稻秧的厢行是在浅水浸泡的秧塘里，而烟秧的厢行则是在放干水后晾上很久的稻田，而且表面要铺一层火淤。火淤是刨了稻田里的干禾蔸、田埂杂草、泥土、柴火，堆积焚烧而成，红褐色，用连枷击打粉碎，是很好的肥料，又透气透水。撒了烟籽的厢行，弓上竹片，覆盖薄膜，不久就会冒出细嫩的秧芽。对烟秧的掌管至为重要：捂久了，会烧秧，苗儿坏死；天气严寒，又要防备冻着。这就需要有经验的农人尽心看护。

翻烟土挖烟坑是一件很辛苦的活，费时又费力。烟土翻垦后，须按照大致相同的间距，成厢成行，开挖烟坑。每个坑，先得浇一遍大淤，而后用竹筛挑来稻田的乌黑软泥，一坑一筛倒上。待田泥稍干，再逐一用齿锄梳松开来。

烟秧满了一月龄，已两三寸高，油油得一片碧绿。到了莳烟的日子，烟秧连根带泥拔了，一层层码放筛子里，挑到烟土，一坑一株莳下。隔三四天，烟秧成活，叶儿舒展，浇上第一遍小淤。在之后的几个月里，随着烤烟植株不断长高，需经常浇小淤，浇复合肥，除草，捉烟虫，摘除烟秆上的侧芽和顶梢。有的日子，我也跟随父母去烟田，看他们从阔大的烟叶上捉下一条条碧青的烟虫，丢地上踩死，觉得很是有趣，也像模像样地翻着烟叶寻觅，弄得满手油污。

农历五月，天气炎热，底层的烟叶已经成熟泛黄，第一茬烟得摘了。一株烤烟，通常留七八片烟叶，自下而上，一层层采摘，一片一茬。每隔四天左右摘一茬，到大暑节气之前，全部烟叶摘完，前后一个多月。

摘烟叶都是在大清早，家家户户的劳动力，一齐到烟土采摘，用竹筛装了，一担担挑回村。上午集中扎烟叶，以妇孺居多，在各自生产队烤烟房附近的屋檐下，或大树底下的阴凉处。大家各自坐在板凳上忙碌着，不时说说笑笑，身旁是满筛的烟叶，地上堆着乌黑的烤烟棍。扎烟可一人做，若两人配合，一个扎，一个添烟，就更快。四五尺长的烤烟棍上，绑着两根长苎麻绳，一根已在木棍的两端绷直绑着，另一根更长的活绳只绑住了一端。扎烟的时候，从活绳绑紧的一端开始，每两片烟叶叠为一块，叶柄朝上，穿过绷直的苎麻绳，活绳随之一绕，扎紧叶柄；而后，从木棍的另一侧将又一叠穿绕扎紧。这样彼此交叉扎着，烟叶就呈人字形跨骑在烤烟棍上，密密匝匝。这样的场合里，我曾多次做过母亲和姐姐的帮手。烟叶扎好，计工员登记了工分，各家将一棍棍的烤烟抬着，送往烤烟房。

烤烟房是一栋占地面积比较窄小的土砖房，瘦瘦高高，正面一道门，门旁一孔镶着玻璃，是观察温度计的地方，对面瓦檐下开着小天窗，从外面看，就像电影里的小炮楼。它的内部结构也特别：地面铺设着粗陶制作的大圆管（俗称河洞），曲回相连，是烤烟散热的主要设备，管首与地下的炉灶相通，管尾则连接着外墙的烟囱；墙上架有四五层木枋，层高仅容搭载扎好的烟叶；炉灶口在室外棚下深坑，生火、添炭、出炉渣，都在这里。

烤烟抬到这里，由专人搭上层层木枋，塞得满满当当。而后封好门窗，生火烘烤。烤一房烟，通常需两天三夜，对温度的把控要随时注意观察，调节炭火的强弱。一般来说，烤温控制在三个阶段：前一天一夜除水，以38℃到42℃为宜；接下来是烟叶变黄，48℃上下；最后一夜是干梗，60℃略为偏上。在这样的盛夏时节掌炭火，辛劳与汗水可想而知。

熄火冷却后，打开烤烟房的门窗通气，一棍棍烤好的金黄烟叶，也从木枋上取下，送到生产队的库房，分拣成不同的等级，便于收购。又一轮摘烟叶、扎烟、烘烤，也随即开始。

烟土里的烤烟开出了一簇簇粉红的喇叭花，光光的烟秆上，叶片小而稀疏，一年一个轮回的种植到了尾声。除保留一些植株让它们继续生长，结实，以作种子外，余皆全部砍去。

这时候，晚稻已然插下。砍来的青皮烟秆，密密集集地塞在禾苗行间，任由泥水浸泡。十几天后，烟秆的外皮和内芯已经腐烂，一秆秆再捞上来，在溪圳里洗去泥污，竖着在地上顿一顿，那些长蛇样的白色内芯就滑溜了出来。烟秆晒干了，白白亮亮，一堆堆摆放，分给各家，是引灶火和夜里照明的好燃料。

挖烟土又接踵而至，秋冬的庄稼要播种，土地不能让它闲着。那些翻出来的烤烟蔸，在太阳下渐渐干了，村人捡拾起来，敲掉泥土，一担担挑回家，是煮饭煮潲的好柴火。

萝卜

有了好火淤，就能点出一季好萝卜。

晚稻收割之后，临近中秋节了。村前的许多稻田，已然晾干，徒留下一两寸高的禾蔸脑，干枯泛白，星罗棋布，蔓延开去，愈发显出田野的空阔。那些纵横交错的田埂，杂草也难掩枯黄，它们已到了生命的迟暮。倒是一丛丛金黄色的野菊花，此时正开得热闹，给萧疏的深秋带来了蓬勃的生机。

这时节正适合挖田，烧火淤，点种萝卜。

小时候在生产队，挖田是一种集体行为。每人一把锋利的长柄镰刮，一字儿排开，一锄锄挖垦，将软湿的田泥连同禾蔸脑一并翻转过来，以便阳光晾晒。数日后，已经挖过的稻田，泥土干爽。村人挑来成捆的干茅柴，铺摊在田地里，相互间隔着一定的距离。而后用镰刮和齿锄，将禾蔸脑及黏附的泥土一一收拢，堆在茅柴上面，田埂上的杂草，也连根带土刨来添上，形成一个个高高大大的圆锥。点火一般是在黄昏，一座座的圆堆尖上，浓烟滚滚，直冲天空，让人不由得想起历史课本中所说的烽火台上的狼烟。

烧透的堆子，泥土变成了红褐色。冷却后，扒散开，以连枷击打成细末，浇上大粪拌匀，再收成堆发酵待用，就是火淤。

点萝卜的日子，田里开成前后左右相隔六七寸的小坑，横看竖看，都笔直成行。每个小坑撒上五六粒萝卜籽，再从箩筐里抓一把火淤盖上。也有的田是撩成一行行的浅沟槽，只是这样点种萝卜，没有小坑均匀。

几天后，萝卜籽发了芽，田里一丛丛浅浅的绿色。绿色越来越浓，越来越高，满满当当，充塞了一丘丘大大小小的稻田。村庄的冬天又绿意盎然了。

那时候，村前也有一些水浸田，或离溪圳近，或田里有泉眼，一年四季都被水泡着。这些水浸田秋收之后，各生产队都会指定一两丘，沿着四周的田埂，临时划分成大小相似的长方块。各家在分到的一块旁边挖田泥，筑出水面一二尺高，就像一张大泥床，用来点种少量的葱、蒜、芹菜、菠菜、茼蒿、萝卜，叫葱堆子。到来年春上插早稻，生产队再一并犁掉。

整个冬季，不时从生产队分得的萝卜，从自家葱堆子上拔来的萝卜，是家家户户的日常菜。经过主妇们的巧手，那些白白亮亮的萝卜，青青翠翠的缨子，无不成了风味独特的佳肴。

记忆中，母亲煮的萝卜实在好吃。母亲煮萝卜，经常变着花样，或剖边切片，或刨丝，或切成拇指头大的方墩，又叫墩子萝卜。煮熟后，放上油盐葱花，撒上红辣椒灰，偶尔挑来了土酱油，就再加一勺子酱油，一拌和，浓浓的香味随着铁锅里的热气飘散开来，弥漫了整个灶屋，令人食欲大开。

萝卜缨子切碎，与蒸熟切片的芋头同煮，一大锅黏黏糊糊，汤紫菜青，色香俱全。

鸡子萝卜，则是待客的好菜了。母亲先将萝卜刨丝，略略用少许盐腌制一阵，调了自家磨的麦粉和上，一团团，放油锅煎炸至两面金黄，装入菜碗。这道菜吃起来软软糯糯，香气喷喷，油光嘴滑。

萝卜一篮洗净去根，晾干水分，倒入木碗盆，用盾刀盾碎，加盐腌制，滗去汁水，再装坛捂盖妥帖，就成了村人无不喜爱的水萝卜。水萝卜微酸，从坛里掏出来，水灵灵的，粒粒如白玉。与泥鳅黄鳝鱼虾同炒，能避腥。即便单独油炒，放两三调羹腌制的剁红辣椒，撒一撮葱花蒜叶，也是悦目又开胃。

此外，酸溜溜的酸萝卜，母亲每年也要腌上几坛子。酸萝卜是整个儿腌上，泡在酸水里，吃时捞出一个两个，切片油炒。春节期间，酸萝卜炒猪肚，酸萝卜炒大肠，是故乡传统菜肴，好吃得不得了。

烘萝卜皮是母亲在冬季经常做的一件事。冬日长闲，天气寒冷，灶里总会有一炉柴火或炭火。除了煮饭煮潲之外，炉火渐小之时，就罩上篾笼罩，烘红薯皮萝卜皮。萝卜剖边切片成长条状，密集摆满，白白亮亮。要烘烤多日，才干去水分，蔫缩成瘦条。干萝卜皮一扎扎捆好，放进薄膜袋，或装入干瓦瓮，能长久保存不坏。以后做菜时，取一扎泡水发软，切碎，炒肉，炒蛋，炒腐竹，爽爽脆脆，都好！

干萝卜皮也常腌成咸菜。冬日的早晨，母亲生好炉火，泡好了热茶，在灶桌上插上接手板，摆上几只茶碗，一大碗红辣酱腌萝卜皮，一盘烘烤过的外皮黏附棕黄糖汁的焖红薯，几块煨烫皮。一家人围灶而坐，津津有味地吃喝，嚯嚯有声，一面聊些淡言浅语。

父母亲常说，一夏一秋吃进肚子里的热毒，就靠一冬的萝卜来解毒。

诚哉，斯言！

芋头

芋头好看又好吃。好看的是它修长的叶柄和宽大的叶片，好吃的是它结在泥土里的球状或柱状块茎，俗称芋头。分田到户后的许多年，故乡人家喜欢在田埂边种植芋头。插早稻时种下去，割了晚稻再挖上来，一簇簇沉甸甸的收获，令人喜上眉梢。

在故乡，芋头有两种。一种是水芋头，它的叶柄绿色，更肥大，更高，盾形的叶片也更大。水芋头的根须很长，得浸泡在水里，故而种植的时候，多是在水田里挖成一行行的泥垄沟，种在泥垄上，沟槽须留有浅水。这种水芋植株高大，到了冬天仍绿意盎然，结的芋头却不多，又占田，故而种植的人家也少。另一种叫干芋，叶柄紫红，根须短，植株比水芋矮小，种在田埂边，既不占地，结实又多，村人都喜爱，无家不种。

说到种芋头，就不能不先介绍一下故乡的一个专用词组——帮田埂。

插早稻的日子，稻田犁耙过了，平平整整，一层浅水。一家之主的成年男子，这会儿手握一把镰刮（一种长柄铸铁板锄），弓着身子，沿四周的田埂刨去杂草和一层泥皮，如同刮脸剃须，整整洁洁。而后换成四齿锄，挖了一团团的田泥，沿着旧田埂，筑一圈新田埂，宽尺余，高出水面却比旧田埂略低，这就是帮田埂。为使新帮的田埂密实匀称，筑时不停以锄齿背拍打修整。如此，帮好的田埂上密布手指粗的斜长齿痕。

禾苗插下已然返青，成活了。这时的帮田埂也渐渐硬实。某一天，依然是一家之主，反握着镰刮，沿着帮田埂，每隔尺许宽，敲击一个拳头大的泥坑。而后家人挑来猪粪淤，每个坑抓一把填满。放芋种时，一坑一个，插在猪粪中央，再以手挖一小把田泥糊盖住。

隔数日，芋头发芽了，先是叶儿卷曲如指，慢慢地，就舒展开了，像一只只绿色的小手掌，帮田埂变得生动起来。

接下来的日子里，随着芋头植株不断分蘖长高，还须在其根部铺上猪粪淤，再挖泥封裹。这样先后做两遍，土质就十分肥沃了，芋头苗也愈发健壮。长阔的大叶若莲，亭亭如盖，碧青油亮。尤其是在骤雨之后，芋叶里盛着一颗颗晶亮的水珠，或大或小，随着风的摇晃，滚过来，滚过去，更显风姿绰约。

在故乡，芋头那粗壮的叶柄，又叫芋荷秆，下部大，上端小，饱满修长。村人在芋头结实的时节，常会割下一些过于高大的芋荷秆，利于营养归集在泥土里的芋头。芋荷秆可用来喂猪，也可做菜。新鲜芋荷秆炒鸭，是湘南的地方名菜。芋荷秆也可腌酸菜，或者切成小段晒干。

盛夏烈日，在田间劳作的时候，有时口干了，我们就从田埂摘一张两张大芋叶，到附近的水井或泉眼，自己先牛饮一番，再包上两包泉水带给家人喝。喝过水的芋叶，盖在头上，清清凉凉，能遮挡毒辣的阳光。

从早稻插秧，到晚稻收割，芋头的成熟要经过很长的时间。深秋已至，收割后的稻田一片空阔，田野干爽。那些田埂边的芋头，许多苗叶已经枯死，剩下少许零零散散的残绿，宣告着挖芋头的日子终于到了。

我们扛着齿锄，挑着筛子箩筐，来到田间。对着长芋头苗的地方，挥锄用力挖去，将帮田埂翻转过来，顿时，一大丛毛茸茸的芋头，就呈现在眼前。一家人各有分工，挖的挖，拣的拣。将乌黑如拳的芋头婆，大大小小的芋头崽，分开盛放，挑回家中。

用土肥种植的芋头，煮起来粉糯，汤汁浓稠，色泽偏紫，很好吃。既能做菜，又可当饭饱肚。芋头汤泡饭，滑滑溜溜，上了年岁的老人尤爱。芋头能经久存放不坏，煮时先清洗拔毛，放水锅或鼎罐焖熟，而后去除外皮，切片氽汤。刚焖蒸出来的芋头热热乎乎，我们也常直接拿了吃。

芋头婆太老，一般是刮皮后蒸熟，切片晒干。干芋头婆腌进剁红辣椒坛子，腌透后又咸又辣又粉软。吃饭时掏一碗出来，红红辣辣的，看着就有食欲。也有的干芋头婆片子并不腌制，做菜时，抓一把泡软，而后油煎，放上葱花蒜叶和红辣椒灰，顿时香气扑鼻，色香俱全。

在乡间，芋头也常引申为头脑不开窍的人。"你这个死芋头脑壳！""你这蠢子芋头！"都是骂人的话。也有以此自嘲的，说自己就是一个芋头，其实是豁达自谦。至于做父母的，有时责备不懂事的孩子是芋头，则多有几分怜爱了。

绿豆

村里人常说，绿豆命贱，贱得连种植方式都与众不同。

早稻插下，田野一片浅浅的新绿。那些稻田四周新帮的田埂，这会儿村人都栽种一些各样的作物，诸如芋头、四月黄豆、绿豆、辣椒、茄子……那是个自给自足的农耕时代，分田到户后的村人，对田地异常珍视，利用田埂边边角角那点空隙，套种庄稼，以增加一点满足自需的小小收获。

别的作物的栽种，工序复杂，通常要开坑，施放土肥，种后管理。点种绿豆则不然，只需一截随处找来的小小木棍，在帮田埂上每隔尺许宽戳一个寸深小洞，放进三四粒绿豆，再盖上那团戳出来的小小泥土即可。它无须施肥，施肥反倒会影响生长，日后苗叶上多生虫子。绿豆的根喜爱往泥土深处钻，发芽之后，嫩嫩的小丫叶丛生着，在风里摇晃，那么柔弱，那么卑微，招人怜爱。

风里雨里，晴里阴里，这卑贱的生命竟长得蓬蓬勃勃，叶大如掌，绿意盎然。那时候，我们这些童稚少年，喜欢在夏日里端个脸盆或提个小桶，到田间捉泥鳅。炎热的太阳底下，稻田里插秧时留下的无数脚印，常有泥鳅钻出泥面，匍匐在浅水之下，听到人的脚步声，顿时惊吓窜入泥中，脚印里一团浑水随即蔓延开来。浑水越大，泥鳅也越大，我们越高兴。这样的时刻，我们不时从田埂跨上跨下，摸浑水泥鳅，多有所获。只是田边的绿豆苗、芋头苗等作物，也常被我们不小心踩踏，有时连枝叶也踩断了，赶紧远远走开。

绿豆开花，又厚又密的豆叶间，串串繁花如同一只只小黄蝶，很是可爱。这些花儿开出的时间不同，因而细棍似的瘦长豆荚也一丛丛长得有先有后。乌黑的豆荚与碧青的豆荚常共存着，挂在绵密的枝叶间。尚未成熟的绿豆荚，里面的绿豆脆嫩，我们捉泥鳅的时候，有时就挑饱满的剥了来吃。

绿豆成熟正值酷夏，拣绿豆通常是在早晨或傍晚，提着小竹篮，一丛丛翻转枝叶，摘下黑色的豆荚。若是正午，暴晒后的黑豆荚一碰就炸裂开来，绿豆掉落地上。摘回家的豆荚，铺散在团箕或簸箕里，放太阳下晒干。待阳光西斜，将豆荚用手揉揉，或以脚搓搓，豆壳就全都破碎了。簸去壳皮，干硬如砂的新绿豆装入容器。

夏秋季节，天气炎热，村人常以新绿豆熬煮稀饭。也有的人家，熬绿豆汤，用茶竹筒或瓦壶装了，外出干活时当茶水喝，解渴又解暑。

在乡间，绿豆还是解毒的良药。记得有一年，邻居家的一条大狗吃了药得半死的老鼠，结果也中毒了，趴在地上抽搐，口吐白沫。邻居赶忙舀来半碗绿豆捣成粉末，冲水后灌入狗嘴。一番剧烈的呕吐后，那狗竟也慢慢好了。

那时候，乡政府所在地有一个小冰棒厂，到了夏天就做冰棒。村里，田间，常有人提着铁桶，或者斜挎着专门的四方形白泡沫箱子，装了冰棒吆喝叫卖。这之中，就有绿豆冰棒。剥开包裹的薄纸，颗颗绿豆附在冰棒上。绿豆冰棒比白板冰棒好吃，咬起来冷冷的，硬硬的，有着浓郁的绿豆气味，价格也要贵几分钱。

打绿豆芽，是我们夏日里常做的事。有的人家，做有专门的豆芽桶，像一个高瘦的圆筒，底板有泄水孔，上面有盖。有的人家是用裂了底的旧水桶，有的是旧瓦壶，小孩子常用漏了洞的旧搪瓷口杯，容器五花八门。

绿豆很容易发芽，只要早中晚各淋一道水即可。村前的水井边，每天都有很多人提来自己的豆芽容器，拿个勺子舀水淋浇。几天时间，绿豆芽就长成半尺高，密密匝匝地，将容器塞满。煮菜时挑高的拔一些出来，洗去豆衣，一番油炒，清清爽爽，香气浓郁。

棉花

曾有许多年，每到冬日长闲，就会有外乡的游村工匠，挑了笨重的器具，来村里吆喝弹棉花被。村人通常叫他们弹棉花的，多是两人一组。最终，会有人家邀住他们，在大厅屋里摆开场面。自此，弹棉花的就在村里长住了下来，嗡嗡的弹棉声，整日吸引着众人围观。这家弹完了，那家又弹，弹棉花的成了香饽饽。谁家弹，他们吃住就在谁家。也或者是住在一户固定的人家，临走时给几个小钱，或从村对面的供销社买点礼品，作为住宿的代价。

那个时代，村人弹棉花被，多用本村自产的土棉花。相对从外面购买的棉花，这种土棉花在村人的眼中更实在，更暖和。在生产队的时候，各生产队每年都种棉花。后来分田到户，断断续续，也还有一些人家种植。

村前江对岸的山脚，曾有一大片新开垦出来的黄泥巴高坎田，靠着抽水机的灌溉，种过水稻。小时候我在那里割过禾，捉过青蛙泥蛙。后来抽水机房拆了，这里成了旱田，多是点种花生和棉花。

农历三月，种下花生之后，就到了点种棉花的日子。翻垦后的棉田，一行行开挖土坑，坑与坑间距二尺许，便于日后棉树分枝散叶。棉花是一种对土肥需求较大的植物，土坑也通常六七寸见方，先浇一次大粪。棉籽壳厚硬，不易发芽，点种时一坑放四五粒，再以拌和了谷壳的火淤覆盖，松松散散，透水透气。

多日之后，棉籽发了芽，拱出泥土。当茎叶长至五六寸高许，就得间苗，每坑保留两棵强壮的，余皆拔掉。此时，将棉花行两侧的泥土堆成长垄，深护着根部。

幼苗渐长渐高，成了树形，枝叶繁多。到开花时，有三四尺高，人走进棉田，差不多齐腰深。棉花的叶片宽阔，有着长长的绿色叶柄，与芙蓉花的叶子很是相似。开出的花朵，由白转红，红白相间，也极像芙蓉花，十分漂亮，只是比芙蓉花要小许多。

棉花在成长过程中，多虫害，得多次喷洒农药。许多时候，村人每天都在棉田里，翻着叶子捉青虫。尤其是刚结了棉桃的那段日子，这些长蚕一般的青虫危害极大，须格外防备，若是钻进了棉桃，以后即便长了棉絮，也是又黄又硬又小。

过了中秋，迎来了采棉的时节。此时的棉田，棉树已然干枯，棉桃裂开成四片，宛如小盏，盛着一团洁白的棉絮。

放眼望去，棉树上如同落了一场瑞雪。晴好的阳光下，采棉多是妇女们的手工细活，提着竹篮，手指灵巧，在棉田里心无旁骛地徐行。采摘之后的棉树，砍了挑回家，是煮饭煮潲的好柴火。

每一团雪绒般的棉花，里面都裹着一粒粒坚硬乌黑的棉籽，与密密的棉绒粘连很紧。若将家里用来做棉被的棉花，全靠手工分离出棉籽，不是件容易事。剥棉籽，有的人家是在空闲的日子，每天剥一些。有的则是挑了鼓鼓囊囊的两大袋子棉花，到圩场上，经专门的扎籽机分离。曾听我母亲多次说起，早年父亲一只大脚趾病变，烂掉了一截骨头，坐床上数月下不了地。为打发时间，他每天都剥棉籽，剥离的棉花后来足足打了两床棉被。

我家最后一次种棉花，我已上中学，搬进了村南的新瓦房居住。棉田依然是在那片高坎地。这块旱田，我家平素种花生或红薯，到了摘油茶的时候，平整一番，用来做晒坪，晾晒油茶籽。那一年，母亲说，搬了新家，要打两床新棉被，于是又种上了棉花。

当年冬天，来我们家弹棉被的匠人，是邻村的年轻女婿，外地人。我们家撤下厅屋大门的两块新柏木门页，外加几块新床板，搭了弹棉花的台子。长长的弹弓，光溜溜的弹花锤，宽大厚重的搓压圆板，纺线的转轮，这些熟悉的弹棉器具，又再次呈现在我的眼前。嗡嗡的弹棉声，不断地激荡着我的耳鼓。这一次，我们家一共弹了三床雪白的新棉被，给了大姐家一床。我清楚记得，每床棉被，弹花匠用染成红色和蓝色的棉绒绳，画了几枝梅花，并写上了日期，看起来很是漂亮，与家里此前的旧棉被格外不同。

我盖的那床新棉被，厚实，暖和。以后，它又陪伴我读高中，上中专，参加工作。它的容颜渐渐发黄，陈旧，却永远保存着母亲浓浓的关爱与温情。

第五辑

园土

小麦

故乡的园土，多是成片，且有其名。村北有大坪园里、罗家坪、枞山背；村南有背家冲、饲养场、丰产庙；江对岸的几条山沟则是高岭坳上、攀家坳、土家冲、莲花形。此外，还有几处零星的。这些园土的名称，至今依然延续着，只是名称中所包含的诸如姓氏、树木、建筑物等特有印记，早已沧海桑田，远离命名的初衷了。数百年来，园土上年复一年种植各种农作物，养育了一代代村人。

我很小的时候，村里的园土大多都种过小麦。及至分田到户后的好些年，小麦仍然是村庄除水稻、红薯之外的主要粮食品种。

农历十月，园土里的红薯挖过之后，接着便是点种小麦。同许多作物一样，种小麦也须用到火淤。在乡间，火淤有三种方式得来：一是晚稻收割后，刨稻田的禾蔸、田埂杂草连同表层泥土，堆积在柴火上焚烧透，成了干红的泥土，以连枷击碎，拌和大粪小便，再收拢堆积捂盖发酵，留以待用；二是刨园土里的草皮和浅土焚烧，方式如前；其三，则是将平时灶里的柴灰归集起来，用时拌上粪便即成。麦种与火淤拌匀，用箩筐挑到园土。

种小麦通常需两人配合，一人俯首弓背，握着长柄四齿锄在前面边退边撩壕，另一人迎面跟着，不时从提着的大菜篮里，抓一把麦种火淤丢入土壕，两两间隔六七寸许。分田到户后，这样的场面多是夫唱妇随。火淤里的麦种，不能和得太多，手抓一把以七八粒为宜。一行点种好了，接下来的一行，以撩壕的土将上一行麦种覆盖。

整个冬天，青青的麦苗高不盈尺。大片大片的园土上，绿意盈盈，看着令人心情舒畅。有时一场大雪下来，麦苗如同盖了一床厚厚的新棉絮，瑞雪兆丰年啊，老农们的脸上也添了一层笑容。

过了仲春，小麦的生长变得迅速起来，嗖嗖直往上蹿，一丛丛，茎高叶长，渐渐能藏得住人。这时候的麦土里，猪草也很茂盛，尤其是一种叫做烂布筋的野草，四方的长茎，多节，节上多米粒状小叶，最爱沿着麦秆攀援，丝丝缕缕，又高又嫩又干净。童年里我们经常提了竹篮，偷偷躲在麦土深处拔草，有时难免将麦秆踩得东倒西歪。

小麦出穗的日子，园土里就像长满了密密匝匝的一层狗尾巴，芒刺朝天，数量无穷。这当中，也不时能看到一种坏死的黑穗，瘦瘦的，在绿海里尤为显眼。我们常拔了来，按在地上一弹，就是一道深深的墨线，颇有趣味。

麦秆渐渐发黄，形同枯槁。麦穗也俯下了头，颗粒饱满。时值农历四月，到了收割的繁忙季节。割倒的麦子，村人或用棕绳，或用藤条、油茶树条，成捆绑缚，挑到村旁的禾场上打麦。在生产队的时候，打麦的器具是一个三角木架，一面斜搭了一块厚重的青石板，村人用麦秆将其包围在中央，而后双手紧握一大掐，挥臂反复猛击麦穗，麦粒飞溅，落满一地。分田到户后，各家多采用轻巧的打麦竹板，长方形的木框里，均匀镶嵌着二指宽的长竹片，用时搁在两条长凳上即可。

这段时间，来村庄收麦秆的汽车和拖拉机多了起来。车子停在江对岸的公路边，村人一担担将脱了粒的麦秆挑了去，一番过秤，讨价还价，从收购者的手中拿回圆角分数目不等的皱钞和硬币。那些车子，麦秆装得高高，就像一个庞然大物，摇摇晃晃，驶向村外，几个转弯抹角，就从山林边不见了。

曾有一些年份，刚打下来的新麦子，尚未晾晒，就有人家直接煮麦子饭或麦子稀饭。只是麦子皮厚，难以煮烂熟，也不黏连，黄乎乎的，粒粒可数，不过是浸泡得鼓胀了起来。麦子饭难消化，吃多了，会坏了肚子，腹泻拉出来的依然多是完整的麦粒。家里煮麦子饭，都是因为稻田青黄不接，米瓮空空，不得已而为之。

村边江岸有一栋砖瓦小院，是磨坊。麦收之后，这里热闹起来，常有村人提了晒干的麦子，来这里磨面粉，换面条。那个硕大的水轱辘整日缓缓地旋转，水声哗哗。院内的禾场上，晾晒着一架架挂面，面须垂地，在太阳下散发着浓浓的麦香。

那时的乡间，面条是一碗好饭，哪像现在能一个人整碗地吃喝。家里来了客人，做一碗两碗汤面，里面放上丝瓜片，或者一两个煎蛋，便是上品。吃包红砂糖的馒头，曾是故乡端午节的习俗。那一天，我们从江边的梧桐树上摘来梧桐叶，给母亲蒸馒头。馒头棕黄，色泽偏暗，有着梧桐叶的清香，甜甜软软，是我们一年仅此一次吃到的美食。

在盛夏，我的母亲有时将面粉和成浓稠的糊状，加入葱丝、蒜泥、少许盐，在锅里摇晃成圆圆的烫皮，两面油煎，喷喷香香。几张烫皮叠起来，切成小块装盘，各自用筷子夹了吃，味道真好！

面粉和柔，搓成长棒切团，拍成圆粑子，夹两张新鲜桐子叶，蒸成桐子叶麦子粑；面团握在手中一捏，投入沸水中，过片刻，就浮了起来，这便是水煮麦子粑，上面密布深深的手指印痕。过年的日子，新茶油泡肉丸子、、泡兰花梗、泡切成细长条的鱼块，都需要用到面粉浆……

故乡是从什么时候起，不再种麦，已无从确知。那些样式丰富的简单面食，也好多年不曾吃到了，令人怀念。

穇子

"麦子不要多，穇子踩一脚。"

这是流传在故乡人们中间的一句农谚。其意是说，小麦点种的时候，一抓火淤里包含的麦粒不能太多，一般以七八粒为宜。多了，以后长出来的麦秆，密集拥挤成一丛，茎小叶短，影响生长和产量。而穇子，细小如沙，分量轻微，点种的时候，撒在浅沟壕里，以土覆盖之后，需在上面踩上一脚，便于种子与泥土接触紧密。

童年的时候，村北枞山背的山边园土，就多种植穇子。穇子成丛生长，一株的根部能分蘖出几枝直茎，通常两三尺高。穇子的叶片尖细修长，它的直茎更有特色，白亮、扁圆，多节，十分光滑。这茎很甜，粗壮的尤其好，略有小指宽，有的能折断。因此，在穇子成长的过程中，村里的童稚就常去偷折穇子秆，甚至整株拔了。撕去长叶，大嚼甜秆，津津有味。

穆子的穗也很特别，在茎梢向上举着，像鸭掌，像鸡爪，像半抓握状的手指，也像我后来见过的鸡冠花，二寸高许，多分枝，色泽浅绿，看起来毛茸茸的，摸起来十分粗糙。它的籽粒，就隐藏在穗枝上无数的小囊包里。

穆子穗成熟后，饱满枯黄。村人多是提着竹篮，用剪刀剪穗，或用镰刀割穗。园土里的穆子秆，也会割倒晒干，可用来做柴煮淘。我们再一次大嚼甜甜的秆子。

禾场上晒干的穆子穗，需以连枷反复重击，才能脱出籽粒。然后用竹筛筛去空穗，余下的籽粒和碎壳扫拢成堆，多则以风车车除杂质，少则用簸箕簸。干干净净的穆子，粒粒如沙，圆溜溜，深褐色，泛着光泽。

穆子在乡间能做成多种美食。在石磨上稍稍粗磨一下，能熬煮穆子稀饭，我们叫穆子漠，十分浓稠。磨成细粉，村人多用来做穆子粑，蒸熟后，颜色黯淡，比高粱粑硬许多，口感粗粉。穆子粑包上茄子泥，做出半月状，是昔日故乡风味独特的小吃。菜锅略放油，将穆子炒至爆裂，香味浓郁，滋味颇好。

穆子也酿酒。只不过因其产量少，酿酒的人家不多。相比红薯酒、米酒，即便在那个年代，穆子酒的价格就要高出五六倍。

我少说也有二三十年没亲见儿时爱嚼其秆的穆子了，不知故乡一带的偏僻小村是否还有？

高粱

母亲在世的时候，每年都会在自家的园土种植一片高粱，或者围着菜园子的周边种上几圈。一则因为父亲一年四季餐餐要喝红薯烧酒，而酿红薯酒就得用高粱做酒胚子（也叫酒娘）；再则每天洒扫房屋内外，都离不开一把自制的高粱扫帚。

早春二月，万物生长，高粱的栽植也正当其时。与小麦、穄子点种不同，高粱是移栽。先一年的冬末，在猪栏淤堆积的长条形育秧床上撒下高粱籽育秧。到来年春暖，秧子清清秀秀，长成六七寸高，便移栽到开挖成行的园土，每个小土坑栽两株。高粱日后长得高，结穗也大，因此土坑的间距也大。乡谚说："粟子进鸡公，高粱放斗篷（斗笠）。"意即粟子穗小，点种时坑与坑之间容得下一只大公鸡进出就可以了，而高粱相互间要宽敞到足够放得下一顶斗篷。

移栽的初期，每隔些日子，须适当浇些粪水淤。这样两三次后，高粱就无须太多管理了，长得蓬勃又高直，也不要杀虫。高粱的根系发达，一条条虬曲的粗根暴露地面，在周边环绕着，稳稳当当地支撑主茎对着苍穹延伸。

高粱叶宽如掌，长二尺许，油绿若带，将茎节层层包裹。它们的中央，是一根粗长的主叶脉，从叶基直抵叶尖，白白亮亮，将薄膜状的叶翼分成两半。条条宽叶自然弯曲，散开，形态十分优美。母亲在园土拔草时，偶尔割下低层的高粱叶，用来喂猪。高粱碧青的圆秆子，汁水甘甜，是我们童年里的甘蔗。在出齐穗子后，母亲有时挑了不长穗的矮小青茎割了，砍成尺许长一截一截，给我们姐弟啃嚼。

高粱穗又高又大，稠密的颗粒日渐饱满如珠，色泽深红，将原本昂扬着的头，深深地俯垂了下来。农历七月砍高粱，父亲和母亲挑来竹筛，放在园土边，各持一把镰刀，走进了高粱丛中。哪些高粱该砍了，哪些还须留几个日子，他们一看便知。父亲和母亲不时左手上举，握着高粱梗，右手随即一刀挥下，咔嚓一声，将沉沉的穗子砍了下来，干净利索。每砍几穗，他们用青青的高粱叶绕着直梗卷紧，码放在竹筛里。

砍过穗子的高粱秆，这段时间是村童嘴边的爱物。圆秆青翠的，甜脆，汁水多。秆子泛白的，里面已若干絮，嚼之无味了。对此，我们都很有经验，在高粱丛中找寻砍割，少有出错。数日后，园土里所有没了穗子的高粱秆，都会割倒，任其晒干。以后缚成捆，挑回家来，是上好的柴火。

早晨砍来的高粱穗，铺开在屋旁的禾场上，或跨骑在竹篙上，进行晾晒。七月的太阳如火，到傍晚时分，就可一扎一扎双手握着，猛力对着禾场摔打脱粒。打一下，颤一下，红红的籽粒滚落了一地，以穗子左右顺势扫开，再一记重击挥下来。除籽后的高粱穗，成捆缚起来，悬于楼上墙钉或梁上，日后扎扫帚，随时取用。

随后的日子里，晒干的高粱籽，在母亲的手下变化成多种食品。

在臼屋里，将浸泡的高粱捣成细粉后，蒸高粱粑。刚出锅的高粱粑十分软糯，色泽紫红，须拿筷子夹了或穿插来吃。隔天的高粱粑，用猪油将两面煎焦，更香。只是高粱粑不能一次吃得太多，否则，很容易滑肠腹泻。

偶尔也捣高粱糍粑。捣高粱糍粑过程繁琐，先得将高粱在臼屋里略略舂去表皮，淘洗干净后，再上甑蒸熟，倒入石臼，捣成黏黏糊糊的一大团，而后在绑了干净薄膜的桌面上，拍成一个个圆圆的糍粑。高粱糍粑颜色比高粱粑要浅许多，红白相间。

村里最常见的，是高粱烫皮。选一个晴好的早晨，将先一夜浸泡后的高粱在石磨上推成浆，之后生了柴火，架上菜锅，备好茶油碗和竹刷。火大，锅热，刷一遍油，倒一勺浆，双手提着锅耳，速速一摇晃，锅底顿时就成了一张圆圆的紫红大烫皮，一股浓香也随之蔓延开来。烫皮煎好后，尖着一双手指揭下来，摔在旁边的团箕里，又煎下一块。干这活需眼疾手快，手指耐烫，在我们家，只有母亲能胜任。我们都是帮她打下手，比如团箕摊了三四块烫皮，姐姐就端到屋外临时搭建的晒棚去——铺开晾晒，我则拿一根竹竿，严防鸡狗来偷食。高粱烫皮可趁热吃，略有盐味。多是晒干后收藏起来，需要时拿出几块，在柴火上煨焦熟，鼓满细泡，酥脆喷香。

做酒胚子，差不多是我家大多数高粱的归属。故乡盛产红薯，村中男人素有喝红薯烧酒的习惯。我的父亲同样也不例外，一年三百六十五天，餐餐喝一两盅红薯烧酒，是他此生最大的爱好。因此，每年冬天，挖了红薯之后，酿红薯酒就成了我母亲优先考虑的事情。酿酒前需做酒胚子，也叫酒娘。挑选几斗干净的高粱，浸泡后蒸熟，用瓦缸装起来，掺和自制的酒药，捂盖严实任其发酵。以后，酝酿红薯酒糟时，将高粱酒胚子拌均匀，装大坛密封。约莫要过一个月，方可土法蒸馏红薯烧酒，村人叫出酒。

每天打扫房屋，我们都是用高粱扫帚。扫帚用久了，穗子磨得很短，便又重新做一两把新的。我的父母扎高粱扫帚时，先用镰刀将金黄色的长高粱梗从穗根处削去一半，再双脚踩紧绕了苎麻绳的木杵，一小扎一小扎添加高粱穗，边添边用力旋绕绳子，渐渐就成了形。

削落一地的高粱梗，我儿时做过小风轮，糊上两片白纸，对着风奔跑，呼呼飞转如螺旋桨。更多的则是进了茅厕，出恭时刮屁股。

花生

在故乡，花生有四种，分别叫做小指花生、中指花生、大指花生和麻子花生。

顾名思义，前三种，其大小与成人小指、中指、大拇指的前两个指节相仿。它们的花生苗看起来没什么区别，在园土里一丛丛直立生长，密叶椭圆，色泽碧绿，开铃铛般的黄色小花。农历六月成熟，以手扯苗，便能轻松拔出花生。

麻子花生则大有不同，它的植株匍匐在地，向四周蔓延散开，叶片大而深绿，每条匍匐茎的茎节处，都向地下长根结花生。这种花生成熟得迟，通常在中秋之后。成熟了，得用齿锄挖。此花生形容丑陋，长得像弯曲变形的长手指，外壳硬，麻点也更多更密更深。好处是，一个花生，少则三粒花生仁，多则四五粒，炒熟了吃，更香。相比而言，麻子花生在故乡的种植，远没有前三者多。

记忆中，点种花生的春日，时雨时晴。家家户户端了簸箕团箕，坐厅屋里，或屋门口，一齐剥花生种。粉红饱满的花生仁，在簸箕团箕里越聚越多，花生壳丢了一地。每每这时，我常挑了那些颗小或瘪皱的花生，嚼了吃。剥好了花生种，花生壳须扫起来，白晃晃地倒在门前的石板巷子或泥径上。人们走过来，走过去，踩踏花生壳哗啦哗啦直响。据说踩的人越多，踩得越碎，以后花生长得越好。

同点种小麦一样，点种花生同样需一家数人合作，一人在前面开挖土槽，一人紧跟着，每隔六七寸撒下两粒花生种，另一人殿后，施放火淤。这样一来一往，反反复复，一块园土就成行成垄了，宛如被巨大的梳子梳理了一遍，整齐干净。等到青翠的花生苗下长出了金黄色的小花朵，得用镰刮逐行刨一遍杂草，将每一垄的花生土堆得更高，利于结实。

花生苗越长越高，大片大片的园土绿意盈盈。少小时代的夏日，我们常结伴去山岭捡柴。经过花生园土时，总会顺手拔扯几株，摘那根须上白嫩尖尖的小花生吃。差不多可以说，花生从小到大的成长过程，村童们的馋嘴巴都见证过了。

盛夏暑假，早稻收割，晚稻插秧，正是一年中最繁忙的时节，花生也成熟了。如火的烈日下，村庄的花生园土，满是扯花生摘花生的大人和孩子。有的人家，在园土的一角竖插一两根柴枪，上面顶着大斗篷（斗笠）遮阴，扯来的花生堆积在这里，如同围城，人坐在小矮凳上不停地摘，老花生和嫩花生，一把一把分别丢进不同的箩筐。摘了花生的青苗子，一扎一扎绑紧，丢在园土里。以后晒干了，缚回家收藏起来，是来年春上踩入田泥的好肥料。也有的人家，是将拔扯的花生全部挑到家里来摘。自然，那些摘后的花生苗，房前屋后晾晒得到处都是。摘花生的时候，我们也不时剥了吃，甘甜爽脆，嘴角冒浆。

这段日子，村庄的禾场上，晒满了各家各户洗干净的花生，白白亮亮，方方整整，大小不一，界线分明。那些嫩花生、残次的，各家先是煮了吃。只是天气太热，隔夜后的煮花生，外壳上就生了滑溜的黏液，变得不新鲜了。残次的花生晒干，在砂锅里炒焦黄了吃，在我的印象中，比品相好的花生要香。

扯过花生的园土里，总会遗落很多花生。最初的几天，掏花生的老人和孩子特别多。一人一把镰刮或草刮，不停刨土，捡拾零星的花生，丢进竹篮。这些花生，有不少是刨断了的，有的已长成小指粗白白嫩嫩的花生芽，概不嫌弃。花生芽还是一碗好菜，油一炒，嫩嫩脆脆的，清爽，甘甜。日复一日，这些园土反反复复不知要被多少人掏过。即便这样，依然有残存在泥土中的，以后长出青翠的苗叶，点缀在空阔的园中。

就像大多数农产品一样，晒干后挑选出来的好花生，村人一般都不舍得自己吃，多是妥善收藏起来。遇着家里需要钱用，趁赶圩的日子，用箩筐或蛇皮袋装一些去卖了。在我的记忆里，母亲每次赶圩，肩上总是挑着或多或少的四时物产。

过年，或遇着喜事，故乡有将花生染红的习俗，寓意红红火火，吉祥美满。

向日葵

我至今也不甚明白，为什么向日葵具有那么强烈的趋光性。当它金色的盘状大花盛开，早晨迎着朝阳，花如笑靥；傍晚送别夕阳，依依不舍。它的顶茎就像灵巧坚韧的脖子，支撑着一张明丽的脸盘，每时每刻都面朝太阳，永不疲倦。

在故乡，向日葵通常叫葵花。它那如盘的大花，叫葵花盘。结的籽叫葵花籽，也叫瓜子。那笔直高挺的粗茎，叫葵花秆。根部以下的，叫葵花兜脑。于村人而言，葵花的各个部分，都是有用之物。

清明节前后，葵花的幼苗栽植园土。在生产队的时候，一栽就是整块整块的土地，连成大片，等到开花之时，场面甚是壮观。分田到户之后，家家户户种葵花，数量有多有少。一般来说，多是在菜园里零散地种上十几二十棵，很少有整块大园土都种植的。

葵花是一种速生高个植物，对肥水的需求也大。在整个生长期，得经常浇灌。我的记忆中，母亲去菜园给辣椒茄子丝瓜淋淤（浇粪水），也会给葵花淋淋。夏日里天旱，我们挑水灌园，甚至还要给葵花多浇一些，浇得泥土透湿。葵花秆长得粗壮如臂，远比成人还高，秆上互生着一层层的长柄大叶，风摇如扇，很有韵致。

葵花盘真是一个神奇之物。它结在葵花秆的顶端，起初是绿色的小盘，被绿色的苞片紧紧包裹。小盘越长越大，苞片也渐渐打开，露出黄色的花瓣。及至整个葵花盘完全盛开，只见如舌的黄色花瓣密密匝匝地环绕周边，在绿叶的映衬下，愈发光洁明艳，看着就让人心情舒畅。花盘内，还长着一层短小密集的管状小花，黄黄的，绒绒的，我们叫花绒。也有少数葵花秆，长了很多分枝，每个枝头都结了一个小葵花盘，简直就是一棵艳丽的花树了。

葵花盛开的日子，正值盛夏，天气多晴。金黄色的葵花盘，整日随着太阳旋转，早晨面朝东方，傍晚面朝西方，周而复始，日复一日，令人惊奇。童年少年时代我常思考，明明傍晚葵花盘朝西了，等到第二天早晨，为什么它又是朝东的？是不是它一整夜都没有睡，又将头掉了过来？那它夜里是怎么掉过来的呢？可惜我从未在晚上看过葵花，也就一直不明所以。

葵花盘日渐成熟，那些如舌的黄花瓣慢慢就掉光了，盘内的花绒也色泽黯淡，开始稀稀疏疏地脱落，露出黑亮的葵花籽屁股。自然，偷摘葵花盘的事情，村里的顽童可没少干。

有时，我们上山捡柴，趁人不备，冲进路旁园土狠狠揪下一个两个葵花盘来，搓去花绒，掰成几爿，各自拿着，抠瓜子吃。此时的葵花盘就像大蜂窝，每粒瓜子都有一个小巢穴，密密麻麻地挨着，尖嘴朝内。瓜子乌黑饱满，我们边抠边嗑边吐边嚼，兴味盎然。

农历七月，葵花籽成熟，家家户户砍葵花。那些俯垂着的沉甸甸的葵花盘，用镰刀割下。葵花秆则从根部砍倒，扒去叶片，一扎扎捆绑好，背到自家的水田，挖几条长泥沟掩埋起来。葵花盘放在簸箕里，先用洗衣杵敲打，再辅以手掌搓，瓜子便纷纷落下。空空的葵花盘，村人多是剁碎了，丢进茅厕，一则能杀蛆虫，二则沤烂了是好肥料。

葵花秆在水田浸泡半个月后，取出来，清洗干净。这时，秆的外皮已腐烂掉，秆内的白髓也剥离了，一秆秆竖拿着，在地上顿一顿，一条条白髓立马长蛇一般滑溜出来。葵花秆扎成尖塔，在禾场上晒干，异常白亮。以后的日子，夜行照明，点一截葵花秆，就是一个熊熊燃烧的火把。埋在土里的葵花蔸脑，在挖土的时候，挖出来，磕去泥土，用竹筛挑回家，晒干后也是好柴火。

炒熟的葵花籽，喷喷香香，我自小就爱嗑。父亲多次说过，瓜子不能吃多了。为了佐证，他曾屡次讲到一个故事。说从前有一个富贵人家的小姐，每天坐在秀楼上，爱嗑瓜子，人越来越消瘦，病恹恹。请来的郎中一看楼上堆着的瓜子壳，心里顿时明白了，嘱咐她的家人将那堆瓜子壳熬汤让小姐服下，并不准再嗑瓜子。慢慢地，小姐的脸色红润起来，身体果然好了。父亲为此告诫我们，嗑瓜子老是吐个不停，吐出的口水是一个人的精气神，有损健康。

多年前，故乡因修建高速铁路而拆迁。那一个夏天，我来到故乡。在我家旧宅附近的断壁残垣处，我意外发现，一株高大的葵花孤独地盛开在芜草野树之间，阳光正好。顿时，一丝颤震袭过我的心头。我赶紧掏出相机，定格了这个早已消逝了的永恒瞬间。

苎麻

晴好的夏日，南风浩荡。山脚下的那片苎麻土，高高的苎麻密密匝匝。那些巴掌大的茂密叶子，层层叠叠，在风里翻转摇晃，一会儿碧绿，一会儿雪白，令人眼花缭乱，心旷神怡。

尽管时隔几十年，少小时候看到的这一幕景象，依然印刻在脑海里，如此清晰。

在故乡，苎麻的种植有着悠久的历史。搓线，搓绳，缝衣服，扎鞋底，纺苎布，织渔网……人们的日常生活，与苎麻休戚相关。即便在我的童年少年时代，苎麻仍然在村庄大片大片地种植着。这些苎麻一年割一次，有农历四月割的，叫四月苎麻，也叫早苎麻 有农历六月割的，叫六月苎麻。

苎麻是多年生草本植物，一次栽种之后，若是任其生长，哪怕历经几十年上百年，年年都有收获。苎麻根须发达，极易成活。一片新种的苎麻土，只要在农历冬月，挖来苎麻的活根，剁成六七寸长一截，一截一截铺在开垦好的一行行的土槽里，两两之间相隔尺许，根上盖一层猪栏淤，再掩上土就行了。等到来年春上，新苎麻就长了出来，当年就能收割一茬。以后每年，割了苎麻便及时在园土表面铺一层猪栏淤，翌年苎麻越发长得茂盛，满园满土，密密麻麻。

苎麻全身长毛，手指粗的笔直圆秆，巴掌大的长柄心形叶片，都是毛茸茸的。尤其是它的叶片很有特色，正面碧绿，纵横交错的细小槽纹绵密繁多，摸起来十分粗糙。背面覆盖着致密的雪白绒毛，光光滑滑。这样一正一反，一绿一白，在风里招展，沙沙有声，很是亮眼。

苎麻花也格外与众不同，它是细碎的，穗状成串的，长在叶腋处，淡黄偏绿，丝丝缕缕垂悬在一起，就像一部浓密杂乱的大胡子。

苎麻成熟之后，通常比人还高。苎麻秆稠密拥挤，下端的叶子掉得光光，只在上端长满了密叶。割苎麻多选择在清早，若是上午的太阳下割，会全身瘙痒，割时先用竹梢打去上端的叶子。割下的苎麻，一捆捆绑好，挑回村里后，须赶紧浸泡在水里，否则一旦失了水分，苎麻皮就难以剥下来了。

在我们家，割苎麻的日子，母亲最忙碌。一捆苎麻从水圳里湿漉漉提到家门口，她得赶忙剥皮。一秆苎麻，先从根部抠出一半的口子，顺势一撕，一块长长的苎麻皮就剥离开来，到了尾端，反手往根部又一撕，另一半苎麻皮也剥了下来。

剥皮后的白色苎麻秆，丢在地上。剥下的苎麻皮，依然要浸泡，多是放在盛满水的大脚盆里，等待下一道工序——刮皮。

刮皮有一个专门的小工具，叫做苎麻刀。它是一块半圆管状的黑铁片，拇指粗，不足两寸长，下端一截小木手柄。刮皮需双手并用，左手捏紧苎麻皮的大端两三寸许，表皮朝下；右手持苎麻刀与左手相抵，大拇指略略压着苎麻的内皮；两手同时往外一拖一刮，粗粗的表皮就刮了下来，手上是一条长而薄的浅绿纤维，我们叫苎麻丝。再反过来，将左手原先捏着的那一小段表皮刮掉。母亲双手灵巧，刮得飞快。刮好的苎麻丝，密密地跨悬在竹篙上晾晒干。

那些剥了皮的苎麻秆，一捆捆绑好，埋入水田泥中。数日后，挖出来，秆内的髓质已腐烂，清洗一番，成了空管子，晒干了用来夜行点火或生灶火时做引子。

以后的日子，遇着闲暇，母亲就会拿出她那块黑色粗糙的搓线瓦，端来苎麻丝，坐在厅屋里搓苎麻线。她将左腿裤脚卷至大腿，膝盖上面覆着搓线瓦。左手拿着苎麻丝放在瓦背上，右手掌不停地搓，时而添加苎麻丝。细细的苎麻线不断延长，垂下，在团箕里回旋着，积聚着，层层叠叠。

搓好的苎麻线，母亲一扎扎整理妥当。等有了一定的数量，她会在某一日一齐放入大鼎罐，和上柴灰熬煮。捞出来，杵洗干净，苎麻线就变得白亮而柔软，挂竹篙晒干。

很多年来，苎麻丝，苎麻线，深深地融入我们的生活。母亲的缝缝补补，母亲纳的厚厚鞋底，给了我们无尽的温暖。

挂篮子，挂蚊帐，编红蛋兜，织渔网，绑东绑西，苎麻给了我们说不清的便利。童年里，我甚至睡过苎布蚊帐。那是村人用苎麻丝在简易纺织机上织成的苎麻布，也叫夏布，染成深蓝。

分田到户后的几年间，故乡的苎麻种植曾有扩大的趋势，原因是有人来收购干苎麻丝，价格也好，一度达到一块五角钱一斤。只是好景不长，渐渐就没人收购了，卖也卖不出去。村人陆续挖苎麻地，换种别的作物。密密麻麻的苎麻根挖了出来，晒干后做了柴火。

苎麻，从此在故乡的土地上消失了，连同那些曾经的温暖和习俗。

土　豆

　　曾有多年，我拒绝吃土豆。看着就反感，甚至厌恶。亦因此，我在永兴县城居住期间，家里很少买土豆吃。这其中的缘由，是因为我在童年时期吃腻了，吃烦了。

　　在我的故乡八公分村，土豆叫金子芋头。大约是其形状圆润金黄，与金子相仿。其实，客观地说，金子芋头看起来还是很可爱的。那么光滑，大大小小，如珠似蛋，沉甸甸的，朴素，实在。

　　那个时代，每年农历四五月，正值青黄不接，村里缺粮少吃的人家很多。主妇们每天为着鼎罐里无米可煮而发愁，端着团箕瓜勺满村子去借米，有时能借到，有时转了半天，说干了口水，依然是空手而归。而金子芋头恰逢这段时间成熟，解了村人饱肚之忧。

　　种金子芋头是在先一年的暮冬。那些金子芋头种，也是在先一年四五月间留下来的。新挖了金子芋头，挑选那些个头适中、大小如过年的油炸丸子、外表又没有损伤的，用谷箩装了，挂在灶屋或卧房的木梁上，以免老鼠偷啃。到了农历十二月前后，这些皱蔫蔫的金子芋头，长出了手指长的细小嫩芽，这时便到了移种园土的时节。一行行开挖的小土坑，浇了大粪后，一坑丢下一个种，掩土盖上。作为来年应季救急的粮食，通常每户人家都会种一大片园土。

在春天，金子芋头的苗叶碧绿而油亮。这个时候，需锄草松土，将秧苗根部的泥土上垄成行，一蔸除保留两三枝苗茎外，余皆摘除，以利结实。以后，它的管状主茎长得有手指粗，色泽较叶片略浅，翠中微黄，开枝散叶，十分繁盛，将整片园土密密覆盖。

农历四月初，村人开始挖金子芋头。一株苗下一大窝，小的如弹珠，大的像鸭蛋，外皮金黄，布满麻点，看着让人高兴。金子芋头的碧青苗叶，割下来，是这段时间特有的猪食。

煮金子芋头，吃金子芋头，于每户人家而言，差不多都是日复一日餐复一餐地重复着。记得母亲煮的金子芋头，洗净后也不刨皮，大的切开两半，小的不切，一大锅水煮，有时连油也没有。金子芋头粉粉的，泥泥的，吃多了，就恶心，反胃，很想饭吃。可是，鼎罐里很多时候没有饭，只能装金子芋头吃饱。有时煮了饭，也是先吃金子芋头，呼呼喝汤，最后才装一点饭吃下，村人叫做盖皮饭，意即盖在了金子芋头的上面，就不怎么恶心了。这样吃久了，吃得我们姐弟都是满面愁容。尤其是我，每餐一看到金子芋头，一副哭相顿时就自然而然上来了，常赌气闹着要吃饭。

除了光水煮金子芋头，还有一种煮法，就是切干盐菜同煮。所谓干盐菜，乃是春二月时，将菜园里的风菜（一种大叶青菜）、白菜等青菜全砍了，剥下菜叶，沸水焯后捂黄，而后晒干，成扎绑好收藏，以待用时之需。干盐菜蔫蔫皱皱的，秆子白亮，叶子乌黑，泡水切碎后，与金子芋头煮一大锅，要吃上一天。这样的时候，我就常挑了干盐菜吃，味道比金子芋头好多了。

母亲有时也将金子芋头蒸熟，剥皮后切片，铺在团箕里，端太阳底下晒干。这样的金子芋头片，色泽金黄透明，金币一般。干金子芋头片能长久不坏，等到菜园里出了青辣椒，用泡软的金子芋头片与斜切成片的辣椒同炒，口味比水煮金子芋头要强百倍。

偶尔的日子，母亲也油煎半碗干金子芋头片，放一点红辣椒灰。香是香了，却坚硬如铁，咬得牙关咯咯响。没有一副好牙齿的人，这菜肴恐怕消受不了。

自从通过高考，跳出了农门，参加了工作，我很少再吃金子芋头，一看到它，心里那种粉粉泥泥的恶心感就上来了。童年的饥馑，让我对这种植物产生了无法弥补的畏惧与距离。但即便如此，我对它依然怀着深深的感念和敬意！

凉薯

小时候，一年中能吃到的水果极其有限。村前的江洲上有一片桃树坪，上面有很多桃树和李树，夏日里我们常到这里摘毛茸茸的桃子和酸溜溜的李子吃。除此之外，村里有屈指可数的几棵枣树和鸡爪树。枣子尚是小指头般青青的，多被村童们爬树摘掉了；鸡爪树高大，只得仰着头等到一串串鸡爪成熟后落下来捡了吃。故乡虽说地处湘南山区，那时竟然连棵橘子树都很罕见。

能当水果大吃特吃的，是秋后从园土里挖出来的凉薯。撕去外皮，洁白光亮的薯肉，就立时呈现在眼前，圆圆溜溜，一股一股的，令人心情大悦。张口啃嚼，嚯嚯有声，甜脆多汁，实为妙品！

凉薯不仅能生吃，也可做菜，又耐收藏。在生产队解体前后很长的时期，村人都多有种植。点种凉薯是在清明时节，挖垦后的园土用宽的四齿锄成行开成浅槽。凉薯籽的放置很特别，每三粒为一组，在土槽里成正三角形摆放，相互隔开较远，以便日后凉薯都有各自适宜的空间充分长大，不至于密密拥挤在一堆。组与组之间，也要相隔七八寸的距离。之后，再撒上猪栏淤，掩土覆盖。

凉薯是藤蔓植物，发芽出苗后，满园土爬得到处都是。它的细长青藤上，长满了长柄羽状复叶，每片复叶上有三枚小叶片，略呈心形，大如小儿手掌，碧绿光亮。夏日里开花，一串串直立着，花瓣像紫色的小蝶，很是漂亮。只是这样的花朵，村人不让它开多，会拿了竹梢，打落一番。其原因也是为了让它少结荚，多长凉薯。

凉薯日渐成熟，那些茂密的藤叶，长长的豆荚，勾引得我们的嘴巴也愈发馋了。有时经过凉薯土，就忍不住偷拔。只是凉薯远没有红薯好拔，它的主根深扎泥土，而且经过几个月的生长，土壤也板结坚硬，要徒手翻一个凉薯出来，十分不易。有时将藤扯断了，凉薯还没翻出来，又担心被人发现，赶紧走了，心怀不甘。

记得有的夜晚，月光皎洁，我们一同玩耍的小伙伴，也不知经谁提议，就拿了二齿小手锄，过了木桥，到江对岸的小村牛氏塘的园土去偷凉薯。若是没被发现，匆匆乱挖一阵，跑回我们村前的野地里大快朵颐，滋味真好！

霜降摘油茶前，割藤挖凉薯。这个时候，凉薯的豆荚已然乌黑，扁扁的，长条状。一个荚里，通常有七八粒籽，籽粒不足小指甲一半大，扁扁的，色泽略黄。这些籽粒有剧毒，可惜那时我们并不知道，幸好在那懵懂的年纪，也没好奇品尝。凉薯是如此的甜而好吃，而它的籽粒却含毒，这是很出乎意外的。我原本以为，那些籽粒也应该是不错的美味。凉薯藤不肥田，村人多是在其晒干后，一把火烧掉，化作园土的一部分。

摘油茶的日子，大人孩子整天都在山上。家家户户的箩筐里，除了焖红薯、煨烫皮、鼎罐饭、腌辣椒炒干鱼等食物外，还会带上一些凉薯，可随时剥了吃，既解得渴，又能暂时充饥。

凉薯形态各异，有的扁圆，有的成纺锤形，有的像倒立的圆锥。它们有小有大，过小者渣须多；最好吃的是拳头大小，尤其是产于黄泥土中，最为松脆甘甜；有的长得太大，一个足有好七八斤，看起来臃肿，满身赘肉。凉薯在村里也当菜，多是切片清炒，味道甜脆。

在村人的生活经验里，凉薯"逢冷走冷，逢热走热"。受了凉的人吃凉薯，容易腹泻；有虚火的人吃了凉薯，更加上火。因此，也不宜一次吃得太多。

黄豆

黄豆真是个好东西！有了它，乡村的日子就变得愈发丰盈起来。

清明前夕，家家户户都会在各自的园土里点种黄豆。开行，点豆，撒火淤，掩土覆盖。这样的劳作流程，同许多乡村作物如出一辙。等到绿油油的豆苗长成尺许高，给它松一次土，去除杂草，将根部的土壤拢高一些。开花和结荚的时段，再各喷一次农药杀虫。以后，便任其自然生长，接受昼夜循环，风雨阴晴。

农历五月底六月初，黄豆成熟。此时的园土，豆叶金黄，很多已经掉落，地上的枯叶铺了厚厚的一层。一丛丛的黄豆枝丫间，挂满了毛茸茸的干豆荚。黄豆的黄叶和枯叶，是猪的好饲料。每户人家，都会将这些豆叶摘的摘，捡的捡，用蛇皮袋薄膜袋装起来。干豆叶能经年存储，在下雨下雪的天气，猪草难进屋，就抓取一些干豆叶出来，剁碎了煮潲喂猪，算是救急的办法。

砍黄豆秆一般是在晴朗的早晨，全家出动，用磨利的镰刀自根部割下，嚯嚯有声。地上成叠成堆的黄豆秆，最终装入一担担的箩筐，挑回家，铺晒在禾场上。太阳如烤，等到正午，将黄豆秆再翻转暴晒，这样到了傍晚，豆荚两面都能晒干透了。

杵豆秆豆荚多是用长长的木棍，反复一一击打。豆荚爆裂，金黄的豆子落了一地。伤腰断臂的豆秆用竹筛筛过，归集起来，日后是煮饭煮潲的柴火。扫拢的黄豆，用风车车除杂质，装在箩筐里，粒粒金黄，清清爽爽，饱满圆润，甚是可爱。这个时候，我的母亲通常会挑拣颗粒大的黄豆出来，另行装了，留作明年的种子。

夏日里，家家户户都会炒黄豆吃。平素喝茶，或者来了客人，炒一盘黄豆，喷喷香香。母亲炒黄豆，是用菜锅。干锅柴火，热烈翻炒。豆子渐渐爆裂，噼噼啪啪，一阵阵的豆香也越来越浓。等到豆皮焦黄，略略起了黑点，便是炒熟了，炝一调羹盐水，猛炒几下，一团雾气蒸腾之后，锅子底，豆子上，都染上了白色的盐霜。倒入小团箕，放地上凉透，就更加松脆好吃了。只是我常等不了，不时拿点烫烫温温的豆子吃，嚼得津津有味。

用黄豆大显身手，是在年前。那时候，村里有几个做豆腐的人，隆书老叔、隆记老叔、明星老哥，他们都有自己简易的豆腐坊。临近过年的日子，家家户户磨黄豆做豆腐，这几个豆腐坊整日要轮流排班，人多火旺豆腐白。一桶浸泡好的黄豆进了豆腐坊，端回家的是白嫩嫩的豆腐、松松散散的豆腐渣。

母亲对于豆腐渣的加工，堪称妙手。做豆腐的当日，她会用新鲜豆腐渣煮成糊状，放入切碎的青菜叶，青青白白，好吃又好看。剩下的豆腐渣，倒入锅中翻炒，干去水分，以能抓握成团、丢下散开为宜。炒干水分的豆腐渣，一个个拍成圆球，大小约略双手对掌捧着。

霉豆腐渣是故乡的地方风味，拍好的一个个豆腐渣球，放在垫了一层干净稻草茎的小竹篮里，上面盖上薄膜，压一个稻草结，挂在灶台上面的炉架上，接受烟熏火燎。隔些日子，豆腐渣霉好了，球面微黄，此时口味最好，切片的色泽如熟猪肝，余汤煮了吃，汤甜味美。若是球面发黑，则是霉过了，苦得已不能吃。

母亲还有一手绝招，将霉好的豆腐渣球，重新捣烂，在油锅里和上蒜叶、姜丝、红辣椒灰、酱油、盐，一同翻炒，顿时香气扑鼻。炝少许水，搅拌均匀，趁着温热，一个个拍成圆圆的粑子。霉豆腐渣粑子烘干，放在生石灰坯子瓦坛里保存。来了客人，老师家访，拿几个霉豆腐渣粑子切条油煎，和上干泥鳅干鱼块，香喷喷好吃得很。

新出屉的白嫩豆腐，村人叫水豆腐，可开汤，可油煎，都是美味佳肴。捡少许水豆腐放入簸箕，适当晾干水分，划切成小方墩，做霉豆腐，也是各家所爱。霉豆腐以表面长略润而短的黄霉为好。若是长了高而浓的黑霉，村人叫蓑衣霉，也叫狗屎霉，是豆腐的水分过重所致。霉好的豆腐，拌上红辣椒灰，一坨坨夹入腌大头萝卜坛子，久而弥香。

当然，大多数的白豆腐，是用新茶油炸成金黄蓬松的油豆腐。故乡的油豆腐软糯，喷香。哪像现在菜市摊子上卖的，掺假得味同嚼蜡。新炸的油豆腐，我的母亲还会拿出一些另行加工一番，变出花样来。比如说，将油豆腐从一侧撕裂，来个里朝外的大反转，在米浆糊里搅一下，再次油炸，就成了反皮豆腐，金黄酥软，盛开如花。油豆腐撕一个小口子，包进一团和了葱蒜调料的糯米饭，就是鼓鼓囊囊的酿豆腐。这差不多是过年的必备佳肴，蒸热后即可食用，团团圆圆的，寓意也十分吉祥。

母亲还有腌油豆腐的习惯。油豆腐腌进红辣辣坛子，能吃很久。我上中学读住宿，有时周末返校，提着一罐红辣辣的腌油豆腐，心情格外美好！

肥菜

昔日的故乡，有一样蔬菜专门种来喂猪。日复一日，摘其菜叶剁碎煮潲，时间跨度达半年以上。这种菜，在村人的方言里，叫做肥菜。

于今想来，在乡村养一两头土猪，真是不易。单是它的吃食，就让一家人操心不已。田埂、溪岸、江边、园土的各种野生猪草，你也拔，我也扯，时时刻刻疲于生长，却永远满足不了一只只纷至沓来如饥似渴的竹篮子。那个时代的农家孩子，每天扯猪草，差不多成了日常的职责。猪越来越壮，胃口也更大。青萍、水浮莲、草籽、红薯藤、豆叶、瓜叶，种种人吃的青菜，没有一样最后不进了猪肚子。纵然如此，一日三顿如何让猪吃饱，仍然是家家户户一天也不敢懈怠的紧要大事。

好在那时有了肥菜，成了猪食料的主心骨，演绎了村庄猪事的兴旺。

记忆里，肥菜叶很像如今我在城市菜场买到的生菜，叶片比成人张开的手掌还大，皱皱的，表面起伏不平，色泽翠绿。这种蔬菜的最大特点，在于环绕茎秆的叶子密集，再生能力很强，摘了一圈，隔几天，又长一轮，茎秆也随之渐渐长高，如同莴笋。因此，每户人家通常会栽种一整块园土，栽四五百棵，每天轮流摘叶。

农历八月底挖了红薯，这时候，用自家上一年留下的肥菜种子育的幼苗也可以移植了。选一块肥沃的薯土，离家也较近便的，开成一行行的小土坑，一坑栽下一棵肥菜。村里的肥菜土和菜园，都是按生产队各自成片，分布在村庄周边的不同地方，分田到户后也是如此。肥菜生长很快，用不了多久，一个个土坑就被散开的菜叶长得满满当当，一片碧绿。

摘肥菜叶的，多是一家主妇。按照所需，提一只或者挑一担大菜篮，每天摘两三行肥菜，每棵摘一圈最底下的大叶。摘过的肥菜，她们会及时挑来小淤浇上，有时在根部放几颗尿素，这样就能促使它尽快生长。

有了肥菜的日子，并非顿顿都是剁肥菜煮潲喂猪。家里的孩子，同样每天要扯猪草；家里吃的蔬菜摘下的剩叶子，削下的萝卜缨、红薯皮，凡此种种，只要猪能吃的，都掺进剁肥菜里，一大锅煮了。

肥菜是每户人家的宝贝，每一个主妇，先一天摘了那些肥菜，摘成了一个什么样子，心里都清清楚楚。若是哪天发现自家的肥菜被人偷摘了，就会伤心欲绝，放开了喉咙，拖着长声骂个不停，什么恶毒的咀咒都骂得出口，园土里骂，回家的路上骂，村巷里骂，漫无目的地骂，指桑骂槐地骂，骂得天昏地暗，骂得声嘶力竭，骂得人人战战兢兢，远远回避。村人将这种扫荡式的怒骂，叫做骂火巷（方言）。

肥菜也很为鹅鸭所喜爱。养鹅养鸭的人家，也常摘了肥菜，丢在地上，让它们啄食。春日里孩童们养蚕，若是找不到桑叶，偶尔也用肥菜叶应急一下。只是蚕吃了肥菜叶会拉稀，纸盒里遗下一小滩一小滩的绿渍。

日复一日摘过的肥菜，茎秆越长越高，大小如臂，表皮粗糙，密布一圈圈的疤痕。有的肥菜秆下部，甚至会发黑，或者开裂。随着季节的轮替，它的叶片也渐渐稀了，小了。

来年仲夏，麦子已黄，又到了割麦插红薯的节气。园土里的肥菜，除留下几棵让其结籽留种外，余皆砍去。这几日，村人有了一道美食吃。有的肥菜秆子还嫩，削去皮，翠翠的，斜切成块，用大钵子装了，撒上少许盐和红辣椒灰，簸一簸，稍腌片刻便夹了生吃，脆嫩鲜爽，实在好吃。这样的肥菜秆，也可清炒做菜，又是另一种风味。

只是很多年前，偌大的村庄就没人养猪了，肥菜如今在故乡已经绝迹。

红薯

除了水稻之外，故乡最重要的粮食作物就是红薯。曾有村谚说，"红薯要顶半年粮"。

农历五月，小麦收割之后，挖麦土，插红薯，是这个时节的忙碌活。红薯的种植与别的园土作物不同，它不是点种，也非移栽，乃是剪一截截七八寸长的红薯藤扦插。而在此之前，红薯种从育秧到育藤，还得经过很长的日子。

惊蛰之后，家家户户将猪栏里乌黑浊臭的猪栏淤清理出来，挑到禾场上，筑成三四尺宽、二三尺高的长条状育秧床，上面铺一层薄薄的柴灰或秕谷。紧接着，挑选上一年留下来的红薯种，将那些品相好、大小适中、外皮没烂的，根下头上，密密匝匝略带倾斜状铺在秧床上，再撒一层柴灰或秕谷覆盖。为防老鼠偷啃，放了薯种的秧床，得砍来密刺尖尖的杉树枝条整个儿盖严实。数日后，红薯种已发芽，揭开杉枝，黑而长的育秧床上，是一片紫红的嫩秧。

长了秧的红薯种，需种在土里。那个时代，村人多是在自家菜园挖一片不太大的园土，成行开成小土坑，一坑栽上一个红薯种，秧以下掩盖，红红的秧子露出来，浇以粪水。这片红薯秧土，在日晒雨淋里，渐渐爬出满园藤蔓，碧绿茂盛。

到了插红薯的日子，遇着雨后天气，家家户户赶紧从菜园割来红薯藤，一担担挑到自家门口剪裁。这是与天气抢时间，一家大小都上场剪红薯藤，每隔三片薯叶剪一刀，一根红薯藤蔓要剪成好几截。剪好的红薯藤，长度大略相似，叠放在竹筛里。而后挑到已挖好土坑的麦土，尖着指头拨开坑底泥土，每坑插一截，叶儿朝上。

这几天，剪红薯藤所剩的一些零星叶茎，是乡村的一碗好菜。叶茎饱满脆嫩，切成小段清炒，色泽翠绿，脆脆爽爽，味道颇好。

太阳一出，新插的红薯藤叶立马蔫了。这也无关大碍，红薯藤生命力极强，数日后，就在土里扎下了根，渐渐舒展开来，开始了它新的生长历程。

在往后的日子里，菜园里的那片红薯种，它们的藤蔓成了各家的猪菜，每天割两三扎长长的薯藤，与别的猪草一并剁了，煮成猪潲。这样轮着一茬茬割，红薯藤蔓也越长越稀薄，结的红薯小而少。麦土里插下的红薯藤，则只任其生长，无论如何厚实，也不轻易割来喂猪，否则要影响到红薯的产量。要等到秋末挖红薯了，才齐根部将整块整块的薯藤全割了。

割下的红薯藤，一担担挑回家，晾干后，是长冬里的干猪菜，以备天寒地冻下雨下雪时之所需。

村庄的红薯，以白皮红薯为多。这种薯水分多，甘甜，长得个大又长。在其成长的过程中，我们小时候在野外常扒土偷了吃。走进园土，翻开红薯藤，就有一些大红薯长得露出土面，像个光溜的圆屁股。用手指抠开泥土，掰出这只大红薯。整蔸红薯藤，我们一般并不扯掉，让其继续孕育小红薯。还有一种红皮黄心的，我们叫黄心红薯，多呈圆球状，质地硬，水分少，很少有人生吃，蒸熟了粉粉的，味道却好。

挖红薯的日子，已是深秋，这是继晚稻之后的又一场丰收。那些天，家家户户，老老少少，从早到晚都在红薯土里忙碌。男子用力挥着齿锄，一蔸一蔸挖薯。挖出来的红薯，一蔸一大串，提起来，略略扔在身后。妇孺将红薯收拢成堆，坐矮凳上摘，大小残次各别，放在不同的箩筐。吃中饭回家，傍晚收工，一担担沉重的红薯挑回家，路上是络绎的挑薯人。有的人家甚至要挖谷箩几十担红薯，远比早稻晚稻两季的稻谷还多。挖过红薯的园土，往往还会遗落不少红薯，村里的老人、孩子、妇女，常提着竹篮，扛一柄板锄，到处游走掏红薯，一遍又一遍，一日复一日，将那些大红薯小红薯好红薯烂红薯乃至红薯根，一篮半篮的提回家。

新挖的红薯，那些个大的、品相好的，都挑到窖里贮藏。那时家家户户都有土窖，一排排就在村后山脚下，状如窑洞。有的人家是几户共一大窖，里面各有一室。收藏好的红薯，各家都会撒上石灰做记。窖壁是黄土，湿气大，壁底挖有小槽沟，以备积水流往窖外。窖口有木门，上了锁。

漫长的冬日，红薯也是一家的主粮。焖红薯是故乡的主要吃法，将洗净的红薯削根，削去烂皮，在大鼎罐或大水锅里焖蒸，以能轻松插入竹筷为熟透。焖红薯可趁热吃，可冷着吃。若是在夜里，在灶口的余火上架上笼罩，将焖好的红薯放里面烘，到第二天早晨，这些焖红薯外皮干爽裂开，黄澄澄的，还溜着红薯糖，格外好吃。那时我家有吃早茶的习惯，母亲起床的第一件事是生火烧水，涮壶泡茶。一家人洗漱后，母亲在灶桌上插上接手板（一块专门用来吃饭的红漆木板，功用等同饭桌），摆上焖红薯，一碗红辣辣的腌萝卜条或大头菜，几碗热茶，几双筷子。我们围灶烤火，边吃边喝，嚯嚯有声，说些淡言闲话。有时窗外下着鹅毛大雪，此刻的小小灶屋，更觉温暖。

母亲常将每天吃剩的焖红薯切成长块，在笼罩里烘干，就是红薯皮，黄澄澄的。这些干红薯皮存放在大瓦瓮里，一个冬季下来，要装满几瓮。在来年的春天、夏天，抓一些干红薯皮出来，在锅里蒸一蒸，又软又甜，可做零食，也能饱肚。有时也煮红薯汤，挑大的白皮红薯去皮，切成小方墩，大锅水煮至烂熟。红薯汤味道甘甜，也十分好吃。

红薯还用来酿酒。故乡人有喝红薯烧酒的习惯，我的父亲餐餐都要喝一两盅。每年挖的红薯，总有几担用来酿酒，以备父亲一年之需。出红薯酒的日子，煮潲的日子，我们常拿几个红薯，丢进柴火里煨熟，外皮焦黑，掰开喷香。红薯也会用来磨成浆，做成一张张大大的烫皮，切成长条细丝，晒干了乌黑透亮，我们叫和结，可煮汤，也可与青菜丝、萝卜丝、豆叶同煮，味道都好。

过年的时候，有两样红薯做出的油炸食品堪称故乡的美味。一是红薯丁，将白皮红薯刮皮后切成薄片，在新茶油锅里一炸，顿时油沫翻滚，热气腾腾。炸熟的红薯丁，油亮亮，黄澄澄，又脆又香。再就是薯丝糍粑，红薯片切成细丝，用米浆拌和，舀一小勺装入油糍粑灯盏（一种铁质圆盘小模具，有手柄，状如"乙"字），扒平，浸入油锅，一阵沸腾之后，油面上浮起一块圆圆厚厚之物，两面翻转，炸至焦黄，莫不让人垂涎。

辣椒

　　故乡人口味重，嗜辣。夏秋间园土里有青辣椒红辣椒，家家户户没有哪天不吃辣椒菜，纵然饭热菜辣，吃得满头满脸大汗淋漓，辣得龇牙咧嘴，喉咙冒火，仍管不住筷子管不住嘴。冬春两季，新鲜辣椒固然没有了，红红的辣椒灰是有的，坛子里的腌剁辣椒、腌酸辣椒是有的，还有那些晒干了的白辣椒皮也是有的，即便煮个白菜萝卜，也要放两调羹辣椒灰，红红辣辣的，看着就香，就有了好胃口。

　　少小时候，每年深秋拔了辣椒树之后，我便开始怀念吃新鲜辣椒的日子，只是这样的怀想，要过漫长的大半年才能重现。我也盼望着端午节的到来，因为我知道，端午节前，园土里尚且矮小的辣椒树，有的已经开出零星小白花，结出小辣椒了，若是运气好，过节这天说不定还能吃上新辣椒。

　　春日里，萝卜白菜已然开花。家家户户挖菜园，点种栽植夏日菜蔬。故乡的夏日菜园通常是这样：园土的四周，插满了高挑的豆角木，交织成网状，木棍下密集种了长豆角、蛾眉豆、丝瓜、苦瓜诸菜；里面则莳辣椒、茄子、苋菜……还有姜葱，应有尽有，最多的自然是辣椒。豆角木上渐渐爬满藤蔓，成了一道严实的绿篱，篱上留一开口，挑淤浇菜，进园摘菜，都从这里出入。当这些菜蔬盛开花朵，白的白，黄的黄，紫的紫，菜园也成了热闹的花园，整日有野蜂嗡嗡，蝴蝶蹁跹，鸣鸟飞来飞去。

园里的辣椒树长得高高，密叶如盖。枝叶间，大辣椒、小辣椒、辣椒花一同呈现，数量繁多。盛夏的早晨，露水盈盈，阳光晴好，我的母亲每天都要从菜园里摘来满满一大篮子，青辣椒、长豆角、茄子、苦瓜、丝瓜、苋菜……鲜嫩鲜嫩的，尤以辣椒和长豆角居多。故乡的辣椒大若拇指，长短适中，皮薄籽多，斜切成片，翠皮白籽，无论炒茄子、炒豆角、炒苦瓜、炒丝瓜，味道辣辣的，都好吃。若是炒青蛙、炒田螺、炒鱼虾、炒泥鳅黄鳝、炒猪肉，更加妙不可言，我是连菜碗里的辣汤脚都要用饭团擦抹干净吃了，鼓腹而乐。

青辣椒盛产的日子，家里一时吃不了，母亲在赶圩的时候，就会挑上菜篮一担去卖掉。平日里，她会挑选一些品相老的辣椒稍稍蒸熟，撒上盐，晒成干辣椒。这样的干辣椒，白白的，也叫白皮辣椒，能长久贮藏。在冬日里，用白皮辣椒拌上黄豆酱蒸扣肉，那是故乡的特色佳肴。

整个儿的青辣椒在油锅里爆炒，用菜勺压瘪压烂，略略炝水，佐以干豆豉和葱蒜诸调料，咸咸辣辣，香气呛鼻。这便是无人不爱的爆辣椒，也叫压辣椒。若是将辣椒在柴火上煨烤至焦熟，而后放进臼钵里拌上调料抖稀烂，就成了抖辣椒，又是别种风味。

园里的许多辣椒渐渐青得转乌发红，便到了腌剁辣椒的时候。红辣椒摘来，积攒一篮半筐，清洗晾干去蒂，倒入干爽的木碗盆，用磨利的盾刀（长柄竖直，刀刃朝下如盾）盾剁，刀声密集。盾剁好的辣椒，红红的辣椒皮大小如同婴儿指甲盖，籽粒金黄，杂糅在一起，十分鲜艳，和上盐后，腌入瓮中。通常，当此之时，母亲还会挑选一些个儿大的青辣椒和红辣椒，我们叫泡子辣椒，划开一个口子，用调羹塞进盐，一同腌上。这样的辣椒，又叫腌全辣椒。剁辣椒瓮里，还会腌上长豆角、干茄子皮、刀板豆、冬瓜皮等多样菜蔬。

这些新腌的辣菜，脆嫩，香辣，偏咸，红、黄、翠、紫、白，色泽丰富可爱。喝早茶，喝中午茶，掏一碗腌菜出来，嚼得嚯嚯响，味道浓郁。腌辣椒菜也是很好的下饭菜，哪怕家里不煮菜，有了这东西，也能呼噜呼噜吃下几碗热饭。若是用腌剁辣椒炒鸡蛋鸭蛋，或者干鱼虾泥鳅，则堪称味中上品了。

酸辣椒，家家户户也会腌上一坛两坛，或是腌乌青的辣椒，或是腌红辣椒，或两者兼而有之，泡在酸水坛里，都好得很。酸辣椒开胃，掏出来既可拿着零吃，也可拌饭，切碎后与荤腥同炒，无不好吃。酸辣大肠，酸辣猪肚，村人无不喜爱。

要想辣椒树经久不衰，需浇水淋淤勤快。为免园土里的水分蒸发得过快，村人常割了茅草，铺在辣椒树下面。三伏天炎日如火，泥土干裂，辣椒树叶晒得蔫蔫的，挑水灌园就成了每天的当务之急。在暑假里，我就常干这个活：挑一担桶子，拿一个瓜勺，到附近的溪圳舀水，挑到园土，每一株辣椒，每一株别的菜蔬，都一一浇遍，如此往返，将整片园土灌得透湿。当然，这样的毒日底下，我也是浑身汗得透湿，晒得头皮发麻。

辣椒树慢慢老去，红辣椒多了，青辣椒反倒看起来少了。一篮半篮的红辣椒，或用针线穿过绿色的辣椒蒂，一圈圈串起来，挂在门口竹篙上晒干。或者就直接铺在簸箕里，团箕里，放禾场上、门口空坪晾晒。红红的干辣椒在石臼里捣成辣椒灰，是家家户户一年到头煮菜的好调料。在乡间，辣椒灰也常用来治风寒感冒。淋雨了，着凉了，鼻塞了，熬一大碗姜汤水，加两调羹辣椒灰，通红如火，趁热喝下，出一身大汗，哎，好了！辣椒灰滚霉豆腐，坨坨红辣，香气扑鼻。

到了深秋，菜园的绿篱变得枯黄而萧疏，长豆角、苦瓜、丝瓜的藤蔓渐渐死去。辣椒树也是叶儿稀疏，结的辣椒就如指节，又短又小，少有个大又长的。有时一场大霜突然而至，一夜之间，整块园土里的辣椒树叶全都死去，一片乌黑，蔫蔫的。

辣椒树悉数拔了，摘下那些细细小小的秋辣椒，用瓜勺或者小竹篮装了。这些辣椒甚至小得挨不了菜刀，干脆爆炒几回压辣椒，是这一年新鲜辣椒的最后谢幕。

茄子

茄子的留种颇为别致。

故乡的茄子，多是那种淡紫色的，个头适中，既非木棒状，也不是粗大如圆盘，乃是介于二者之间的卵圆形，看起来就十分舒畅。茄子留种时，挑一个外表光滑、品相好、捏起来硬实的成熟大茄子摘了，自蒂下呈十字竖切成四爿，挂在厅屋高处的墙钉上任其风干。风干的茄子瓢，籽粒繁多，来年正月育茄秧时，将其取下，揉碎了，撒在猪栏淤堆筑的育秧床上。待清明前后，茄秧已经苗壮，即可移栽菜园。需要特别注意的是，茄种千万不能挂在灶屋，或其他柴火烟熏之处，否则，它的籽粒悉将死去。

菜园里种下的茄子秧日渐长高长大，形状如树，主茎大如手指，分枝多而长，粗皮阔叶皆呈紫色。茄树下的杂草，多以手拔除，或以草刮子从泥土表皮刨去。茄秧自栽下之后，就不得以齿锄薅土松根，若如此，其必死。

我家在村南的新瓦房居住的那些年，菜园离家也就约二百步之远，位于一处水田之畔。这园土的一角，是我家的茅厕，门上挂一床破旧草席。粪肥如此之近，浇灌方便，这菜园四围高高的豆叶瓜藤绿篱，园内的辣椒树茄子树，都长得十分茂盛。夏日之晨，我来这里出恭，从草席丝缕分明的漏洞望出去，阳光和煦，茄子的大叶上泛着露珠的光泽，一朵朵紫白相间的茄子花，成束开在梢头，时有飞鸟掠过，像一枚黑箭。

菜园里的茄子，我几乎是看着它们、数着它们一天天长大的。从开花，垂下花蒂，结出拇指头般的小茄子，渐渐长大，到饱满壮硕赛过拳头。这两三行茄树中，哪棵结了几个大茄子，几个小的，乃至还开着几朵茄花，几个花苞，我都清清楚楚。

在家里，我十分爱吃茄子。茄子切片后，皮紫瓤白，密布嫩籽，与青辣椒片同炒，佐以蒜子，香气扑鼻。只是这样炒茄子很费油，油少了，锅底就会烧得干干的。为此，母亲常事先将切好的茄子在沸水里焯熟，捞出来，滗干水分，再与青辣椒同炒。这样做出来的茄子软糯，更加好吃。每次剥茄子蒂时，我是连带刺的蒂皮都不舍得丢掉，撕去里层的木质柄，一并炒了。

油煎茄子也是母亲的一道拿手菜。茄子切成两半，各竖划几刀，在油锅里两面煎熟，佐以切碎的红辣椒、葱丝、蒜子、姜末、食盐、酱油，拌和均匀，略略烷水，香气蒸腾，色香俱全。

整个儿的茄子蒸熟，放砧板上以菜刀压扁，榨去水分，铺在团箕里，放太阳下晒干，就成了乌黑干瘪的榨茄。榨茄可油煎做菜，也常腌进剁辣椒坛子。腌透的榨茄，咸咸辣辣，软软糯糯，若拌上豆酱，更香，村中上了年岁的老人尤爱。

茄子切片后直接晾晒，或者煮熟撒盐后晒干，都是很好的干茄子皮。不同的是，后者更不易生虫，长久保存不坏。干茄子皮蒸五花猪肉，茄子油润，猪肉茄香，相得益彰，是家乡的风味好菜。

夏秋间做高粱粑、穇子粑，旧时有用茄子泥作馅的，包成半月，味道也很不错。

在乡村，茄子还是一味良药。身上生了大疖子，红肿胀痛，敷上捣烂的茄子，能将脓包归集，消炎止痛。

村中偶尔也见青茄子、白茄子，感觉怪模怪样的，形同异类。

不知从什么时候开始，在合影照相之时，大家都喜爱整齐喊一声："茄子！"白齿微露，笑靥盈脸，原本板结的面孔，顿时柔和生动起来。

金针菜

　　家里的那一片金针菜，是母亲从邻村侯家冲挖来栽种的。

　　田土山分到户的时候，母亲抓阄，分得了一片很近的油茶山，位于对门岭，与村庄隔江相望，过了村前的木桥，走一段曲折的江堤，就到了山脚下的黄土公路。这片红壤油茶山，两凸两凹，山脚宽，山顶尖，是典型的波浪形扇面，朝西。这原本是一片杂树山，是母亲和父亲早年亲手开垦出来，栽上油茶树的。后来搞农村初级合作社，这片山入了社，成了生产队的油茶林。没曾想生产队解体时，果如母亲祈祷所愿，又回到了他们手中。

　　这油茶林的山下一角，坡度平缓，父母开垦了两块旱土，用来种红薯，种花生，有时也种菜。有一年的初冬，采摘油茶之后，母亲和大姐到四里之外的小村侯家冲那一带的深山捡茶籽，看到大片荒土边都是枯萎了的金针草，就带土扒挖了几丛来，一秆秆分开，栽在了我们家这片山脚园土的边上。

金针草在我们村其实也不少见，一般都是种在园土边，或者一角。这种草耐旱，耐贫瘠，生命力强大，一秆栽下去，到了春天就能长出绿油油的丝绦状长叶，并不断分蘖成一大丛。因此，在我的少年时代，我所见到的我家这些金针草，都是一丛丛密密挨着的，围绕着园土。

金针开花是在农历五月，那一丛丛的绿草间，长出一秆秆笔直光滑的硬茎，高耸在绿叶之上。茎梢开交错短枝，枝头开花如小管，粗细若筷，手指长，像一根根硕大的缝衣针。花口紧闭时，花管花瓣呈翠黄色。若是开出了喇叭花，整个儿金黄明亮，十分耀眼。或许正是如此，人们给它取了金针菜和黄花菜的美名。

我记得那些晴好的夏日早晨，父亲起床后，就提了大菜篮，过江去山脚摘金针。摘回来的半篮子，有的金针已开了喇叭，有的还未开。这些金针，母亲用热水焯过后，捞在脸盆里，一根根整齐铺满簸箕和团箕，端到禾场上晾晒。金针长得快，每隔两天摘一茬，要持续差不多一个月。金针草是多年生植物，摘完花后，不需管它，任其自生自灭。等到了来年，它们又长得蓬蓬勃勃，繁花亮丽。

在乡村，干金针是蔬菜中的珍品。孕妇生了孩子，村人多水煮金针菜氽猪瘦肉让她吃，奶水多。家中有人病了，煮这样一碗菜吃，能增强营养。过年过节，红白两喜，这道菜也通常是少不了的。干金针提到圩场去卖，也是价高的抢手货。

　　我是在多年之后，才知道，这种外形柔弱如兰的金针草，叫萱草，又叫忘忧草。《诗经》里说："焉得谖草，言树之背。"朱熹注曰："谖草，令人忘忧；背，北堂也。"这里的"谖草"就是萱草。《诗经疏》称："北堂幽暗，可以种萱。"北堂是母亲居住的地方，也叫萱堂，萱草在中国传统文化里成了母亲的代称，正如香椿树代表父亲一样。

　　高中毕业后，我考上了中专，吃上了当时热门的国家粮。我的那份田土，也就被村民小组从我家的份额里划走了。以后我二姐三姐相继出嫁，家里田土越来越少。到母亲父亲故去，田与土全没了。好在那片油茶山还是我家的，现在的林权证，登记在我的名下。

　　如今的故乡，还有我童年居住的老宅，也有我在新村建的一处小庭院。不知什么时候，我才能回到那里去长居，将山脚那片早已荒芜的园土重新开垦出来，种上萱草，栽上香椿，在想念双亲的日子，随时从这山脚走上去，看看山坡上长眠的他们。

风菜

就像一个人，其本名被人遗忘忽略，别名倒流传了开来，成为积习。故乡的风菜就是这样，它的学名是什么，于村人无碍，也无人去深究。其实，在我看来，"风菜"二字就很不错，风中之菜，菜之风度，韵味十足，诗情浓郁。

白露时节，风菜播种。在园土里开一处小地，将泥土反复几次挖得细细，梳理平整，以手掌略略拍密实，上面铺一层薄火淤，浇上粪水，成为育床。风菜籽可与白菜及别的菜籽同播，在育床上分开撒匀即可。而后，再撒一层薄火淤，以稻草覆其上。数日后，菜籽发芽，掀去稻草，任其生长。

霜降之时，园土的红薯大多已挖。此时，风菜秧也满了月，到了移栽的时候。除了点种小麦外，各家通常都会留适量的红薯土，用来栽种白菜、风菜、肥菜、大头萝卜等诸般菜蔬，以作长冬和明春人畜之所食。

　　风菜长大后，体型宽阔，故移栽时的土坑间隔较大，在一尺许。幼秧莳下后，需连浇三天清水，每天一次，量要小，村人叫泅蔸水，助其成活。成活后的风菜，可浇淡淡的小淤。风菜长出了几片新叶，高度尺许，便将其底部略黄而小的老秧叶摘去，叫摘脚叶。如此，风菜长得健健康康。以后经常性地浇上大淤、小淤，就愈发壮硕了。

　　风菜是大叶蔬菜，叶秆宽扁如掌，正面泛白，背面深绿，叫风菜秆；长秆的边叶如蹼，表面起伏多皱，宽阔若扇，色泽或碧青，或青中染紫。在冬日里，村人常摘来风菜，风菜秆斜切成丝条，或清炒，或与红薯粉条（方言叫和结）同煮，放上辣椒灰等调料，绿绿红红，味道颇好。新鲜风菜秆炒牛肉，我是在参加工作多年之后才吃到，味道鲜美。昔日里农村以牛为珍宝，谁舍得吃这个菜呀！

　　风菜风气大，吃多了容易腹胀气，屁多如歌。未煮熟的风菜，风大得更厉害。风菜煮潲喂猪，若未熟透让猪崽吃了，严重的会胀气而死。

　　严寒的冬日，若是结了冰冻，风菜上的冰块大得出奇。记得小时候，母亲双手通红从园土摘了满满一篮风菜来，叶上的冰块还在。我就会揭下一块来玩，厚厚的一层，晶莹剔透，叶脉分明，栩栩如生，真是一件自然造化的神奇杰作，比日后看到的玉雕作品美多了！

　　第二年仲春，风菜已长薹，天气晴好的日子，村人忙着砍风菜，洗风菜，做各种各样的风菜美味。

风菜蕻粗过手臂，剥去皮，白白嫩嫩的，切片清炒，或与猪肉同煮，味道鲜甜。

摘下的风菜大叶，沸水焯后，一张张挂在竹篙上，晾在篱笆上、灌木上，或铺在禾场上、草地上，晒干，白白亮亮的，是干菜。干菜一扎扎整齐绑好，能经久收藏，以后浸泡切碎了多与新挖的土豆同煮。

成棵的风菜，也可焯水后，倒入木桶里捂盖。隔上一两日，蜡黄蜡黄的，是蜡菜，有着独特的香气。这时候刚好有野笋子，蜡菜炒野笋，是家家户户这几日的时鲜好菜。

风菜叶清洗后直接晾晒，待其翠翠蔫蔫时收来，切成前后两截。叶尾一扎扎绑好，密密塞进晒干爽的瓦瓮，也不需撒盐，盖上瓮盖，瓮唇添水密封。多日后，这样的风菜尾黑黑的，微微酸，香气浓郁，叫水腌菜。切碎煮汤，佐以调料，味道鲜美，开胃。风菜秆可切丝条，也可切块，或腌成咸风菜秆，或腌成酸风菜秆，每户人家，通常二者兼有。

新腌的咸风菜秆，色泽青翠，掏一碗出来，油炒，拌上红辣椒灰和葱丝蒜末，色香俱全。咸风菜秆能腌很久，日后加进红红的剁辣椒，甚至豆瓣酱，或者霉豆腐，滋味更浓郁，更香。

在盛夏，酸风菜秆炒青辣椒，是我家曾经常吃的菜。若是与干鱼虾泥鳅同炒，堪称佳肴。在故乡，酸风菜秆煮活水鳙鱼，是一道地方特色菜，又开胃，又好吃。

园土里的风菜，总会留一两棵大的，让它们开花结子，直到菜叶枯萎。连根拔了，倒挂在烟火不及的厅屋高处。日后干透了，取下来，在簸箕里揉搓籽粒，簸除杂质，紫红如沙。风菜籽装入瓶中保存，以待白露时节的到来。